글로벌 시대의 한국연극 공연과 문화 I

페미니즘 총서 6

글로벌 시대의
한국연극 공연과 문화 I

개방초기 – 1980년대 군사정권 시대

심정순 연극 평론 · 비평집

푸른사상

이 책은 1980년도 중반부터 1990년까지 무대화 된 주요 한국 연극 공연을 한 작품씩 문화학적 시각에서 평론, 분석한 일종의 미시사적인 '한국연극 공연사'라 할 수 있다. 공연 평론과 분석은 문화사적 시각과 맞물리지 않으면, 한 시대, 나라, 민족의 세계관, 시대정신, 사회와 문화에 대한 창으로서 연극이라는 제도를 제대로 읽어 낼 수 없다고 생각한다.

실제로 1980년대 중반의 한국 연극계는 요즈음 말하는 글로벌 시각에서 볼 때, 한국판 개방, 개혁이 시작되는 초기였다고 할 수 있다. 웬만한 독자들은 아마도 기억할 수 있을 것이다. 이 책을 만드는 2002년의 시점에서 되돌아 볼 때, 1980년대 중반시기 군사 정권하에서 사회 상황이나 모든 다른 삶의 면에서 얼마나 부자유스러웠는지. 필자는 1986년 『페미니즘과 사회변화』라는 영어원서를 외국에서 우편으로 부쳤다가, 서대문 국제 우체국에서 소위 말하는 우편검열에 걸려 책을 안 내주겠다고 거절당했던 기억이 난다. 그 이유는 제목에 '사회변화'라는 말이 있기 때문이라고 했다. 그만큼 우리사회는 억압되어 있었고, 세계 문화의 조류에 열려있지 못했다.

이런 상황에서 1986년 서울에서 개최된 아시안 게임은 그야말로 역사상 거의 처음 외국손님들을 맞는 거국적 행사였다. 여기에 부수 행사로 열린 아시아 게임 문화예술 축전을 통해, 외국의 유수 공연들을 한꺼번에 접하게 된 것 역시 우리 국민들에게는 아마도 거의 처음 겪는 문화적 개방의 경험이었을 것이다. 이후 1988년 올림픽과 이와 연계해 열린 문화예술 축전 또한 이러한 우리 관객들의 해외 문화 체험의 경험을 더욱 확대시킨 계기가 된다. 이러한 글로벌 조류로의 '문열기'는 계속되어 1991년의 '연극의 해', 1997년의 ITI 총회의 한국 개최 및 세계 연극제(Theatre of Nations) 등 수많은 행사를 개최함으로서 한국 연극계도 문화적 글로벌화에 동참하게 된다.

이 책에서는, 우리 연극이 이러한 글로벌 문화로의 점진적 진입 과정 초기인 '국제화' 시기를 조망한다. '국제화'라는 말은 1990년대 초반 문민정부가 들어서면서 '글로벌화' 또는 '세계화'라는 개념으로 확장되며, 1990년대 후반에 오면서 다시 좀 더 구체적인 '문화상호주의'의 개념으로 세분화된다. 이 책의 후속 편인 〈글로벌 시대의 한국 연극공연과 문화〉 II권에서는, 1991년 연극의 해부터 1997년의 10월 세계 연극제와 그 해 말에 겪었던 IMF를 거쳐, IMF 회복기인 2002년까지, 글로벌 화의 가속화 과정이 우리 연극 공연에는 어떻게 반영됐는지, 또 이 시기에 해외 글로벌 연극가에서는 어떤 일들이 진행되었는지를 동시에 조망하고자 한다.

2002년 11월

심 정 순

글로벌 시대의 한국연극 공연과 문화 I

제1부 글로벌문화로의 개방
초기(1985~1990)

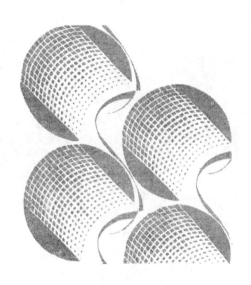

1장. 제 5, 6공 군사정권 시절의 한국연극공연과 문화 배경

　해방이후의 우리나라 현대 연극은 그 배경이 되는 사회, 정치 상황에 의해 즉각적으로, 또한 매우 강력하게 영향을 받아왔다. 일반적으로 연극은 여러 예술장르 중에서 사회성이 가장 강한 공연장르이라고 말하긴 하지만, 우리나라의 경우처럼, 연극이 갖는 사회성의 강도가 그 즉각성이나 전면성에 있어 비교를 불허하는 경우는 그리 많지 않은 것 같다. 그 이유는 다양하겠지만, 몇가지만 열거하자면, 우리의 현대사가 파란만장했다는 것, 또 우리의 사회, 문화, 정치판이 다른 비교적 큰 나라들에 비해 지리적 환경으로 보나, 인적 자원 측면으로 보나 상대적으로 작아서, 서로 밀접하게 좁은 공간에서 상호작용하고 갈등하면서 형성. 발전되 나왔다는 것, 또 우리의 전통 문화에 내재된 집단주의적 성향이나, 이에 따른 획일주의적 성향이 우리의 연극문화판을 역사에서 자유로운 혹은 일탈적인 문화장르로서 공존을 별로 허용하지 않았다는 것 등을 들 수 있을 것이다. 우리의 파란만장한 현대사는 큰 사건만 꼽아봐도 그 정도를 가늠할 수 있다. 1945년 해방과 독립, 곧 이은 국토의 분단, 4.19 학생의거, 군부 쿠테타, 대통령 시해, 또 다른 군부 쿠테타, 광주 시민혁명, IMF 등 등. 따라서 한국의 현대연극은 동시대 우리 문화, 정치, 사회를 반영하는 창으로서의 역할을 확실히 수행할 수밖에 없었다고도 할 수 있을 것이다.

이 책에서는, 제5공화국(1981~1988)과 6공화국(1988~1993)에 걸친 기간중 주로 1980년대 중반기부터의 군사정권 시절의 연극공연과 그 문화 배경을 집중적으로 조명하고자 한다. 1980년대는 우리나라가 유례없이 괄목할만한 경제성장을 이룬 시대이고, 이러한 경제적인 변화는 사회, 문화 전반에 걸쳐 많은 다른 변화를 수반했다. 그중 눈에 띄는 변화중의 하나는, 한국적 버전의 대중 소비사회와 문화의 도래라 할 것이다. 사회 전반에 걸쳐 막강한 구매력의 팽창은 대중관객들의 문화소비 욕망을 자극하고, 이에 따라 문화공급도 자연히 늘어나게 된다. 이제 한국연극은, 일제시대 이후 계속 되어온 구국을 위한 의식운동의 성격을 벗어나, 하나의 문화상품이 되기 시작한 것이다. 이러한 경향은 상업적 소극장의 확산과 함께 더욱 뚜렷이 진행된다.

1980년대 중반 이후 더욱 뚜렷해진 한국 연극계의 특징을 들자면, 1) 소극장의 확산, 2) 정치연극의 부상, 3) 연극의 국제화라고 정리할 수 있다. 80년대 중반 이후부터 눈에 띄게 늘어난 '소극장'들은, 기타 다른 대중오락 시설의 급격한 증가와 더불어, 상기한 사회·문화 환경의 변화를 반영해 준다. 한국의 80년대 '소극장'은 서구의 소극장 개념과는 많이 다르다. 아니 오히려 대조적 개념이라고 말할 수 있다. 영·미를 중심으로 한 서구의 소극장이 상업연극에 대한 하나의 대안으로, 순수예술을 지향하는 실험성을 강조한 반면, 우리의 소극장은, 시작부터 작은 공간을 기본으로 하는 '상업적' 공연 공간으로서의 성격이 강했다. 80년대 중반 당시 만 해도, 천석 이상의 대형극장이라고는, 국립극장과 세종문화회관 정도로 손꼽을 정도였고, 600석 정도의 중형극장으로는 문예회관 대극장 정도로, 공연공간이 절대적으로 부족한 상황이었다. 그래서 우리의 소극장 작은 공연 공간에서는 늘어나는 대중관객을 위해, 사실주의 극과 실험적 연극 등 모든 종류의 연극을 다 공연했고, 서구의 브로드웨이나 웨스트엔드의 초대형 무대에서 공연되는 메가급의 뮤지컬들도, 모두 이 작은 공간들에서 경이롭게(?) 조정을 거쳐 소화해 냈다. 다른 말로 하자면, 자본주의 대표적 상업극인 뮤지컬은 아직까지는 서구식의 막대한 자본을 바탕으로 제작되지 않았고, 그 공연의 수준 역시 서구의 그것과는 상당한 거리가 있었다. 〈한국연극〉지에 의하면, 1989년 말 현재 서울지역의 소극장 숫자는 40 여 개로, 한달 평균 30 여 편의 공연을 올린다고 한다. 다시 말하면, 1980년대 한국연극의 주요 공연 무대는 소극장 공연이었고, 공연 방식 역시 작은 공간에 따라 적절히 조정될 수밖에 없었다.

제5·6공 시절의, 특히 80년대 후반으로 가면서 더욱 뚜렷해진 한국연극의 또 다른 현상은, '연극의 정치화'이다. 이러한 현상은 1987년 당시 노태우 민정당 대표가 발표한 '6·29 민주화 선언', 또 1988년초 공연 〈매춘〉으로 야기된 '표현의 자유' 논란으로 결과된 공연 사전 검열제도의 폐지 등 우리 사회의 전반적 개방 분위기에 따른 것이었다. 실제로 1988년 검열제도 폐지 이후 한국연극계에는 노골적인 정치적, 사회적 풍자극이 한동안 봇물처럼 터져 나오게 되었다. 여기서 '정치화'란 말은, 일반인 사이에 그동안 억압되어왔던 사회, 정치 의식의 발현과 고양, 대안적 시각의 부상, 주변부 소수계층의 목소리의 높임 등 다양한 현상을 수반한다. 이러한 과정은 또한 필연적으로 정치적, 문화적 권위 중심의 해체 내지는 조정을 수반하는데, 우리 연극계의 경우는 이러한 해체/재조정 과정이 연극계의 구조적 변화로, 극작술에서는 시각의 다양화 및 재해석 작업으로, 공연형식에서는 실험의 현상으로 구체화되었다.

연극계의 중요한 구조적 변화중의 하나는, 우선 1987년 매년 서울에서 열리던 '대한민국 연극제'를 '서울 연극제'로 개칭하면서, 동시에 지방 연극제를 활성화시킨 변화에서도 찾아 볼 수 있다. 서울 중심의 연극문화를 지양하고, 지방 연극문화의 다양성을 인정하고자 하는 취지였던 것 같다. 또한 이러한 연극제의 후원주체도 다양화되기 시작했다. 서울 연극제의 후원도 대한민국 정부에서, 사단법인 한국 연극협회로 바뀌었다. 뿐만 아니라, 1988년에 열린 '민족극 페스티발'과 1989년에 열린 '동숭 연극제'는 정부 관련 단체가 아닌, 사적 문화주체에 의해 개최되었다. 이러한 중앙/공적 지원에서 지방/사적 지원의 변화와 함께, 1987년 '민주화 선언'이후 공연된 연극작품의 내용과 형식면에서도 그때까지와는 다른 새로운 변화가 나타났다.

이미 1970년대 초 이후, 한국연극은, 급변하는 국제 정세 속에서, 문화적 주체성과 민족적 정체성을 공고히 하기 위해, 새롭고 지속적인 국가의 이미지를 창조하고자 많은 노력을 경주해 왔다. 그러나 이율배반적으로 연극계의 이러한 노력은, 검열제도와 폐쇄적인 문화 분위기에 의해, 대단히 제한될 수밖에 없었다. 좀 더 구체적으로 말하자면, 1980년대 중반 당시만해도 '대한민국 연극제'에 공연된 연극작품의 대전제는 '전통의 현대적 수용'으로, 참가 공연의 주제는 대부분 역사적 사건이나 토속신화를, 허용된 범위 내에서 재해석하는 정도에 그쳤다. 표현 형식면에서 볼 때는, 사실주의 연극형식을 다양화하려는 시도에도 불구, 대사 중심의 사실주의 연극은 1980년도 중반까지 한국연극의 지배적인 표현형식이었다 해도 과언이 아닐 것이다. 예를 들어, 그해의 연극활동의 결산이라고도 볼 수 있는, 1985년 대한민국 연극제에 공연된 7편의 연극작품을 살펴보면, 세 편은 고대 역사적 인물이나 사건을 재해석했으며, 나머지 세 편은 근대사인 일제치하나 남북분단의 이야기를 다루었고, 나머지 한편은 현시대 사회의 매스컴계의 부패상을 다루었다.

그러나 1987년 9월 서울 연극제에 공연된 연극작품들은 주제와 표현형식면에서 다양한 변화를 보이기 시작했다. 즉, 자연주의—사실주의적 극작과 공연 형식이 서서히 줄어들기 시작하면서, 변형 사실주의, 혹은 브레히트의 서사극적 형식과 관객의 비판적 의식을 각성시키는 다양한 극표현 형식들이 새로운 모멘텀을 얻게 된다. 이는 모두 민주화 선언 이후 우리사회에 불어온 개방과 민주화 무드에 힘입은바 크다 할 것이다. 예를 들어, 이현화 작, 채윤일 연출의 〈불가불가〉는, 치욕적인 한일합방의 역사를 주제로 했다는 이유로 한때 공연 금지된 작품이었으나, 1987년에 비로소 무대화 될 수 있었고, 오태석 작/연출의 〈부자 유친〉은 삼강오륜의 유교적 윤리를 패러디한 작품으로, 영조 왕과 그 아들 사도세자의 역사적 이야기를 대체적 시각으로 조명한 작품이다. 조원석 작 〈어느 족보가 더 빛을 발하랴?〉는 조선시대 서자로 태어난 전라도 고창군수 조병갑의 주변인적 눈으로 역사를 재조망 했으며, 윤정선 작 〈자유혼〉은 조선시대 기생 황진이를 실존적 여성히로의 모습으로 부각하는 등 모두 주변부 시각의 관점에서 우리의 역사를 재해석한 작품들이었다. 이러한 소수 및 주변부의 시각의 부상과 연극에서의 실험성은, 1988년 이후에, 앞서 말한 공연 사전 검열제 폐지, 이로 인해 얻어진 표현의 자유, 88 올림픽과 연계된 문화예술축전 등에 힘입어 더욱 확장된다. 그 한 예가, 1989년 서울 연극제에서 작품상을 수상한 정복근 작/윤호진 연출의 〈실비명〉의 경우로, 그때까지 무대 위에서 다루어지지 않았던 운동권 여학생의 비극적 이야기를 서사극 형식으로 그렸다. 이 윤택 작/연출의 작품 〈오구〉는, 전통굿 형식을 연극형식으로 바꾼, 순수한 예술적 실험으로 눈에 띄는 공연이었다.

이 시기에 연극제 밖의 대학로 공연들에서도, 직설적 정치적 풍자를 위주로 하는 '정치극'이 유행했는데, 〈대통령 아저씨 그게 아니에요〉 같은 공연은 소극적 풍자로 5공의 부패상을 다루었다.

그러나, 이 시기의 대표적인 정치극 형식은 마당극이라 할 것이다. 마당극은 서구 중심의 현대화 흐름에 대한 하나의 반문화 운동으로 1970년대 초 시작되었는데, 1980년대 군사정군 시절에 더욱 활발해져, 대학 캠퍼스나 공장 현장에서 공연되면서 일종의 지하 언론 역할을 담당했다. 그러나 1987년의 민주화 선언 이후, 1988년에 이르면 마당극은 '민족에 의한, 민족을 위한, 민족에 관한' 연극인 '민족극'의 개념으로 재정비되고, 이러한 목표를 지향하여, 전문적 연극술을 더 높은 단계로 발전시킬 것을 다짐한다. 1988년에 개최된 제 1회 민족극 축제에 참가한 공연들은, 광주 시민항쟁, 노사 문제, 역사적 민중혁명 사건들을 재조명했다.

소수의 목소리를 대변하는 연극으로, 이 시기에 확실히 부상한 또 다른 연극이 여성연극과 청소년 연극이다. 산울림 극단이 공연한 〈위기의 여자〉(1986. 시몬드 보봐르 작, 임영웅 연출)의 공연적 성공과 상업적 성공은 우리 사회의 당대 문화적 배경에 힘입은바 크다 하겠다. 즉, 1970년대 중반이후부터 부상하기 시작하여 1980년대 중반에 이르면 눈에 띄게 성장한 한국여성 운동 배경이라든가, 이와 함께 성장해온 중산층 여성들의 여성의식의 확산과 더불어, 각 대학에서 교양과목으로 여성학을 채택하는 학교가 늘어남에 따라 자연적으로 확산된 여성학적 시각의 대중화 등의 여러 사회적 배경 등과 때를 같이 하는 것이었다. 이후 많은 극단들이 앞다투어 여성관계 연극을 공연함으로서, 공연 〈위기의 여자〉는 한국 연극계에 '여성연극'이라는 변별적 장르의 확립을 다지기 시작한 공연이었다 하겠다. 이에 대한 자세한 토론은, 본인의 평론집 〈페미니즘과 한국연극〉 (1999, 삼신각)에서 이미 논한바 있다. 또다른 소수의 목소리를 대변하는 연극이 윤대성 작/김 우옥 연출로, 극단 동랑이 무대화한 〈방황하는 별들〉(1985)로 청소년 연극의 시작을 알리는 공연이었다. 이 공연의 성공은, 이후 동랑 극단이 〈별들〉 시리즈 공연을 무대화하는 계기가 되었다.

1980년대 군사정권 시절동안, 한국연극계에서 꼽아볼 수 있는 또다른 특징적 현상이라면, '연극의 국제화'라고 할 수 있을 것이다. (이때까지는, 국내에서 '세계화'라든가 '글로벌화'에 대한 토론은 아직 시작되지 않았었다.) 필자의 기억으로는, 80년대 중반까지만 해도, 국내에 있으면서 해외연극공연을 여러 편을 한번에 볼 수 있는 기회는 매우 적었다. 그저 가끔 해외 공연이 한편씩 초청되어 오는 정도였다. 그런데 80년대 중반이후로 가면서, 상황이 바뀌기 시작했다. 연극의 해외문호가 개방되기 시작한 것이다. 1981년에 제3 세계 연극제에 이어, 1986년의 아시안 게임에 '예술축전'이 함께 열려 일본의 세계적인 연출가 스즈끼. 다다시가 이끄는 Scot극단의 〈트로이의 여인〉이 문예대극장 무대에 올려졌던 것을 비롯, 몇 국제적 공연이 우리 무대에 왔었다. 이어 1988 올림픽 게임과 연결된 문화예술

축전에는 더 많은 나라의 국제적 공연들이 우리 무대에 소개되어, 우리 관객은 아마도 생전 처음으로 한번에 이렇게 많은 국제적 공연 문화에 동참할 수 있게 되었고, 이에 따라 문화적 소외감이랄지 문화적 열등감도 상당히 해소될 기회를 얻었다고 하겠다. 이어 1987년에 베른조약에 가입함으로서 한국은 국제 저작권법을 준수하는 나라가 됐다. 1991년 정부가 지정한 '연극의 해'는 이러한 국제화 현상을 더한층 가속화 시켰다. 이렇게 빈번해지는 국제적 연극공연의 교류는, 관객 차원에서는 이러한 다양한 공연을 보는 눈을 넓혀주고 세련시켰으며, 연극인들의 차원에서는 실제적 작업차원에서 많은 것을 교류하고 습득하는 기회를 가져왔다. 반대로 한국연극공연의 해외진출도 조금씩 늘기 시작해서 1990년대에 이르면, 아비뇽 연극제를 비롯한 여러 세계연극 페스티발 등에 우리 극단들도 참가하기 시작하게 된다. 또한 쌍방 연극 교류 및 국제 공동작업도 늘어난다. 이상에서 살펴본 바와 같이, 1980년대 후반은, 한국연극계가 '글로벌화' 또는 '세계화' 현상에 적극 개방하기 시작한 초기단계로, 개방 초기에는 외부로부터의 새로운 풍조가 상당히 신선한 활력소로 작용했던 것도 사실이다. 이 책은 1980년대를 중심으로, 군사정권시절의 연극공연의 실제를 공연리뷰를 통해서 또한 그 문화적 배경을 숙고함으로서 일종의 '미시사적' 개념에서의 공연역사를 엮어보고자 하며, '1987년 민주화 선언 이후' 국제화 혹은 또 다른 시각에서 볼때 '세계화'로의 개방 초기까지의 기간을 다루고자 한다. 1990년대에 들어 보다 다양한 차원의 글로벌화 현상은 필자의 다음 책인 〈글로벌 시대의 한국연극공연과 문화 II—1990년대 : 대중화, 세계화 가속시기〉에서 자세히 다루고자 한다.

제2부 연극공연분석과 문화 비평

연극 속에 공존하는 '현대성'와 '주체'개념의 역학 관계
— 〈선인장꽃〉·〈아프리카〉·〈0 · 917〉·〈서울구경〉·〈뛰뛰빵빵〉

1. 서구적 현대성의 한국적 수용과 관련된 공연들, 〈선인장꽃〉· 〈아프리카〉·〈0 · 917〉·〈서울구경〉·〈뛰뛰빵빵〉

　80년대 우리의 사회 및 문화적 상황이 현대로 대표되는 서구 문화의 영향과 이에 대해 한국적인 주체를 찾으려는 일종의 변증법적인 갈등이라고 볼 때, 2월 후반기와 3월 초반기에 무대에 올려진 연극공연은 재미있게도 이와 같은 현상을 반영하고 있다고 보겠다.

　극단 민중의 〈선인장꽃〉이 현대적인 서구 연극의 한국적 수용의 한 첨단을 나타낸다면 극단 한두레의 마당극 〈뛰뛰빵빵〉은 연극을 한국적인 주체를 찾으려는 노력의 한 일환으로 보겠으며, 이외에 극단 목화의 〈아프리카〉, 쌔실 극단의 〈0 · 917〉 및 〈서울구경〉 등이 공연은 상기한 두 극(極) 사이에 속하는 작품들이라고 하겠다. 그러면 이러한 관점에서 각 작품의 특징을 살펴보자.

　정진수 연출·민중 국장의 〈선인장꽃〉은 1980년 초연 이후 재 공연된 작품 토니라는 처녀와 줄리앙이라는 독신 치과 의사의 연애 이야기를 기본 구조로 하여, 작품이 쓰여진 미국의 변혁기 즉 60년대에 도전받아 흔들리던 미국 중산층의 기존·도덕 윤리관을, 유부남과의 연애나 자유분방한 성의 추구 등의 문제를 주제로 회화화한 작품이다.

이 작품 역시 번역극의 본질적인 문제인 문화적인 이질감은 극복치 못했다고 보겠다. 비록 프리섹스가 이제 우리 관객에게도 과히 낯설지 않은 문제가 되긴 했지만, 월터크롱카이트니 마리화나 파티니, 데킬라 등등을 배경으로 하는, 작품 속에 나타난 미국 중산층의 문화적인 뉴앙스는 소화되지 않은 채 생경하게 남아 있었다. 번역 과정에서 융통성있는 편집을 했었더라면 이 문제와 더불어, 번역 대사가 갖는 어색함을 어느정도 보완 할 수 있었을 것이다. 관객의 웃음은 여느 번역 희극의 경우와 마찬가지로 상황과 대사의 피상적인 희극성에 의존했다고 보겠다.

그러나 무엇보다도 이 공연이 갖는 문화적인 의미는 브로드웨이의 상업적 연극의 한 전형을 한국 무대에 재현했다는 점이다. 변화 있는 무대구성으로 시각적인 오락성(Spectacle)을 강조한 점, 스피디한 진행, 춤 등을 포함한 많은 동작량, 눈요기가 되는 다양한 의상의 변화 등등이 그러한 특징으로써, 되도록 원작을 한국화하지 않고, 그대로 재현하려 했던 것이 연출의 포인트인 듯 싶고, 이 점에서는 성공했다고 보겠다.

서구적 현대성의 한국적 수용과 관련되어 이야기 될 수 있는 또 하나의 작품이 극단 목화의 〈아프리카〉이다. 이 작품은 중동에 간 시골뜨기 한국인 노무자가 비행기를 잘 못 타 오지에서 겪는 희비극적인 에피소드와 747 KAL기 폭파사건 및 우간다 엔테베 공항 구출작전을 병행시켜 플롯을 구성하고 있다.

극단 목화 〈아프리카〉, 오태석 작/연출, 1985년

또한 기존 한국 희곡들의 일반적 특징인 단순하고, 지리한 플롯구조를 탈피하고, 예술적인 세련성을 성취했으나, 작품의 '내적인 통일성이 결여되어 있다. 세 사건이 모두 비행기와 공항을 공통으로, 세계성을 상징하는 이 외에는, 이들을 결속시켜주는 논리적인 응집력이 결여되어 있으며, 작품의 주제가 단일 문화와 민족의 제한 속에 살아온 순박한 한국인이 갑자기 당면하는 세계성에 의한 희생이라 본다 하더라도, 엔터베 공항사건은 주제 발전에 별로 기여치 못하는 첨가물이라고하겠다. 또한 성격이나 인물 창조가 초점이 아닌 극에서 당연히 있어야하는 극 진행에 따른 주제의 성숙성이 보이지 않는다. 세 사건의 어느국면도 충분히 극적으로 구체적인 발전이 이루어지지 않고 있다.

이 작품의 의의는 역시 문화적·사회적인 차원에서 더욱 강한 것같다. 즉 세계적인 차원에서 '우리'라는 문제의 접근이 현재까지 별로 없었던 점에 비추어 볼 때, 이 작품은 우리의 시야를 넓혔고, 또한 세계 속의 한국을 의식해가는 당대 한국인들의 시대 감각의 좋은 표현이라 하겠다.

연출면에서 오태석은 그 특유의 부조리적 요소를 가미하여, 무대 위에서 작품의 탁월한 시각화·형상화의 과정을 통해 서구적인 현대성을 연출했다고 보겠다. 역시 스피디한 진행, 그 속에서 일어나는 수많은 연극적 사건(노래·춤 등), 구조물을 사용한 연기 공간의 다양화, 프리즈 연기법의 사용, 특히 엔테베 구출 장면에서의 집중사격 시의 공간 구성 및 조명 효과 등 전체적인 작품의 무드는 역시 서구적 현대성의 한 표현인 브로드웨이식이라 하겠으며, 브로드웨이의 상업극과 비슷하게 오락성이 강조되어 있다.

이에 비해 극단 쎄실의 〈0·917〉은 상기 두 작품에 공통된, 서구 상업극이 갖는 눈요기(Spectacle) 위주의 오락성은 보이지 않는다. 84년도 대한민국 수상작으로, 프로이드의 잠재의식의 개념을 한국적으로 소화시키려한 작품. 주제는 소외된 현대인의 억압된 성의 심층심리로써, 3막으로 구성되었다. 1막에서는 한 30대 말단 샐러리맨이 숙직하는 밤에 나타난 어린 여아의 유혹을 통해, 삶에 지치고 좌절한 현대인의 어머니로서의 이미지와 남자 아이의 유혹관계가 오이디프스컴플렉스적인 의미를 피상적으로 암시했을뿐, 여성의 잠재적인 성과 이에 대한 갈등이 리얼하게 부각되지 못했다. 3막에서는 엄청난 현실의 무게를 감당하기에 역부족과 좌절을 느끼는 사내아이와 그의 여자아이 친구를 통해서 실존적인 불안의 차원까지 주제를 승화시키려 했으나, 1·2막과 3막 사이에 주제의 일관성이 부족하겠다 하겠다.

연출의 채윤일은 형상화하기 힘든 심리극을 비사실적인 연출로 미학적으로 잠재력이 강한 무대를 구성했다고 보겠다. 그러나 원작에 충실한 때문인지, 시각적 효과보다는 청각적 효과를 강조한 나머지 보는 연극이 아닌 방송극과 같은 효과를 연출했다. 배역면에서, 아역 배우와 성인 배우의 대칭관계가 갖는 미학적인 상징성은, 원작이 갖는 비사실주의 무드에 잘 어울리는 구상이지만, 역할 자체의 어려움 때문에 아역배우의 사용은 한계가 있다고 보겠다. 상기한 두 작품에 비해, 오락성보다는 예술적 심각성이 짙은 작품이다.

2. 놀이성과 예술적 긴장과의 조화문제를 생각게 한 〈뛰뛰빵빵〉

위의 세 작품이 서구적인 연극 형태나 사상에 바탕을 두고 있다면, 파랑새 극장에서 공연된 〈서울구경〉은 이들과 좋은 비교가 되는 한국적 개성이 뚜렷한 공연이었다. 현대성의 범람 속에서 우리 연극의 '뼈대를 세운다'는 의지대로, 연출자 강영걸은 우리 고유의 판소리 형식을 현대화한 〈판 연극〉(부제)을 시도했다.

이 작품의 근본적인 주제는 한국인의 기본 정신인 한이다. 한 시골 뜨기 서민 가장 방디기가 삶의 현장에서 겪는 한을 작가 최인석은 강박한 세태 풍자와 해학성으로 재미있게 엮었다. 연출에서, 북·장고·약장수 및 신파 등 우리 고유의 연극적 전통을 총 망라하여, 판소리 공연이 갖는 단면적인 서술성을 시각화·입체화했다. 그러나 〈서울구경〉이 갖는 문제성은 그 부제인 〈판 연극〉이 말해주듯 우리의 '놀이판'적인 전통과 서구의 연극적인 전통을 결합시키는 데서 야기된다.

우리의 민족적 전통을 현대화 즉 무대예술로 발전시키려는 노력은, 마샬·맥루한이 말하는 예술의 추이과정 ─민중의 저급예술이 시간의 흐름에 따라 세련된 고급예술로 변화한다는— 에 관한 보편적 이론에 비추어 볼 때 하나의 필연적인 과정이라 볼 수 있다. 우리의 경우, 이와같은 과정에서 야기되는 문제는 놀이성과 예술적인 긴장이라는 두 요소간의 조화 문제이다. 〈서울구경〉에서 중심적으로 제기되는 문제는 바로 이러한 점이다. 놀이판의 분위기 창조에 성공하여, 관객의 즉각적인 참여도를 높이고 공동체적인 분위기를 비교적 무리없이 자아냈으나, 결과적으로 예술적인 긴장감과 질서감의 결여를 가져왔다. 이광수의 독백으로 구성된 마지막 장면에서 갑작스런 심각한 무드로의 변화는, 지금까지 극 전체를 통해 끌어온 놀이적인 성격과 자연스런 조화를 이루지 못했다. 작가 최인석은 한국어가 지니는 독특한 운율성을 극적으로 구사하는데 탁월한 능력을 보여주었다. 밤·내 마누라·누추한 판잣집을 모티브로 한 독백들은 이를 충분히 입증한다.

주인공 방디기역의 이광수는 노련한 솜씨로 무대와 자신을 잘 콘트롤하는 여유를 가지면서, 판소리·탈춤 등 우리의 전통 예술에 실력을 연마한 배우답게 무리없는 자연스런 연기를 보여주었다. 그러나 배역의 비중을 방디기와 그 부인 사이에 반분했더라면, 전 공연을 이광수 혼자서 이끌어가야 하는 긴장이 덜할 수 있었을 것으로 보인다.

〈서울구경〉과 비슷하게 기층권 '보통 한국인'의 기본정서를 우리고유의 연극적 형태를 통해 구현, 세태를 풍자하고, 나아가서 기존문화에 대한 반문화적인 기능까지 수행하고자 하는 또 다른 연극이 극단 한 둘레의 마당극 〈뛰뛰빵빵〉이다. 대학 극단 출신의 단원구성이 보여주듯, 작금의 청년층 한국인의 시대 정서를 잘 반영하고 있다.

세 마당으로 구성, 공동 집필한 이 작품은 어느 택시기사의 죽음을 중심 주제로, 작은 의미에서는 택시 기사가 택시 안이라는 소우주 속에서 승객들과 겪는 온갖 세상의 작태를 풍자함으로써 더 큰 의미에서 사회라는 대 우주적 체제를 풍자·고발한다. 무엇보다도 이 공연의 특징은 배우와 관객들간에 느껴지는 강한 감정적·정서적인 교류다. 촌극형식·만담·욕설·음담·춤 등의 형태를 빌어 기존 세태를 고발·풍자하는 현장은, 바로 청년층의 억압된 정서를 풀어내는 놀이의 현장이다. 그래서 거친 웃음과 스피드와 젊음의 활력이 넘치며, 여기에 기존문화에 활력소적인 역할을 할 수도 있는 반문화적 청년문화의 의의가 있다.

그러나 이런 류의 사회 고발극이 갖는 본질적인 문제는 역시 예술화의 문제다. 너무 많은 에피소드와 인물의 두서없는 배열 등은 예술적인 긴장감이나 질서감과는 상관이 없다. 예술로서의 연극의 의의가 사실의 재현이 아닌 '해석'인 점에 있다고 볼 때, 이 극처럼 강한 시사성·현장성을 지닌 공연의 한계는 바로 여기에 있다고 보겠다.

지난 달 공연 중에 특히 유감스러웠던 점이 있다면, 대 성황을 이루었던 〈품바〉(태멘극장)의 공연에서 극단 측의 상식을 넘은 지나치게 많은 관객들의 입장 허가로, 필자는 두 번이나 발길을 되돌려야 했던 점이다. 빽빽이 들어찬 관객 틈 사이로 공연장소는 실제로 한 평이나 남짓할 뿐인 상황에서 상식적인 공연이 이루어질 수 있는지 의심스러웠으며, 이것은 본질적으로 공연윤리의 문제라고 생각된다.

(객석, 1985.4)

웃기기 작전과 충격요법의 네 무대
— 〈루브〉·〈메밀꽃 필 무렵〉·〈무덤 없는 주검〉·〈여왕과 장미〉

1. 세 남녀의 왜곡된 사랑의 의미를 표출한 〈루브〉

우리 극단 마당의 제 33회 공연인 〈루브〉는 희극적인 극의 기본구조를 잘 살려서 '웃기기'를 강조한 양일권의 연출이 비교적 무리없이 조화를 이룬 경우라고 하겠다. 머레이 쉬스갈 원작인 이 작품의 플롯은, 새로운 결혼을 하기 위해 신물이 난 자기 부인 엘렌을 친구 해리에게 넘겨주는 밀트, 섹스의 횟수를 곧 사랑의 지표라고 믿는 엘렌, 생의 모든 것을 포기했다가 엘렌과의 결혼으로 생기를 찾지만, 곧 다시 밀트에게 엘렌을 빼앗기는 해리 등 3인의 사랑 장난을 중심으로, 현대인의 왜곡된 의미를 해학적으로 표현한다.

양일권은 각 장면이 갖는 내재적인 타이밍에 탁월한 센스를 가진 연출가로, 스피디한 진행·희극적인 많은 동작·다리와 층계를 사용한 연기 공간의 다양화·노래·춤·소도구의 때맞는 사용으로, 관객들의 주의를 끊임없이 유도하는 재치 있는 연출솜씨를 발휘했다. 또한 오현주의 번역은, 흔히 번역대사가 갖는 부자연성·상투성을 자연스럽게 극복하여 관객으로 하여금 극에 대한 친밀감을 높였다고 하겠다. 무엇보다도 밀트와 해리역의 이인철과 최정우는, 자연스러운 발성과 몸의 동작으로 좋은 앙상블연기를 보여주었으며, 이 극의 희극적 성공에 중심역할을 했다. 무대 장치 역시 공간을 효율적으로 사용한 단순하면서도 기능적인 것이었다.

이와 같이 드문 유기적인 조화에도 불구하고, 이 공연에서 아쉬운 점이 있었다면, '웃기기'를 강조한 결과로 세 인물들이 하나같이 평면적인 희극성을 탈피하지 못했다는 것이다. 이러한 점은 성격 창조에 있어 뉘앙스를 강조했더라면, 즉 세 인물의 비관론적 인생관이나 여자로서 엘렌의 절실한 고민 등이 더욱 뚜렷이 부각되었더라면, 좀 더 입체적인 인물 창조와 함께 극의 의미도 더욱 풍부해질 수 있었지 않았나 한다.

2. 한국적 뮤지컬의 원형을 시도한 〈메밀꽃 필 무렵〉

'웃기기' 요소와 관련하여 이야기 될 수 있는 또 다른 작품이 MBC주최로 공연된 한국판 뮤지컬 〈메밀꽃 필 무렵〉이다. 이효석의 단편 소설 〈메밀꽃 필 무렵〉을 오태석 각색, 연출, 김소희 작창, 길옥윤 작곡으로 미국적 뮤지컬의 구조와 우리 고유의 음악과 소재를 접목하여 한국적 뮤지컬의 원형을 시도했다는 공연.

이 공연의 장점은, 뮤지컬이 지니는 시간적 오락성을 뛰어난 무대 장치·다양한 의상·코러스 등의 사용으로 잘 구현했다는 점이다. 특히 장터 장면이나 메밀꽃이 핀 마지막 장면은 우리의 고유한 향토성을 대형 무대에서 시각화하는데 성공했다고 하겠다. 또한 MBC방송단의 정규적인 훈련 때문인지는 몰라도, 코러스 역할을 하는 주변 인물들의 세련된 팀워크는 예술적인 조화감의 창조에 기여했다고 보겠다.

그러나 원작 소설이 그리는 한이 서린 애틋한 한국적 서정성을 기대했던 관객은 약간 실망했으리라 본다. 그리고 그 실망의 큰 원인 중의 하나는 '웃기기'역할을 한 쌍가매가 중심이 되는 종속 플롯을 강조한 결과로 보인다. 플롯 면에서 볼 때, 소설 〈메밀꽃 필 무렵〉의 경우, 그 특유의 서정성은 중심플롯이 되는 허생원과 그의 아들 동이의 관계에서 창조된다고 볼 때, 뮤지컬 〈메밀꽃〉에서는 허생원·동이의 플롯은 단편적으로만 취급됨으로써, 원작이 갖는 서정성은, 음악으로 구체화되기도 전에 이미 구조적으로 상실되었다하겠다.

이러한 점을 더욱 강조시킨 것은, 위에서 언급한 바, 쌍가매의 희극적인 종속플롯을 중심플롯과 똑같은 비중을 두고 발전시킨 점이다. 쌍가매 이야기와 관련된 주변 인물들의 잡다한 사건들은(고무신 도둑, 말의 에피소드 등) '웃기기'효과와 시각적인 오락성을 얻는데는 성공했으나, 반면에 플롯이 통일성을 잃고 어수선하게 되는 결과를 초래했다. 또한 뮤지컬의 구조적인 중심이 되는 뮤지컬 스타가 보이지 않는다. 뮤지컬에서 일반적으로 주인공 역할의 배우가 플롯의 중심이 되고 극을 이끌어 가는데 비해, 뮤지컬 〈메밀꽃〉의 경우는 뚜렷한 스타가 없을 뿐더러, 이들이 하는 노래의 비중도 대사량에 비해 너무 적은 감이 있다. 인물들의 노래는 창을 기본으로 창극의 분위기를 연출했는데, 창의사용은 한국의 고유음악형태를 사용한다는 점에서 높이 평가되어야 하겠으나, 한편 미국적 뮤지컬 형태가 갖는 대중성을 고려할 때 어려운 창법을 바탕으로 한 노래들은 문제가 있다고 보겠다. 왜냐하면 이 공연에서 대중이 즐겨 부를 수 있는 노래는 결과적으로 없으며, 또한 주제 음악도 없는 것으로 판단되기 때문이다.

길옥윤은 1막과 2막 시작 전에 솔로 연주를 하는데, 이 공연에서 의도한바 동·서양의 접목이라는 면에서 볼 때, 유기적인 조화를 이룩하는데 별 기여하는 바가 없다고, 보여진다. 뮤지컬의 대중성을 고려, 좀 더 구조적으로 평이하고 대중이 소화하기 쉬운 음악형태를 사용했더라면 하는 아쉬움이 있다.

3. 극단 광장의 〈무덤 없는 주검〉과 극단 창고의 〈여왕과 장미〉

이 작품은 2차 대전 중 독일군의 포로가 된 불란서 레지스탕스 대원들이 감방에 감금된 채 끔찍한 고문의 순간을 기다리는 극한 상황을 기본 구조로 하고 있다. 이들은 삶과 죽음의 문제에 당면하여, 그 각각의 의미와 자백이냐 죽음이냐의 갈림길에서 자유의지와 선택의 문제로 고뇌한다.

무엇보다도 주제가 갖는 보편성으로 인해, 이 작품은 번역극이 흔히 갖는 이질감의 문제가 전혀 적용되지 않았고, 이런 점에서 적절한 작품 선택을 한 것으로 보겠다. 또한 설정된 극한 상황 때문에, 작품 전체가 갖는 내재적인 극적 긴장은, 소극장의 작은 공간과 더불어 관객과 배우간의 감정적인 밀착에 기여했다고 보겠다. 송관우의 무대장치는 출구 없는 존재의 절망성을 잘 형상화했고, 첫 장면 감옥을 둘째 장면에서 독일군의 고문실로 전환시키는 무대 고안은, 기능적으로 탁월한 무대 공간 구성의 노련함을 보여준다고 하겠다.

아쉬웠던 점은, 번역 대사의 이질감 때문에 특히 이 공연과 같이 철학적인 의미까지 탐구되는 극에서 대사가 전달해야 할 심각한 의미가 제대로 전달되었나 하는 점이다. 특히 1막에서 배우들의 대사 전달이 지나치게 빨라서 관객으로 하여금 음미할 여유를 주지 않았다. 연기면에서는 대체적으로, 이승철을 제외한 연기자들이 아직도 경직되고 부자연한 느낌의 연기를 극복치 못했다고 보겠으며 루시 역의 현금숙은 '연기를 하고 있다는 의식'(Acting Mentality)에서 벗어나서 자연스러운 어조와 억양 연습에 노력을 기울여야 할 것으로 보인다.

연출의 주요철은 소공간을 잘 이용, 짜임새 있는 배우들의 움직임을 구성했다. 그러나 무엇보다도 연출에서의 문제성은 앞에서 언급한 바 있듯이, 무대 위에서 폭력(여기서는 광의의 폭력을 말함)의 연출과 관계된다. 고문 장면, 프랑소아의 교살장면·피 묻은 손 등에 많은 시간을 할애함으로써, 억압된 대중심리에 강한 쇼크요법의 효과를 주었을지는 모르나, 필자의 견해로는, 공연의 예술성은 즉각적인 표출보다는 어느 정도의 미학적인 거리감을 유지할 때 더욱 진작되는 것이 아닌가 한다.

우연의 일치인지, 아니면 우리 시대의 어떤 반영인지, 이와 비슷한 경우가 창고극단 창단 10주년 기념 공연인 '여왕과 장미'에서도 반복되었다. 유고. 베티 작, 이강철 역, 심희만 연출의 이 공연은 한국 초연이라고 한다. 이 작품 역시 주제가 갖는 보편성으로, 번역극의 한계를 극복했다는 점에서 좋은 작품의 선정이라고 하겠다.

기본 구조는, 새 공화국이 들어선 정치적 상황 아래, 목숨을 건지기 위해 도망치는 전 체제의 여왕과 그녀를 잡으려는 공화국 군인들의 추격 속에서 희생되는 두 여인, 여왕과 창녀의 이야기이다. 주제는 인간성에 대한 보편적인 문제들, 즉 속고 속이는 거짓된 인간관계·배반·삶에 대한 애착·탐욕·정치음모 등으로서의 연대 의식으로서, 아이러니 하게도 여왕은 창녀에게서 누구에게서도 발견치 못한 진실을 찾는다.

'무덤 없는 주검'의 경우처럼, 작품 속에 설정된 한계상황으로 별 힘을 들이지 않고도, 관객 배우간의 극적 긴장이 지속된다는 것이 이 작품의 장점이라고 하겠다. 연출자 심희만은 공간 사랑의 작은 공간을 입체적으로 효과있게 구성·연출하였다. 그러나 작품이 암시하는 수많은 보편적 인간성의 문제가 충분히 발전하여 무대 위에서 구현되지 못한 느낌이다. 특히 여왕과 창녀간의 여성만의 관계를 좀 더 충분히 강조, 구현했더라면 하는 아쉬움이 있다. 여왕역의 윤경희, 창녀역의 강유경, 레임 역의 고인배는 좋은 연기의 앙상블을 이루었다. 강유경은 개성이 강한 창녀 역에 열연을 했고, 배우로서 대단한 잠재력을 지닌 것으로 보이지만, 역시 '연기를 한다는 의식'에서 벗어나, 단조로운 높은 어조의 대사 전달 등을 극복해야 할 것으로 보인다. 특히 여성간의 심리적인 관계를 연기해 내는 데는 좀 더 차분한, 내면적인 연기가 어울리지 않나 생각된다.

또 하나 연출상의 문제는 〈무덤 없는 주검〉의 경우처럼 고문 장면·권총에 의한 살해 장면이 형상화되고 강조되었는데, 역시 순간적인 심리적 충격 요법의 효과는 있을지언정, 작품의 근본적인 예술성에 상관성이 없는 것으로 생각된다. 더욱이 폭력에 대한 잦은 간접적 경험에서 파급될지도 모르는 무감각성의 사회 심리적인 면도 거시적으로 고려해야 할 필요가 있지 않을까 한다.

(객석, 1985.5.)

아동과 여성 인물 중심의 다섯 무대
— 〈파랑새〉·〈마음의 범죄〉·〈메디아〉·〈백양섬의 욕망〉·〈밥〉

5월 청소년의 달을 맞아, 상당한 수준의 청소년들을 위한 공연이 무대에 올려지고 있다. 극단 현대극장의 〈파랑새〉, 광장·신협·에저또 등 3개 극단이 합동으로 공연한 〈개구쟁이들〉 등 성인 연극에 비해 뮤지컬 형태를 주로 취하고 있는데, 뮤지컬이 갖는 평이한 구조적 특징과 높은 오락성을 고려할 때 적절한 선택인 듯 보인다. 이 외에도 청소년 연극 및 어린이들을 위한 인형극 등이 이번 달 무대의 한 특징을 이룬다고 하겠다.

이와 같은 청소년을 위한 공연 중에서 비교적 수준급이었던 공연이 MBC가 주최하고 극단 현대극장이 제작한 뮤지컬 드라마 〈파랑새〉다. 우리나라 어린이들에게도 잘 알려져 있는 메테르링크 원작의 〈파랑새〉를 줄거리로 한 이 공연은, 무엇보다도, 움직이는 무대 세트, 흥미롭게 변화하는 무대 장치, 천상 장면에서의 드라이아이스 사용, 로켓 발사장면 등 많은 눈요깃거리(Spectacle)와 동시에 춤·음악·노래 등을 바탕으로 뮤지컬이 갖는 대중적 오락성을 어린이 관객에 맞도록 효과있게 구사했다는데 이 공연의 의의가 있다 하겠다.

연출 및 각색의 김상열은 원작 〈파랑새〉의 기본 줄거리에, 우리의 사회적·문화적 현시(現時)를 가미, 칠칠이와 쫄쫄이 남매는 실질적으로 극의 액션을 이끌어 나가는 주체적·독립적인 행동자이기보다는, 각 장면을 연결시키는 역할 외에는, 주로 각기 다른 장면 속에서 일어나는 사건을 수동적으로 방관하는 역할만 하고 있을 따름이다. 또한 이 공연이 어린이를 위한 뮤지컬이라는 점에서 볼 때, 칠칠이와 쫄쫄이 남매가 대사 위주의 역할을 탈피하여 모든 어린이들이 애창 할 수 있는 많은 노래를 무대 위에서 실제로 부름으로서 극을 이끌어갔었더라면 하는 아쉬움이 있다.

세종문화회관 대강당의 대형 무대와 대형 객석 때문에 실제 오케스트라와 노래를 대신하여 녹음된 음악과 소형 포터블 마이크를 사용했어야 하는 어려움이 있었던 것 같다. 그럼에도 불구하고, MBC공연단의 세련된 팀워크의 대형 무대의 어려움을 극복하고, 공연 내내 어린이 관객의 환호와 관심을 집중할 수 있었다는 점에서 일단 성공적인 공연이었다고 하겠다.

지난 달 하반기 공연에서 또한 흥미로웠던 점은 여성 인물이 중심이 된 일련의 연극들이 공연됐다는 것이다. 우선 1982년 폴리처 수상 작품인 베스헨리의 〈마음의 범죄〉를 살펴보자.

극단 배우 극장에 의해 유근혜 연출로 한국에서는 초연인 이 작품은, 80년대 미국 여성의 독특한 정서를 세 자매의 관계를 통해 무대에서 탁월하게 형상화했을 뿐 아니라, 나아가서는 인생에 대한 보편적 진리를 그리고 있다는데 그 탁월성이 있다 하겠다. 배경은 미국의 보수적인 남부 미시시피의 한 작은 도시로, 성격이 각기 다른 세 자매가 사는 한 가정에서 하루 동안에 일어난 이야기를 기본 구조로

하고 있다. 큰 언니 레니는 30세를 맞은 노처녀로 차분한 성격의 전통적 남부여인이다. 이에 대조적으로 작은 동생 메그는 전통에 반기를 들고, 자유로운 남성관계를 갖고, 가수가 되려고 집을 뛰쳐나가나 실패하고 집으로 되돌아온다. 그녀에게 큰 영향을 끼친 것은 자살한 어머니로, 메그는 어머니와 같은 전통적 여인상을 거부한다. 막내 베브 역시 전통적 여인의 정숙함에 반기를 들고, 타부로 되어 있는 흑인 소년과의 정사를 행한다.

원작의 초점은 이 세 자매가 자매 애를 바탕으로 어떻게 인생의 희비애락을 이겨나가는 가를, 여성 특유의 시각에서 여성적 언어를 사용하여 그리고 있다는 점이다. 연출의 유근혜는 여성 특유의 섬세한 감각으로, 작품이 그리고 있는 '여성문화'를 잘 포착, 아기자기한 여성의 일상사적 분위기를 무대에 구현했다. 또한 통찰력 있는 배역선정으로, 세 자매의 대조적인 성격을 무대에 적절히 구현했다고 하겠다. 레니역의 장희진의 차분한 연기, 전통에 대항하는 말괄량이 메그 역의 정혜정의 허스키한 목소리와 걸 맞는 연기, 막내역의 이금주의 귀여운 연기 등 좋은 앙상블을 이루었다. 바네트역의 이찬우는 자연스러운 발성과 연기로, 배우로서의 커다란 잠재력을 과시했다.

무엇보다도 이 공연이 우리에게 주는 사회 및 문화적인 의의라면, 현재 86, 88국제 행사를 앞두고 우리 연극계 일부에서 일고 있는 경향을 고려할 때, 더욱 뚜렷해진다. 즉 브로드웨이로 대표되는 서구 상업주의 연극의 시각적 오락성만을 강조하는 현대적 무대술을 도입해야 한다는 일부의 견해에 비추어 볼 때, 평범한 부엌 내부를 무대배경으로 하는 '마음의 범죄'공연이 그 본산지 미국에서조차 성공했음에 비추어, 훌륭한 작품은 관객 동원에 있어 반드시 화려한 현대적 무대술을 필요로 하지 않음을 재삼 증명한 셈이라 하겠다.

뛰어난 여성 인물의 창조를 보여준 또 다른 공연이 심재찬이 연출한 극단 민예극장의 〈메디아〉다. 희랍의 3대 비극작가 중 심리묘사에 가장 뛰어난 유리피데스의 작품으로, 줄거리는 왕녀 메디아가 자기의 모든 것을 희생하여 목숨을 구해주었던 남편 제이슨에게 배반·버림을 받고, 그에게 복수하기 위해서 자신과 제이슨 사이에서 난 자식까지 죽이는 복수극, 자칫하면 단순한 남녀 치정극으로 전락할 수 있는 위험성을, 배반당한 메디아와 배반할 수밖에 없는 상황에 처한 제이슨의 탁월한 심리묘사를 통해 극복, 운명적 비극의 차원까지 몰고 간다.

연출 심재찬은 웅장하고 큰 무대가 요구되는 희랍비극을, 계단 등의 사용을 통한 입체적 공간 구성으로 소극장의 작은 무대위에 별 무리없이 연출해 냈다. 또한 소극장서 상황에 맞게 현대화시킨 코라스—기타 반주를 배경으로 화음이 뛰어난 4명의 여성으로 구성—은 공연 중 관객과 배우간의 감정적 통일성을 높이는 효과를 냈다. 메디아 역의 김은희는 배반당한 여인 메디아의 고뇌와 복수심, 또 한편으로는 자식 살해를 앞둔 어머니로서의 갈등 등 여성의 미묘한 감정의 뉘앙스를 자연스러운 발성과 폭넓은 연기로 표현해냈다. 적은 수의 캐스트로 희랍비극의 감정적인 효과를 그만큼 낼 수 있었던 것은 대단한 일이라고 하겠다. 아쉬운 점이라면, 지나치게 캐주얼한 코러스와 남성배역의 의상은, 희랍비극의 본질적인 경건함이라든가 웅장한 분위기와 별로 하모니를 이루지 못한 점이라 하겠다.

여성 인물이 중심이 된 또 다른 공연이 김정옥 연출, 극단 자유의 〈백양섬의 욕망〉이다. 여성 심리 묘사에 능숙하고 이를 바탕으로 인간적 진실을 탐구하는 원작자 유고베티는 이 작품에서 남녀의 본능적인 성 심리를 바탕으로 지배하고 지배당하는 성의 정치학(Sexual politics)을 연극화했다. 그리하여 모녀와 그 조카인 세 여인은 안제로라는 한 남성에 의해 성의 노예가 되지만, 그 순간 미망인 아가타의 질투와 소유욕은 안제로를 우물 속에 가두고 아사시킴으로서, 이번에는 안제로가 완전 굴복되게 된다. 아가타 역의 박정자는 버림받고 질투와 소유욕에 가득찬 늙은 미망인의 심리를 잘 연기해냄으로써 전체 공연에 활력소적인 역할을 했다고 하겠다.

이외에 사회 문제극도 몇 편 공연되었는데, 이미 언젠가 필자가 지적한 바와 같이 이러한 극의 경우는 현실 반영의 메시지적 수단으로서 역할과 예술적인 질서감 내지 긴장감을 얼마나 적절히 조화시키는가 하는 것이 문제가 된다.

이런 점에서 볼 때 참선 마당극이라는 부제가 붙은 연희광대패의 〈밥〉공연 역시 사회 문제극의 본질적인 취약성을 극복하지 못한 것으로 보인다. 김지하의 이야기 모음집 〈밥〉을 4개의 마당으로 꾸민 이 공연은, 연출 임진택의 말처럼 김지하의 생명의 세계관을 전파하기 위한 일종의 설법장처럼 되어버림으로써, 지나치게 메시지가 강해져 버린 느낌이 든다.

그러나 동학 혁명의 모티브를 가면극으로 처리한 장면은 예술적인 질서감의 창조로 전 공연의 극적인 핵심부 역할을 했다고 보겠다. '밥은 똥이고, 똥은 나'라는 기막힌 역설과 한에 바탕을 둔 주제는, 적절히 예술적 거리감을 두고 무대 위에서 형상화하였더라면, 예술적 질서감 창조에 큰 도움이 되지 않았을까 한다.

(객석, 1985.6.)

1985년 대한민국 연극제 상반기 네 공연
— 〈선각자여〉·〈검은새〉·〈쌀〉·〈제3스튜디오〉

1. 한국적 '정체성' 재정립 시도한 〈선각자여〉, 〈검은새〉

제 9회 대한민국 연극제가 열리고 있다. 지난 8월 중순부터 시작된 이 연극제에 9월 초반 현재까지 6작품이 공연되었다. 이들 공연 작품의 공통된 특징이라면, 궁극적으로는 한국인과 한국적인 정체성(identity)을 재정립해 보려는 시도라고 하겠다. 1985년의 시점에서 과거 역사 속의 인물이나 사건에 대한 새로운 해석은 이러한 노력의 표현이라 보여진다. 그러면 각 공연 작품들이 이러한 한국적 정체성을 재정립하는 문제에 어떻게 접근하고 있는지 살펴보기로 하자.

이제현 극본, 정진수 연출, 극단 민중의 〈선각자여〉는 바로 역사적 인물에 대한 긍정적인 재조명의 대표적인 예다. 이광수의 변질을 전통적으로 보아왔던 친일노선으로서가 아니라, 이광수 자신의 입장에서 이유있는 한 행위로써 새로운 해석을 시도한다. 그러나 극의 구조는 이제현 특유의 평면적 에피소드로 이어지는 재판형식, 긍정적인 재조명을 위한 작가의 노력이 교훈적인 메시지로 삽입됨으로써, 춘원 옹호의 일방적인 목소리로 끝나버린 감이 있으며, 객관성을 부여키 위한 사실적 물증의 나열 역시 극의 본질적인 예술성에 큰 기여를 하지 못한 듯 보인다.

연출면에서는 재판이라는 극의 구조에 적합한 기능적인 무대들 구사했으나, 무대 기술의 사용을 극소화함으로써, 극 진행의 비중을 배우와 대사 중심에 둠으로써 궁극적으로 대사 중심의 연극이 갖는 단조로움을 극복치 못한 듯하다. 이 공연의 의미는 무엇보다도, 새로운 시각에서 한 한국인의 모습을 규명하려는 뛰어난 주제의식에 있다고 하겠다. 이와 비슷하게 무대 장치의 사용을 극소화하고, 배우의 연기에 극 진행의 많은 비중을 둔 공연이 정복근 작, 권오일 연출, 극단 성좌의 〈검은새〉다. 이 작품 역시 조선조 시대의 반역자 이징

극단 성좌 공연 〈검은 새〉, 1985년 8월 22일~27일

옥을 우리 시대의 새로운 시각에서 재조명을 시도했다.

작가의 의도는 한국적인 뿌리를 이징옥이라는 인물과 그의 반란 사건을 통해 재정립하려는, 매우 야심적이었던 것 같다. 단군과 검은 새로 상징되는 신화적인 차원과 이징옥이라는 역사적 사실의 차원을 연결시킴으로써 한국적인 강한 향토색을 바탕으로 작품의 의미를 심화시키고 있다. 그러나 이러한 강한 미적인 잠재력이 극의 전개과정 중에 충분히 실현되었는가는 깊이 고려해 볼 문제로 남는다. 우선 지나치게 많은 에피소드로 구성된 플롯은 극적인 긴장을 지속시키기에는 좀 산문적이었던 느낌이 든다. 또한 〈선각자여!〉의 경우와 마찬가지로, 객관적인 고증에 치중한 나머지 연극적인 오락성에 영향을 주지 않았나 싶다. 역사적 인물을 무대를 통해 허구화할 때 생기는 필연적인 한 문제인 듯도 싶다.

연출의 권오일은 역시 베테랑답게 야심적인 연출 스타일을 택했다. 순 한국적 소재에, 아돌프 아피아와 고든 크레이그를 연상케 하는 무대를 구사했다. 전통적인 무대 세트 대신 층계가 있는 수평적 무대를 사용하고, 입체적인 조명 효과로써 전체적인 분위기를 컨트롤했다. 또한 공간구성, 배우의 동작, 의상 등을 대칭(symmetry)과 대비(contrast)를 바탕으로 구사했다. 무엇보다도 무용 및 코리스의 동작 등에서 한국적 주체를 추구하려는 노력은 연출의 뚜렷한 특징으로 남는다.

순수한 한국적 역사물의 소재와 서구적 비사실주의 연출방식을 결합한 시도는 매우 야심적인 것이긴 하지만, 플롯 중심의 역사극과 배우에게 무대의 많은 비중을 두는 극 진행 방식이 궁극적으로 얼마나 자연스러운 조화를 이루느냐 하는 것이 이 공연의 문제점으로 남는다. 그러나 주제의식이나 연출면에서 무서운 잠재력을 지닌 작품임에는 틀림없는 것 같다.

2. 집단과 '우리'에 관심 쏠린 〈쌀〉, 〈제 3스튜디오〉

또 다른 역사물이 최인석 극본, 손진책 연출, 민예극장의 공연 〈쌀〉
이다. 구한말, 한국인의 생명력의 본질을 상징하는 쌀을 중심으로 벌
어지는 일제와 지주들에 의한 민중들의 수탈과 압박을 그리고 있다.
가진 자와 못 가진 자와의 갈등의 플롯에서 우리가 처해있는 현실상
황에 대한 알레고리를 찾을 수도 있는 이 작품은, 1980년대의 관객
층에 공감을 줄 수 있는 요소가 강하다. 또한 극적 구성이 사실주의
적임으로 해서 관객에게 부담이 덜 가는 공연.

중심 플롯은, 나으리의 소작인에 대한 압박 및 착취, 두 계급간의
갈등이라면, 이에 하인 막정이와 분단이의 로맨스가 보조 플롯으로
이 두 플롯이 얽히시면서 극이 전개되어 나간다. 이에 의병 봉기의
음모 및 혁명적 요소도 가미, 관객의 흥미를 극중 내내 지속시킨다.
그러나 클라이맥스라고 할 수 있는 민중 봉기의 장면에서 지금까지
관객의 기대를 지속시켜왔던 나으리 · 막정 · 분단의 갈등이 전격적
으로 우연성에 의해 해결됨으로써 극적 긴장이 맥없이 풀려버리는
느낌이 든다. 끝 장면에 막정이의 소사 소식이 역시 극의 전개상 지
나친 우연성에 의존함으로써, 멜로 드라마적인 분위기를 극복치 못
한 듯싶다.

연출의 포부는 '민중들의 반봉건, 반 침략적 투쟁의 역사'를 그리
려고 한 듯 하나, 막정이의 일방적인 복종의 장면과 더불어, 투쟁의
역사는 뒷배경으로만 남아 있을 뿐, 이를 무대 위에서 구체화해주는

중심사건이 없다. 그러나 높낮이의 대비를 고려한 기능적인 무대를 연출했으며, 특히 극중 내내 대사의 경제성은, 서스펜스를 지속시키는 사건 전개의 방법과 더불어 매우 효과적이었던 것 같다.

이상의 공연들에 비해 좀 더 현시적 소재를 다루고 있는 작품이 김상렬 극본, 이승규 연출, 극단 가교의 〈제 3스튜디오〉다. 정보사회로 돌입하고 있는 80년대 우리 사회의 한 단면을, 이를 대표하는 방송계의 허상을 까밝힘으로써 궁극적으로는 우리 사회가 서 있는 현재의 좌표를 확인하고자 하는 노력으로 보겠다. 플롯은 특집 드라마의 주연 여배우의 죽음을 둘러싸고 한 형사가 자살이냐 타살이냐의 여부를 추적해 가는 비교적 간단한 형식을 취한다. 여배우의 사생활 이야기와 특집드라마 조작극이 각각 주·종 플롯을 이루고 있으며, 작가 김상열은 사건 전개에 있어 회상(flashback)과 희극적 이완(comic relief)의 적절한 삽입을 통해, 관객의 긴장감을 계속 끌어간다. 나름대로 방송계의 허위성에 반항, 이를 폭로하려는 한 여인의 단순한 수사극의 차원을 극복, 현대인의 소외의 문제까지도 어느 정도 암시하고 있는 듯. 그러나 극의 종결부에 가서, 시종일관 지속시켜온 극적인 긴장이 느닷없이 해이해지는 경향이 있다. 여배우가 자살에 이르는 과정을 사건 전개에 중심으로 두고, 내면적인 그림을 무대 위에 설득력 있게 펼치지 못한데 부분적으로 원인이 있지 않나 한다. 그럼에도 불구, 각본은 연극적인 특성을 잘 포착해서 살린 것이었다고 보겠다.

각본이 연극적 구조를 잘 고려한 것이라 할 때, 연출 역시 연극의 시각적·오락적 요소를 백분 발휘한 가벼운 터치의 표현주의적 스타일. 대사의 비중을 줄이는 대신, 그 밖의 무대적 효과 즉 조명·전자·음악·댄스 등의 비중을 늘려 훌륭한 조화를 창조했다. 현재와 과거의 장면을 부분 조명으로 처리한 점, 주인공 유자영의 소외를 안무로 처리한 점 및 무대의 입체적인 공간 구사 등으로 기능적인 무대를 구사했다. 아쉬운 점이 있다면, 디스코 댄스 등의 삽입 등 오락성에 지나치게 치중한 느낌이 있으며, 배우들의 집단 동작이 훈련 부족인 듯 정리된 느낌을 주지 못했다는 것이다. 그러나 연극이 지니는 무대적 효과를 잘 살린 공연이었다고 하겠다.

이와 같이 대한민국 연극계 전반부에 참가한 공연들의 일반적 특징은 역사성 및 사회성이 강한 주제로, 우리가 이 시대에 처해있는 현실과 유기적인 관계가 있는 것이라는 점이다.

그러나 아쉬운 점은, 한국과 한국인의 정체성(identity)의 재창조라는 문제와 관련, 이 여러 편의 공연 작품들이 일률적으로, 집단적인 정체성만을 추구하고 있다는 점이다. 플롯 전개에 많은 비중을 둠으로써 개인적인 한국인의 모습 창조에는 관심이 소홀한 느낌이 든다. 아직도 집단과 '우리'를 강조하는 우리의 문화적 상황 탓이리라 생각된다. 그러나 한국적 뿌리를, 복잡한 동기와 강한 내면세계를 지닌 한 개성으로써의 한국인의 모습을 통해 찾는 노력 또한 있어야 되지 않는가 하는 생각이 든다.

(객석. 1985.10.)

1985년 대한민국 연극제 후반부 4편

— 〈하늘만큼 먼나라〉·〈풍금소리〉·〈잃어버린 역사를 찾아서〉

1. 백성희·박정자의 앙상블이 두드러진 〈하늘만큼 먼 나라〉

제 9회 대한민국 연극제가 막이 내렸다. 전반부에 공연된 네 작품과 마찬가지로, 후반부 네 공연 작품 역시 크게 보아 한국적인 정체성(identity)을 정립하고자 하는 안간 노력이라고 포괄되어질 수 있을 것 같다.

우선 노경식 작 임영웅 연출, 극단 산울림의 〈하늘만큼 먼나라〉를 살펴보자. 이 작품은 현대를 사는 한국인의 의식 속에서 분리시킬 수 없는 한 운명적인 문제인 이산가족의 애환을 그 줄거리로 하고 있다. 마침 우리 사회의 핫이슈로 등장하고 있는 남북 이산가족 방문과 때를 같이 하여, 이 작품이 지니는 사회적 및 정치적인 현시성이 강력하게 부각된 것이 이 공연이 갖는 장점이기도 하다.

그러나 실제 이야기는 남북으로가 아닌 남남으로 갈라진 한 노부부의 이야기다. 극은 이미 오랫동안 헤어져서, 각기 다른 가정을 이루고 살던 두 노인이 상봉하는 장면부터 시작된다. 그리고 이 두 사람과 이들의 두 가정 사이에 얽히고 설키는 인간관계, 가치관의 차이, 심리적인 갈등 및 역학이 극 진행을 밀고 나가는 중심액션이 되고 있다.

그러나 주변요소적 갈등에 의해 극의 중심액션이 진전되어진다는 점에 비추어 볼 때, 이 작품의 중심적 갈등은 충분히 '극적'이 되지 못한다는데 그 구조적인 취약성이 있는 듯하다. 그래서 두 가정을 중심으로 이끌어 가는 플롯이 궁극적으로 홈드라마의 한계를 벗어나지 못한 채 심각한 사회적인 호소력을 성취하지 못한 듯 보인다. 예를 들어, 아들 황사장이 어머니를 빼앗기지 않으려는 오이디프스 콤플렉스라든지, 또 다른 아들인 서부장네와 상통을 하지 않으려는 심리 등 그 동기 묘사가 충분히 설득력을 가지지 못한 것도 그 이유가 된다고 보겠다.

그러나 극 진행에서 두 가정의 상황을 대칭적으로 조화있게 설정한 점이나, 극의 시작 장면을 끝 장면과 연결시켜 조심스럽게 마무리 짓는 등 작가의 극작술에 대한 진지한 노력이 아낌없이 들러난 작품이다. 연출의 임영웅은, 사실주의적인 작품 탓도 있겠으나, 늘상하듯 획기적인 창의력을 구사하지도, 그렇다고 커다란 흠을 잡을 데도 없는, 안전하고 보수적인 스타일의 연출을 보여주었다. 공연으로서 이 작품의 지루함을 극복하는데 큰 역할을 한 것은 백성희·전무송·박정자 등 노련한 연기자들의 역할이라고 보인다. 백성희와 박정자의 연기가 좋은 앙상블을 이루었다. 그러나 무대 장치는 한 재벌 가정과 한 소시민의 가정이 갖는 대조적 효과를 충분히 시각화하지 못했다.

다음 작품인 오태석 작·연출, 극단 목화의 〈필부의 꿈〉은 위의 작품과는 판이하게 다른 추상적 표현주의 스타일의 작품. 가난 때문에 갈라서야 하는 두 부부를 설정해놓고, 꿈이라는 구조를 이용하여 잡다한 에피소드를 추상화적으로 구성하고 있으나 서구의 표현주의 극이나 부조리 극 등이 근본적으로 탄탄한 논리적 바탕 위에서 성립된 점에 견주어 볼 때, 작품 〈필부의 꿈〉은 꿈이라는 구조만을 가지고 그 산만성과 비논리성을 정당화시킬 수 없는 듯하다. 작품 중에서 '붕우유신', '충·효' 등 단말마적으로 문제 제기만 해놓고, 그 이상으로 발전시키지 못한 점은 궁극적으로 작품내의 통일성의 결여를 결과한 듯싶다.

그러나 처용·춘향·흥부 등 우리의 원형적인 신화 내지 설화에서 소재를 따와 현대적 연극 전통에 수용하려는 작가의 노력은 궁극적으로는 새로운 한국적인 정체의 모색과도 관련되어진다고 보겠다. 공연으로서의 이 작품은 회전무대·춤·노래·처용의 코러스 등 심상치 않은 눈요기를 제공한다. 또 다른 하나의 스타를 창조하기 위한 것이었는지는 알 수 없으나 필부역의 최형인에게만 지나치게 많은 연기의 비중을 둔 감이 있다. 최형인은 자연스런 연기를 보여주었으나, 시종일관 변화없는 굵은 톤의 연기로 유연성이 결여된 듯하다.

2. 대부분 진부한 사실주의 방식으로 일관된 극작술 〈풍금소리〉

역시 여성물이면서 사실주의 작품으로, 한국적 여성의 정체를 탐구해 본 공연이 윤조병 작, 강유정 연출, 극단 여인의 〈풍금소리〉다. 줄거리는 광부인 남편을 잃은 젊은 여인의 억압된 본능의 한스러운 이야기와, 이와 대조적으로 두 할머니의 한스러운 인생사가 중심이

되고 있다. 실제적 중심 플롯은 두 할머니의 이야기로, 작가는 일제
치하의 우리 민족의 수난의 역사와 이들의 이야기를 엮음으로써, 온
갖 풍상 속에서도 억새풀처럼 꺾이지 않고 살아남는 한국 여성의 모
진 생명력을 부각하려 한 듯싶다. 그러나 젊은 광부 아내의 이야기

극단 현대극장 공연 〈잃어버린 역사를 찾아서〉, 1985년 10월 3일~8일

와 두 할머니의 이야기가 전후로 나뉘어 유기적인 조화없이 무대화
됨으로써 작품의 초점이 흐려지고, 예술적 긴장이 약화된 듯하다.
    무대 장치는 여인극장의 일상적인 스타일로, 세부까지 꼼꼼하나,
무대 정면을 강조함으로써 정체된 분위기를 극복치 못했다. 풍금소
리는 암울한 광산촌 분위기에 서정성을 불어넣고, 면면한 한국여인
의 맥을 상징하도록 의도된 듯하나, 풍금을 치는 장면적 상황이나
전체 무대 세트와의 조화면에서 볼 때 생경한 느낌이 없지 않았다.
김보애의 부드럽고 억제된 연기는 풍상을 극복하고도 꿋꿋이 살아

남는 강인한 여인상을 강조하는데 부족했던 느낌이 든다. 그러나 이 공연에서 흥미로웠던 점은 남성 작가가 여인들만의 세계를 어색치 않게 그려낼 수 있었다는 점이라 하겠으며, 더불어 여성작가에 의한 여성 작품이 공연되지 않은 데에 대한 아쉬움이 남는다.

연극제 마지막 작품인 현대 극장의 〈잃어버린 역사를 찾아서〉 역시 우리의 한 많은 역사 속에서 소재를 찾은 작품. 김의경 작, 김상열 연출의 이 공연은 우리에게 잊혀진 관동대진재의 비극을 무대화함으로써 우리의 역사적 인식을 새롭게 하고자 하는 의도에서 출발된 듯싶다.

플롯은, 한 한국인 기자가 관동대진재 때 희생된 한 한국인 가족의 이야기를 되 거슬러 추적함으로써 관동대진재의 한국인 학살의 면모를 밝혀내는 형식을 취하고 있다. 장면의 효과적인 배열이라든가, 과거와 현재를 뒤섞은 일종의 회상(flashback)수법의 사용 및 배우가 나레이터와 무대 감독의 역할까지 겸하도록 한 여러 가지 점에서 볼 때, 세련된 극작술을 구사하고 있다고 보이며, 또한 관객의 흥미를 극중 내내 지속시킨다. 그러나 소재자체가 관동대진재라는 한 사건을 밝힌다는 한계성 때문인지 무대 위에 형상화된 것 이상으로 심각한 주제의식을 부각시키지 못한 것이 아쉽다.

연출의 김상열은 무대의 구체적인 면모를 효과적으로 구사, 성공적인 공연물을 형상화해냈고, 여기에 이 작품의 생명이 있는 듯싶다. 층계다리를 사용한 연기장소의 다변화라든가, 〈세일즈맨의 죽음〉에서와 같은 현재와 과거의 연기장소의 분리 등 각본이 갖는 특징들을 효과적으로 캐취, 무대화했다. 효과적인 다각도 조명과 송관우의 다이내믹한 무대장치 등이 좋은 조화를 이루어서 정도 높은 공연물을 창조했다. 다만 전체적 무대의 단아한 분위기가 필자의 지극히 주관적인 견해인지는 모르나, 가부끼 등의 일본 연극의 분위기를 생각나게 한다.

이와 같이 연극제에 참가한 8편의 공연을 살펴 볼 때, 이들 모두 한국과 한국인이라는 문제를 제 나름대로 규명하고 탐구해보려는 안간 노력들로 특징지워진다. 그러나 대부분의 작품들이 진부한 사실주의 방식으로, 주제를 나타내는데 불필요하게 긴 공연 시간과 잡다한 대사로 메워져서 우리나라의 대부분의 극작가들이 아직도 사실주의 이외의 극작방법을 효과적으로 또는 선택적으로 구사하지 못하고 있음을 입증해주었다. 발달된 서구의 극작술이 사실주의라 할지라도 효과적으로 전달하고 있다는 점도 밝혀두고 싶다. 이러한 의미에서 이번 연극제 공연 작품 중 극작술을 그나마 효과적으로 변형된 형태나 또는 혼합적인 형태로서 작가의 의도를 관객의 흥미를 손상시키지 않고 효과적으로 구사했다고 기억되는 작품이 〈잃어버린 역사를 찾아서〉이다. 비록 탄탄한 주제의식이 무대위에 구현되지는 않았다 하더라도.

또한 심사 결과를 보고 느낀 필자의 개인적인 소감은 연극제 심사의 관점에도, 어떤 이는 구조적인 허실을 얘기한 바도 있지만, 혁신적인 다양한 관점이 보강되어야 한다는 것이다. 비평관점의 수준을 다양화하지 않고, 다가오는 국제화의 시대에 과연 우리가 우리의 것을 우리만의 방식으로 표현할 때 얼마나 우리의 국경을 넘어선 관객층들에게 호소력이 있을 것인가는 깊이 고려되어야 할 문제로 남는다.

(객석. 1985.11.)

사회적 현실 풍자와 존재의 보편성 문제

― 〈임금알〉·〈유리동물원〉

1. 대사 위주의 각본을 효과적으로 연출한 〈임금알〉

연극제 이후 지난달 말과 이달 초반까지의 공연은 별로 시원하게 인상을 남기는 작품이 없다. 연극 문화의 빈곤을 느끼게 하는 달이었다고나 할까. 주로 소극장 공연 작품들이 대부분이었는데 그 중에서 이야깃거리가 되는 몇 작품을 살펴보기로 하자.

이현화 작·채윤일 연출·극단 쎄실의 〈카덴자〉는 다섯 번째 앵콜 공연으로 '잔혹극'이라는 부제가 붙어 있다. 전통적인 플롯이 없이, 부당하게 왕좌에 오른 수양대군과 이에 반항하는 정몽주와 어린 단종의 상황을 무대에 설정하고, 객석에서 한 여자배우를 끌어내어 무대 속의 극적 현실을 받아들이도록 강요한다. 반항하는 여인을 온갖 고문을 통하여 결국 극 중의 현실을 받아들이게 함으로써 극이 끝난다.

대사의 비중을 극소화하고, 고문·북소리·칼·창 등의 사용으로 오감에 충격을 주고 ,또 인물을 상징물로써 구사하는 등 기본적으로 잔혹극의 모든 테크닉을 동원했다. 특히 거울의 반사효과를 사용하여 연극 속의 상상적 세계와 관객의 현실을 융합하려는 점은 대단히 효과적인 착상이라고 하겠다. 그러나 주제와 우리의 사회적 현실에 대한 독특한 알레고리라는 점에서 인간 존재의 보편적인 문제에 뿌리를 두고, 원초적 제의적 분위기를 창조하자는 잔혹극의 궁극적 목표는 달성하지 못한 듯하다. 즉 이현화·채윤일 조가 항상 하듯이, 공연은 잠재적인 미적 가능성만으로 남은 채, 심오하게 발전되지 않은 상태로 남아있는 것이다. 또한 〈0.917〉의 경우처럼 지나치게 암전이 많아서 연극의 시각적 효과를 감소시키는 것도 연출의 특징이라고 하겠다.

위의 작품처럼 우리의 사회적 현실에 대한 알레고리를 회화화 한 공연이, 오태영 작, 기국서 연출, 극단76의 〈임금알〉이다. 박혁거세 등 왕을 둘러싼 우리 고유의 신화를 현대적 상황 속에서 재 투영함으로써 이루어지는 플롯은 상당히 짜임새가 있고, 연출의 기국서는 노련한 솜씨로 대사 위주의 각본을 효과적인 공연물로 구사해냈다. 여기에는 정재진, 차희, 이창훈 등 연기의 폭이 넓은 배우를 효과적으로 기용했다는 점이 크게 작용했다고 보겠다.

그러나 구조적으로 약간 아쉬웠던 점은, 알동이 왕에 대한 민중 봉기로 극이 갑자기 끝남으로써 지금까지 지속되어 온 극적 긴장이 일시에 해소된다는 점이라 하겠다. 좀 더 자연스런 끝맺음이 효과적일 것이다.

이와 같이 비극이건 희극이건 우리의 연극작품들은 아직도 대부분이 우리의 사회적 현실 풍자 이상의 단계를 넘어서 좀 더 보편적인 인간 존재의 문제를 다루고 있지 못하며, 이로 인해 우리 작품들은 보편성을 결여하고 있다고도 보인다.

이러한 점은 실험극단이 공연한 피터 쉐퍼 작 〈에쿠스〉와 견주어 볼 때 더욱 뚜렷해진다. 한 마굿간 소년이 자기가 돌보는 말들의 눈을 찌른 극적인 상황을 중심으로 전개되는 이야기는, 단순히는 말에 대한 폭력문제에서부터 부모·자식의 갈등, 나아가서는 종교 및 성심리적인 문제까지 제시하고 궁극적으로는 성장기 소년의 존재론적 고통을 통해 소외라는 보편성과 마굿간 소년의 특수성을 효과적으로 결합하고 있다는데 이 작품의 탁월성이 있다. 또한 이와 같은 좋은 작품의 선택은, 연출면에서나 연기면에서 발견되는 미숙성을 잘 커버한다고 보여진다.

연출의 김영렬은, 협소한 공간에 지나치게 많은 동작과 인물을 구사한 듯 보이며, 배우들의 입·퇴장을 줄이고 극중 내내 무대 한 구석에 대기하도록 공간구사는 별로 효과적이 못되는 것이다. 연기면에서 볼 때, 최재성, 염해리 등 역에 맞게 배우를 선택한 듯 보이나, 발성이나 연기력에 있어 아직도 상당한 미숙함으로 보이고 있어, 공연에서 조화된 질서감을 창조하지 못하고 있는 듯 하다.

아울러 〈아메리카의 이브〉나 〈에쿠스〉 등의 대작을 선택하는 극단 측의 야심과 열의는 높이 살만하나, 작품의 성격에 걸맞지 않는 협소한 무대 공간 속에서 조화를 창조하려는 인간 노력은 깊이 숙고해 볼 여지가 있는 듯 보인다.

2. 무대공간을 적절히 사용한 〈유리동물원〉

이와는 대조적으로, 협소한 무대 공간에 비교적 무리가 덜 한 작품을 선택한 경우가 김도훈 연출·극단 뿌리의 〈유리동물원〉이다. 테네시 윌리암스 작인 이 작품은, 절름발이 소녀 로라와 그녀의 남동생 톰, 그리고 이 둘을 지배하고 소유하려는 성격이 강한 홀어머니 아만다 등, 세 사람의 갈등과 좌절의 인간관계를 바탕으로 한 홈드라마다.

연출 김도훈은 자칫 홈드라마가 가질 수 있는 평면성을, 연기 장소에 높낮이를 주고, 무대 전후 공간을 베일로 나누어 다양화함으로써, 효과적으로 극복했다. 또한 노련한 배우를 기용함으로써 작품의 생명을 살리고 있는데, 최정수·최민금·이수복 등은 자연스런 연기의 조화를 이루고 있다. 특히 최민금은 내성적이고 현실 도피적인 로라 역을 차분하게 잘 소화해냈다. 오랜만에 다시 무대에 선다는 아만다 역의 김화영은 전체적으로 별 무리는 없으나, 지나친 오버액숀을 한 감이 있다.

역시 외국 작품이나, 우리 실정에 맞게 번안, 뮤지컬화한 작품이 극단 우리마당의 〈강제결혼〉이다. 몰리에르 원작의 이 작품은, 환갑이 넘은 홀아비 구두쇠 갑부 영감이 갑자기 인생무상을 느껴 몇 십년 아래의 젊은 처녀와 결혼하기로 결정하나, 이 처녀가 바람둥이에다 낭비성이 심한 것을 뒤늦게 발견, 결혼 약속을 취소하려 하나, 주위의 압력으로 강제결혼을 하게 된다는 이야기다.

피아노 반주 하나에만 의존하여 우리 실정에 맞는 뮤지컬을 만들고자 했다는 연출 김호태의 야심적인 의도에도 불구, 공연 속에 노래 수의 부족, 배우들의 성량 부족과 연습 부족, 또한 피아노 반주의 빈약함 등으로, 어떤 형태로든 뮤지컬이라고는 볼 수 없는 공연이 되어버렸다.

〈장터에 난리 났네〉에서 뛰어난 연기를 보여주었던, 노인역의 이

도경은 경상도 사투리와 오버액션으로 인해 몰리에르 풍의 희극보다는 한국적 소극에 더 어울리는 듯 하다. 젊은 여인역의 곽자헌 역시 무리없는 연기를 보였으나, 공연 중에 섞여있는 노래 부분을 제대로 소화해 내지 못했다. 그러나 가벼운 소극 공연의 전통을 착실히 쌓고 있는 극단 마당은 역시 이 공연에서도 몰리에르 원작극이 갖는 미묘함은 없으나 관객을 웃기는데 무리없이 성공한 듯하다.

이와 함께 우리나라에도 점점 더 많은 뮤지컬이 시도되고 있는 상황에 비추어, 마스크나 연기만을 위주로 하는 배우가 아닌, 본격적 성악 훈련을 받은 뮤지컬 배우의 양성이 필요한 것도 지적하고자 한다. 외국의 뮤지컬 배우가 발성이나 노래하는 숙련도에 있어, 전문 성악가를 능가할 만한 수준에서 공연 활동에 임하고 있다는 사실에 비추어 볼 때 더욱 그런 것 같다.

위에서 언급한 소극장 공연들과 대조를 이루었던 공연이 호암 아트홀의 대형 무대에서 공연되었던 셰익스피어의 〈오셀로〉다. 이 공연은 셰익스피어의 대중화를 꾀했다는 점에서 그 의의를 높이 살만하나, 실제 무대화과정에서 대중을 지나치게 의식한 결과로 셰익스피어 극의 독특함을 상실했다고 보겠다. 그리하여 무대가 갖는 국제적 수준과 실제로 올려진 공연사이에는 상당한 갭이 있는 것으로 보인다. 셰익스피어 작품이 갖는 언어의 고유성이 번역으로 상당히 손실된다고 볼 때, 이러한 고유성은 무대장치 및 의상, 또 셰익스피어 연극의 특유한 연기스타일 등으로 보완될 수 있다고 보인다.

그러나 아름답기만 한 데스데모나의 현대적 드레스를 비롯, 의상이 무대장치에 있었어야 할 고증에 바탕을 둔 정교함을 보이지 않는다. 연기면에서, 간판스타로 내 건 듯한 금보라의 인형같은 연기는 데스데모나의 극적인 내면적 갈등을 생생히 표현하기에는 부족했으며, 이아고 역의 장용 역시 교활하면서도 희극적인 이아고의 대조적 감정을 표출하지 못한 듯 하다. 이러한 점은 TV연기자를 무대 위에서 기용할 때 생기는 필연적인 문제성과도 관련이 된다고 보겠다.

무엇보다도 셰익스피어 극의 독특한 연기 스타일이 배제됨으로써, 궁극적으로 한국적 사극을 무대화 한 듯한 인상을 극복치 못했으며, 녹음된 음악 효과보다 실제 오케스트라를 사용했더라면 더욱 더 정통적 분위기를 창조할 수 있지 않았나 싶다. 번역 대사 역시 현대적이기는 하나 관객을 의식, 희극적 효과를 지나치게 노려 웅장한 비극적 분위기를 감소시키고 있음을 본다.

(객석. 1985.12.)

훈련부족의 배우와 연습부족의 무대

— 〈애니〉·〈코메리칸의 무서운 아이들〉·〈느릅나무 밑의
욕망〉·〈뉴욕뉴욕 코메리칸 블루스〉·〈문〉

1. 내면적 메시지 전달에 실패한 번역극들

지난달 이후 상당수의 소극장 개관되고, 많은 소규모 공연이 이루어지고 있다. 강남의 '현대예술극장', 서대문의 '민중소극장', 신촌의 '연우소극장' 및 '크리스탈 문화센터' 등이 그러한 몇몇 경우다. 그러나 서구의 소극장 운동이 강한 실험정신을 바탕으로 순수연극을 지향하고자 한 운동으로, 그 이후에 오는 상업적·기업적 연극의 전신적인 과정이었음에 비추어 볼 때, 작금의 우리 연극계에 일고 있는 소극장과 소규모공연 추세는 일반적으로 말해서 강한 상업적 경향을 동시에 띄고 있는 것이 그 특징인 듯 보인다.

우선 강남지역 최초의 연극 공연장인 현대예술극장의 뮤지컬 〈애니〉를 보자. 브로드웨이의 대형무대에서 최신 무대술을 바탕으로 공연되었던 이 작품을 현대예술극장의 소규모공간과 그 밖의 여러 가지 제약에도 불구하고 공연하기에 이른 극단 측의 야심은 높이 살

만하다. 또한 연출의 김효경은 뮤지컬이 갖는 공연상의 특징을 잘 포착, 빠른 템포의 극 진행이라든가 많은 율동과 코믹한 동작·노래·화려한 의상 및 다이내믹한 무대세트의 변화 등을 구사하여 한시도 관객을 지루하게 하지 않는다.

그럼에도 불구하고 이 공연이 수준급의 뮤지컬이 되지 못한 큰 이유 중의 하나가 리허설 부족으로 인한 공연의 산만성에 있음에 부정할 수 없다. 우선 배우들은 노래 훈련의 부족으로 독창곡들을 소화해내지 못하고, 많은 부분을 합창으로 커버하고 있으며, 그나마 성량 부족으로 오케스트라의 배경음악에 압도당하고 있다. 또한 합창단원들의 율동 역시 리허설 부족인 듯 예술적 질서감을 창조해내지 못했다. 더불어 공연 중 작동되지 않는 음향기기 등 제반 상황을 고려할 때, 또 그럼에도 불구하고 와글거리는 관객을 고려할 때 남는 인상이란 아직도 우리의 연극풍토에는 '무대에 올리기만 하면 장땡'식의 부정적 직업윤리가 건재한다는 것이었다.

이와 비슷하게 충분한 리허설이 결여된 채 공연된 듯싶은 작품이 이재현 작·연출, 극단 '부활'의 〈코메리칸의 무서운 아이들〉이다. 이재현 특유의 소설적 구조의 희곡을 바탕으로 한 이 공연을 나레이터의 회상을 통해 이민 간 어느 한국청소년이 미국사회에 적응치 못하고 좌절해가는 과정을 그리고 있다. 섹스와 로맨스를 간간이 곁들인 이 공연은 동일한 작가의 공연, 〈화가 이중섭〉이 가졌던 진지성에 비추어 볼 때 공연의 시장적 가치를 상당히 의식한 듯한 인상을 준다.

연출면에서는 작은 무대공간을 각본에 알맞게 구사했으나, 역시 이 공연에서도 지적하지 않을 수 없는 점은 충분한 리허설 없이 공연이 무대화됐다는 점이다. 나레이터역의 황정아는 노련하게 커버는

해나갔으나 대사조차 충분히 연습을 못했던 듯 더듬거렸으며, 그 밖의 강상규 및 정아미 등과 연기면에서 앙상블을 이루지 못하고 있는데 이 역시 리허설 부족인 듯싶다. 이와 같이 상기 두 공연은 리허설 부족이 두드러지게 눈에 띄는 공연이었으며, 이와 더불어 좀 더 투철하고 책임있는 직업윤리가 요청되어진다고 보겠다.

이와는 달리 번역극인 이유로 해서 작품 이해와 효과적인 무대화에 무리가 갔던 공연이 극단 에저또의 〈내 이름은 하비〉이다. 초기 사실주의에 속하는 이 작품은 메어리 보일 체이스 원작으로, 현대인의 환상적 도피처를 상징하는 상상의 토끼 '하비'를 갖고 있는 주인공 '엘우드'의 이야기를 Well-made적 구조로 구성한 작품. 연출의 방태수는 접을 수 있는 창의적인 무대세트를 고안하여 장면 변화를 효과적으로 하고 있다.

그러나 연기에 있어서 모든 배우가 열연했음에도 불구하고, 실제로 극의 내면적 메시지가 전달되지 못했다. 이는 원문에 충실한 번역 대사에도 부분적인 이유가 있는 듯 보이나, 더 큰 이유는 인간의 심리묘사에 중점을 두는 초기 리얼리즘 극에서 요청되는 내면적 연기를 표출해 내지 못한 데 있는 듯 하다. 연기자 모두가 번역극 대사 전달에서 흔히 보이는 높은 톤과 빠른 속도를 특징으로, 이런 류의 연극에 필요한 감정이입보다는 연기를 한다는 자의식(acting mentality)을 바탕으로 연기를 한 듯하다.

2. 총체적 테크닉의 배우, 총체성을 내보인 무대 〈느릅나무 밑의 욕망〉

이 공연과 비슷하게 내면적·심리적 갈등 묘사가 충분히 무대화되지 못했던 공연이 극단 성좌의 〈느릅나무 밑의 욕망〉이다. 작품 속 근친상간의 문제가 흥미거리로 우리 관객들의 관심을 끄는 것도 재미있는 현상이다. 유진 오닐 원작인 이 작품은 희랍 비극 히폴리터스 이야기를 근본 구조로 현대화한 작품으로 의붓어머니인 애비를 중심으로 아들인 애번과 아버지 캐보트 간에 벌어지는 오이디프스적 갈등이 작품의 내면적 역할을 이룬다.

연출의 권오일은 전체적으로 무리가 없는 무대를 구사했으나, 작품이 갖는 진부한 시대적 정서를 좀 더 현대화했더라면 하는 아쉬움이 있다. 무대세트는 〈느릅나무… 〉공연에 고전처럼 되어버린 2층집으로 장면 변화 때마다 벽면을 여닫게 되어있는데. 이러한 세트는 무대 정면을 가로막음으로써 정체된 분위기를 면치 못했다. 〈세일즈맨의 죽음〉의 경우처럼 집안 내부를 그대로 내보이거나 집의 구조를 투명하게 함으로써 이러한 정체성은 면할 수도 있지 않았나 싶다.

캐보트역의 전운은 폭넓은 자연스런 연기를 보여주었으나, 작품의 초점이 되는 애비역의 손숙은 작품 후반부에서 아들 애번의 연인역은 무리없이 소화했으나, 전반부에서 오이디푸스적 심리적 어머니 역할은 전혀 소화를 해내지 못했다고 생각된다. 아들역의 유인촌 역시 오이디프스형의 아들의 섬세한 내면적 연기를 표출하지 못했다. 또한 원작에 지나치게 충실한 번역 대사는 작품이 갖는 시대적 정서와 공연 현장의 문화적·시대적 갭을 고려치 않음으로써, 이 공연의 비극적 대사가 관객의 폭소를 자아내는 경우도 몇 번 있었음을 지적

하고자 한다. 결국 원작이 갖는 비극성은 충분히 무대화되지 못한 채 아들과 의붓어머니 간의 피상적 연애이야기로 끝나버린 느낌이 든다.

지난 달 공연 중 인상에 남는 공연은 강두이의 귀국 공연인 〈뉴욕 뉴욕 코메리칸 블루스〉와 심우성의 일인극 〈문(門)〉이다. 재미무용가 아이리스 박과 장두이가 주도하여 '한국적 테마'를 가지고 세계무대에서 공연 활동을 하기 위해 발족했었다는 〈울 댄스 디어터 사운드〉는 총체극을 그 이념으로 한다.

'…코메리칸 블루스' 역시 이러한 총체극개념에 바탕을 둔 공연이다. 줄거리는 한국적 사회의 비리가 싫어서 미국에 이민 간 한국인 허두삼이 그 사회에 적응하기 위해 겪는 자서전 인생사로 결국 KAL 폭파사건으로 막이 내린다는 이야기다. 극의 구조는 오프 오프 브로드웨이류의 공연이 대개 그러하듯 짜임새가 별로 없는 에피소드적 플롯이다. 또한 관객의 흥미를 의식한 나머지 소극(Farce)적인 요소와 허두삼의 애환을 지나치게 강조한 결과로 멜로드라마적인 경향까지 띠고 있다.

그러나 상기한 공연들과 비교할 때 이 공연에서 뚜렷이 부각되는 장점은 허두삼역을 통하여 총체적 배우로서의 역량을 훌륭하게 표출해 낸 장두이의 자아표현에 있다. 무대 위에서 몸의 각 부분을 표현의 도구로 능란하게 사용할 수 있게 되기까지는 상당히 훈련기간을 거쳤으리라 생각된다. 그리하여 그는 음악·무용·조명 및 가면·하모니카·연주·새소리·염불소리 등 대사 외적 온갖 표현 수단을 구성하여 이루어진 총체적 공연에서 관심의 초점을 이루고 있다. 이러한 훈련에 의한 배우의 표현능력의 완숙함은 충분한 리허설조차 가리지 않고 무대 위에 올리기만 하면 된다는 식의 우리의 공연 윤리와 뚜렷한 대비를 이루고 있는 것이다.

역시 총체성을 바탕으로 하면서도 동양적 섬세성을 잘 조화시켜 구성된 공연이 극단 서낭당의 심우성 일인극 〈문(門)〉이다. 기본적으로 인형극에 생로병사의 주체를 주어 플롯화한 이 공연의 특징은 언어 외적 표현수단을 사용하여 무한한 잠재적인 의미의 집합을 이루고 있다.

현대적으로 단순화시킨 원시적 제의적 상황에, 언어의 범주에 속하지 않은 원시적 형태의 고리 및 음절의 사용이나 우리 것 이외의 다른 나라의 토속적 가락 등을 사용한 음향·소리 효과는 원시적인 총체성을 효과적으로 재현했다고 보인다. 무엇보다도 여러 가지 소재와 모양을 달리하는 인형의 섬세한 모형과 그것을 조심스레 조작하는 심우성의 모습 역시 총체성의 한 부분을 이루었다. 그러나 '일인극'의 명칭 때문에 인간배우의 역할을 기대했던 관객들에게는 인간배우의 역할이 배경으로만 남아있는 듯싶다.

(객석, 1986.1.)

원작의도를 살리지 못한 번역극의 문제
— 〈이름없는 여인〉·〈관객모독〉·〈장엄한 예식〉

1. 언어번역보다 중요한 의미번역 〈이름없는 여인〉

번역극 공연이 가지고 있는 문제점들에 대해서는 지금까지 많은 논란이 있어 왔다. 또한 이러한 논란들은 우리나라 연극계에만 국한된 것이 아니라, 예술의 국제화와 함께 서구의 여러 나라들도 공통적으로 겪고 있는 현상이기도 하다. 로버트 프로스트 같은 시인은, 시(詩)를 번역하는 과정에서 시가 갖는 심미적인 본질은 사라져버린다며 예술작품의 번역 불가론을 펴기도 하고, 연극 평론가 에릭 벤틀리는 공연 작품의 번역에 수반되는 여러 가지 문제점을 들며, 이러한 작업이 여러 측면에서 단순치 않은 어려움이 많다는 것을 말한 바 있다.

2월 초반기까지 새롭게 공연된 작품은 극단 76의 〈관객 모독〉, 우리 극단 마당의 〈이름없는 여인〉 및 극단춘추의 〈장엄한 예식〉의 세 공연이었는데, 이들 모두가 번역된 공연들로 전통적 사실주의 계통의 연극에서 벗어나는 실험적인 성격의 작품들이었다.

실험적인 형식의 연극 작품이 갖는 의미라는 것은, 사실주의적 연극이 그리는 현실적 체제, 그것이 내포하는 현실체제—연극 전통에서건 사회적 현실에서건—에 대한 획일적인 순응 등을 거부하는데 있다. 그러므로 이러한 연극을 제대로 이해하기 위해서는 작품의 본질적인 의미뿐만 아니라, 그것을 가능케 하는 '배경(context)'을 이해하는 것이 하나의 필요조건이 된다. 따라서 이러한 작품의 번역에서는 작품을 낳게 한 배경인 '의미의 총체'를 해석해내지 않는 한, 번역은 피상적인 '언어의 게임'이 되어버리고 마는 것이다.

이와 관련하여 생각되는 문제가 번역자의 역할이다. 한 언어가 갖는 특유한 미적 감각은 다른 언어로 번역될 때 똑같은 효과를 기대하기는 어렵다는 사실을 감안하더라도 번역자는 단순히 언어학적 낱말의 번역보다는, 그 낱말 혹은 구절이 나타내고자 하는 '배경적 의미'를 번역해야 할 것이다. 물론 여기에는 작품의 주제가 각기 다른 문화 및 사회의 특성을 넘어서는 보편성이 있는 것인가, 아니면 쓰인 언어의 문화권에만 특수하게 한정되는 주제인가의 문제도 번역 작품 공연의 성패에 큰 역할을 한다.

이외에도 번역자의 손을 넘어, 연출자의 차원에서 어떻게 예술적으로 또 다른 차원의 번역을—각색 등—거쳐 무대 위에 형상화되는가 하는 문제가 있다. 다시 말하면 수입된 예술작품을 어떻게 적절히 우리 관객의 취향과 수준에 맞게 조절·형상화하는가 하는 문제다. 이 문제 역시 작품의 전체적인 맥락과 연결되어 고려돼야 하는 것임은 두말할 나위가 없는 것 같다.

그러면 위의 몇 가지 문제들과 연결시켜 세 공연을 이야기해 보자.

극단 마당의 〈이름없는 여인〉은 마당 기획실이 '86년을 맞으면서 내놓은 기획 시리즈 공연의 첫 번째 작품이다. 이 시리즈는 '여성의 자각'을 주제로 한 번역극 3편, 창작극 3편 정도로 계획하고 있다고 한다.

'여성문제'가 이제는 피할 수 없는 하나의 사회문제로 대두되고 있는 시대적 조류에 발맞추어 연극예술이 가지는 사회적 기능을 생각할 때 매우 적절한 선택이라고 생각되어진다.

이 작품은 〈이름없는 여인〉이란 제목부터, 또 일기를 통한 고백형식의 전개방법 및 각성하는 여성의 자아를 다루고 있다는 주제 등에 비추어 볼 때 강한 여성적 정서에 바탕을 둔 '여성 연극'이다. 주인공 〈이름없는 여인〉은 평범한 잡화상의 아내이자, 네 자녀의 어머니다. 그녀는 차례로 세 자녀의 죽음을 경험하고, 게다가 나머지 살아남은 찰리와는 증오스러운 갈등 관계를 겪게 된다. 그러나 궁극적으로는 이러한 고통을 극복함으로써 성숙하고 더욱 자유로운 한 인간이 된다는 보편성을 지닌 이야기다.

그러나 이 공연은 작품이 지닌 근본적인 메시지를 전달하지 못했다. 대부분 청소년인 관객들은 작품의 주제에 대해 끝까지 의아해하는 모습들이었는데, 필자 나름대로 몇 가지 원인을 분석해 보면 우선 번역자는 언어의 번역에만 충실했을 뿐, 전체적인 배경적 의미를 이루는 '여성적 정서'를 번역해내지 못한 듯싶다.

한 예를 들면, 주인공 여인이 고난을 극복하고 난 장면에서 다른 여인이 이렇게 말한다. "저 부인은 자기 자신과 직면했고, 어느 누구도 두려워하지 않았어요." 이러한 구절은 영어적인 표현을 우리말화하지 않고 번역한 결과로, 그것이 의미하는 뜻은 막연하기만 하다. "나는 이제 내가 무엇인지 알아요"라는 대사 역시 마찬가지 경우다.

모두 '의미'를 번역치 않고, 낱말을 번역한 결과라 하겠다.

'여성적 정서'를 제대로 표출치 못한 것은 연출면에서도 마찬가지였던 것 같다. 희극 연출에 탁월한 양일권은 남성 연출가이어서 였는지는 몰라도, 여성의 일상사를 적절히 여성적 시각으로 형상화하지 못했던 듯 하다. 책상 하나를 무대 세트로, 그 뒤에 나란히 의자에 인물들을 앉혀놓은 공간 구성은, 보고서 낭독식의 극진행의 단조로움을 커버하는데 별 도움이 못됐던 듯하다. 여성의 일상적 생활을 나타내는 아기자기한 여성적 취향의 공간구성이었더라면 극의 기본적 정서와 좀 더 어울릴 수 있었지 않았나 싶다.

또한 각색 과정상의 문제로 보이는 찰리와 그 어머니의 심리적 갈등에 대한 동기가 확실치 않았으며, 한 여인으로서 자식으로부터, 남편으로부터 느끼는 소외의식 등도 좀 더 확실히 부각할 수 있지 않았나 생각되며, 종교가 이 여인의 성숙에 차지하는 역학 등도 더욱 초점을 맞추었더라면 하는 아쉬움이 있다. 주인공 역의 최윤영은 노련한 연기를 보여주었으나 '여성 연극'의 여주인공으로 생동하는 여성인물을 창조하기에는 너무도 극중 내내 긴장된 연기를 보여주었다. 무지의 단계에서 각성의 단계로 성숙하는 내면적 변화가 뚜렷이 연기에 반영되었더라면 하는 생각이 든다.

2. 관객취향에의 지나친 영합 〈관객모독〉

이 공연과는 반대로, 원작의 배경적 의미를 단순화화여 우리 관객들의 심리적 및 정서적 취향에 맞추기 위한 '놀이판'으로서의 성격을 강조하고자 하는 연출(기국서)의 의도가 지나쳤던 공연이 극단

76의 〈관객 모독〉이다. 구조주의 언어학에 영향을 받고, 언어와 인간 행동의 상관관계를 파고드는 페터 한트케 원작의 이 작품은, 대사로 인하여 창조되어지는 무대 위의 허구적 세계를, 또 그것을 즐기고자 하는 연극 관람객들의 기대를 산산이 부순다는 점에서는 브레히트를 연상시키기도 하고 대사 자체가 '허구'를 창조하기 위한 것이 아닌 비논리적 성격을 띠고 있다는 점에서 에드워드 올비류의 부조리적 연극을 연상시키기도 한다.

외국 작품을 연출가 자신이 독특한 한국적 관점과 항상 좋은 균형을 창조해왔던 기국서는, 이 공연에서도 전반부는 비교적 원작이 갖는 의도를 잘 형상화 한 듯하다. 그러나 후반부로 가면서, 행동없는 대사에만 의존하는 공연에 감정적인 강도를 창조하기 위함이었는지, 또 관객들을 위한 오락성을 고려한 결과였는지는 알 수 없으나, 지나치게 소극(farce)화한 감이 있다. 예로 〈느릅나무 밑의 욕구불만〉, 〈욕망이라는 이름의 버스〉 및 〈비운의 챌린져〉 등의 장면 타이틀만 봐도 알 수 있다. 또한 마지막 장면에서 감정적 클라이맥스를 창조하기 위해서였는지, 관객들의 심리적 카타르시스를 위함이었는지는 모르겠으나 '헛바닥'이니 '성기'운운 등은 청소년 관객들을 고려할 때 외설 시비의 여지도 충분히 있는 것으로 보인다. 결국 아이러니를 기조라 하여 전통 연극의 개념에 도전하는 한트케의 근본의도가, 자극적인 소극 내지는 '놀이판'으로 재구성된 결과가 되었다고 하겠다.

비교적 원작의 배경적 의미를 제대로 살리면서도 우리 관객들이 수용하는데 큰 어려움 없이 조화를 이루었던 알찬 공연이 극단 춘추의 〈장엄한 예식〉이다.

아라발 원작의 이 작품은 주제가 남─녀 관계임으로 해서 상기 두 공연보다 더욱 보편성을 지니고 있다는 장점이 있다. 곱추 아들의 열등의식, 그래서 여자를 괴롭히는데서 만족을 얻고, 당하는 여자는 괴롭힘을 당하고자 하는 가학적-피가학적 심리(sado-masochism), 소유욕이 강한 어머니 때문에 정상적인 심리적·정서적 성장을 이룰 수 없는 아들과 어머니간의 오이디푸스 콤플렉스 등 현대인의 불완전한 심리라는 주제의 보편성 때문에 작품의 번역이 비교적 용이하다고 하겠다. 이와 더불어 작품의 배경적 의미를 적절하게 우리말로 번역해 낸 번역자의 역할 또한 이 공연의 성공에 적잖은 공헌을 한 듯하다.

연출의 김동중은 섬세한 터치로 심리극의 분위기를 표현주의 수법을 사용, 탁월하게 형상화했으며, 무대의 위와 아랫면을 나눈 공간 구성 역시 상당히 짜임새가 있었다. 무엇보다도 인상에 남는 점은, 곱추 아들역 임종규의 연기였다. 그는 역을 잘 소화시켜 자연스런 내면적 연기를 보여주었으며, 어머니역의 김성주와 애인역의 김진옥과 훌륭한 연기의 앙상블을 이루었다.

(객석. 1986. 3.)

연극 실험정신을 키워주는 사회
— 1986년의 시점에서

1. 예술과 경제적 자유의 상관관계

예술정신이 마음껏 뻗어나가기 위해서 '자유'라는 것은 불가분의
요소이다. 여기서 '자유'라 함은 복합적인 의미의 것으로, 구체적으
로 표현해보면 무엇에도 속박받지 않는 사고의 자유와 그것을 표현
할 수 있는 자유와 이 모든 것을 뒷받침해 주는 경제적인 자유 등으
로 요약할 수 있겠다. 특히 '실험성'을 띠는 예술의 경우에서는 더욱
그러하다. 왜냐하면 어떤 예술의 형태에서건 '실험적'이라는 얘기는
―리차드 쉐크너의 정의를 잠깐 빌려보면―"미지의 것에 대한 탐
구", "새로운 것의 시도", "하나의 가설을 실제 경험화하여 테스트"
한다는 의미를 지니기 때문이다. 또한 실험적인 예술은 기존 예술체
제에 대한 안티테제로서의 이념을 바탕으로 한다.

우리나라에서 공연되고 있는 연극은, 외국작품의 번역 공연과 또
몇몇 공연의 예외를 제외하고 나면, 대체적으로 초기의 진부한 사실

주의를 벗어나고 있지 못하고 있다 해도 과언이 아니다. 또한 서구의 반(反)사실주의적 작품을 공연한다고 해도-예를 들어 이오네스코나 아라발 등등—이 작품들은 이미 고전화 되어 '실험성'을 상실했을 뿐 아니라, 이들을 탄생케 한 이념적인 배경이 자생적인 우리 풍토가 아닌 관계로, 이 작품들이 갖고 있던 본래의 실험성조차도 제대로 의미를 이 땅에 이식하지 못하고 있는 실정이다.

벌써 오랫동안 비사실주의적 실험적 성격의 연극을 창작해야 한다는 필요성에 대해 촉구의 소리가 있어왔다. 그러나 실험적 정신이 연극계에 확립되기 위해서는 이에 적절한 환경이 선행되어야 한다. 그 중 가장 중요한 문제 중의 하나가 위에서 언급한 바 있는 경제적인 자유다. 실험정신의 연극과 경제적 자유가 어떤 상관관계에 있는지 미국의 경우를 예로 들어 살펴보기로 하자.

예술의 발달과 이를 보장하는 경제적 자유의 상관관계에서 가장 핵심적인 말이 패트로니지(patronage), 즉 '후원'이라는 말이다. 유럽에 대해 문화적 콤플렉스에 빠져 있는 미국인들은, 미국의 예술이 유럽의 것만큼 발달하지 못했던 이유를 전통적 후원제도의 결여라고 지적한다. 사실 유럽에서는 전통적으로 군주 이외에도 많은 귀족들이 개인적으로 예술가들의 후원자를 자청하므로 예술발달에 지대한 공헌을 했다. 중세의 로마 교황청이 면제부를 팔지 않으면 안되었던 부분적 이유 중의 하나가 예술을 지나치게 옹호한 나머지 국고를 탕진했기 때문이라는 이야기도 있다.

그러나 미국은 신생국가로 서부개척에 온 힘을 기울인 탓에 예술을 후원할 여유가 없었다. 이와 비슷하게 우리나라에도 후원자의 덕으로 시를 짓거나 그림만 그리는 것으로 생계를 꾸려 나갔다는 기록은 없다.

그러나 미국은 국가 발전이 끝난 20세기에 접어들면서 예술의 후원에 힘을 쏟기 시작했고, '후원제도'의 개념을 민주화하여 개인이 아닌 국가가 제도적으로 예술을 후원하는 장치를 고안해 냈다. 1920년 말 이후 30년대에 걸쳐 경제공황이 닥쳐 많은 예술가들이 생계의 어려움을 겪고 있을 때, 미국 연방정부는 '연방예술 프로젝트'를 만들어서 전국적으로 많은 예술가들에게 일자리를 주어 예술작업을 계속시켰다. 이러한 노력에 힘입어 1945년 이후 미국은 '추상적 표현주의'라는 한 독창적 스타일을 창조해내게 되고 예술의 중심은 파리에서 뉴욕으로 옮겨지게 된다.

2. 예술에의 투자는 다시 사회로 환원된다.

뉴욕의 오프 오프 브로드웨이는 실험적 주로 200석 이하의 소극장을 중심으로 하는 연극활동을 통틀어 부르는 말이다. 온갖 주의와 이념을 내걸고 많은 군소 극단들이 새로운 연극형태를 추구한다. 감독·극작가·배우를 다 합해도 5명이 안되는 극단도 있다. 몇 평밖에 안되는 공간을 극장삼아 공연을 한다.

브로드웨이 상업적 연극과는 달리 대중의 취향에 관계없이 새로운 연극 형태를 추구하므로 많은 관객이 오지는 않는다. 그러나 관객의 수에 상관없이 공연은 계속된다. 그리고 이러한 창작활동을 보장하는 것이 바로 제도적 후원이다. 오프 오프 브로드웨이의 군소극단들은 대부분이 뉴욕시가 주는 예술 활동 보조기금이나 아니면 기업체에서 개인에 이르는 후원자로부터 경제적인 도움을 받고 있다.

필자가 방문했던 몇몇 극단의 예를 들어보자. 오프 오프 브로드웨이의 유명한 여성 연극단체인 '스파이더 우먼 디어터(Spider Women Theater)는 세 인디안 자매로 구성된 극단이다. 뉴욕시의 예술보조기금을 받아 운영되는 이 극단은 몇 평짜리 공간을 무대삼아 공연을 한다. 세 자매는 배우이자 연출가이자 극작가가 된다. 전통적인 극작가·배우·연출가의 개념이 지켜지지 않을 뿐더러, 이 세 자매의 모습은 키가 구척장승의 비대한 거인이라고 표현해도 과장이 아닐 만큼 아름다운 전통적 배우의 이미지를 찾아볼 길이 없다.

이들이 쓰는 작품도 전통적인 극작법과는 거리가 먼 형태다. 주로 이야기식으로 엮어나가는 그들의 연극은 초점이 실제 세 자매의 지나간 인생 얘기가 된다. 공연은 조명의 도움이나 그 밖의 무대술의 보조가 없이 분장도 하지 않은 채 이야기조로 계속된다. 그리고 중간 중간에는 노래를 하고 다시 이야기를 해 가는 형식이다. 이러한 공연은 전통적 연극 공연의 개념에서 보면 허황하기 이를 데 없는 것 같이 느껴질 수도 있다. 그러나 이들에게 이러한 공연형식은 새로운 예술형태에 대한 심각한 추구인 것이다. 즉 이 극단의 경우는 남성적 연극형태를 거부하고 새로운 여성적 연극형태를 개발한다는 것이다.

이와 비슷한 개념이면서 80년대 미국 실험극의 한 첨단을 보여주는 현상이. '1인 공연 (solo work)'의 개념이다. 역시 전통적 연출가의 권위를 거부하고 극작가-연출가-배우의 세 기능을 함께 하는 배우가 아닌 '공연자'는 자기 자신의 표현에 온갖 노력을 집중한다는 점에서, 전통적 배우가 갖지 못하는 자율성을 갖는다. 그리고 '공연자'는 관객에게 직접 자신의 이야기를 1대 1로 전달하게 된다. 리차드 쉐크너의 퍼포먼스그룹(Performance Group)이나 리차드포맨 (Richard Foreman) 등 이러한 개념을 강조한 예라 하겠다.

오프 오프 브로드웨이의 군소극단들보다 제도화돼 있으면서도 역시 다양한 실험정신을 공연 속에 반영하는 극단이 로스앤젤레스 지역의 대표적 연극단체인 마크 테이퍼 포름(Mark Taper Forum)이다. 새로운 극작가의 발굴과 새로운 실험적 연극공연을 목표로 하고 있는 이 극단은 신예작가들을 위한 프로그램을 갖고 있어 그들의 작품을 정기적으로 공연하고 또한 극작 실험을 할 장소를 마련해준다.

이 극단에는 매주 25편 정도의 새로운 창작희곡이 접수되며, 1년에 약 1백여 편의 새로운 희곡이 공연된다. 이외에도 여러 가지 프로그램을 통해 로스앤젤레스 지역의 문화·인종적인 복합성을 반영하기 위해 의도적으로 이러한 경험을 다루는 연극들을 공연한다. 이와 같이 실험정신을 추구하고 지역사회의 문화·예술적 요구를 충족시키는 기능을 수행할 수 있는 근본적 이유의 하나가 이 극단이 갖는 확고한 재정의 기반이다. 이 거대한 극단 조직을 운영하는 연간예산이 8백만 달러, 이중 절반만이 입장권 판매에서 얻어지며 나머지 절반은 연방 및 주정부의 예술보조기금, 그 밖의 기업체 및 개인 후원자들의 도움에서 얻어진다.

호놀루루에 위치한 호놀루루 청소년 극장(Honolulu Theatre for Youth)역시 예산의 많은 부분이 연방 및 주정부의 예술보조기금으로 운영되며 하와이주를 대표하는 극단으로서 이 지역의 문화적·인종적 특징을 배려, 공연에 반영하고 있다. 이 극단의 경우도 공연에서의 문화적·사회적 다양성의 추구가 실험정신의 추구와 일치한다고 보겠다. 필리핀·일본·중국의 작품이 공연되었고 성인 연극을 각색해서 공연하기도 한다. 무엇보다도 주정부 문교국의 후원으로 하와이 주내 각 중·고등학교를 찾아가 공연함으로써 지역사회의 문화활동에 일익을 맡고 있는 것도 특징이다. 위에서 언급한 연극단체들은 비영리를 목적으로, 국가와 주정부 및 그 밖의 여러 종류의 경제적 후원을 발판으로 새로운 실험적 공연형태의 창조에 몰두해 오고 있다.

이와 같이 제도적인 예술후원은 예술의 새로운 영역을 개척하고자 하는 노력에 필요불가결한 선행조건이며, 이러한 경제적 자유의 보장 없이는 실험정신은 피어날 수 없다고 본다. 이외에도 개인적·독창적인 아이디어를 추구할 수 있는 개방적인 자유로운 문화적 분위기의 중요성도 간과할 수 없다. 뚜렷한 개성 형성의 추구보다는 전체적인 조화를 강조하는 획일적인 문화풍토에서는 실험적 예술이념 창조의 활발한 변증법적 역학은 쉽사리 기대하기 어렵지 않은가 하는 생각이 든다. 그러나 이 문제는 또 다른 깊은 성찰이 필요한 문제로 남는다.

(객석, 1986.4.)

여성극의 표현형식
— 〈위기의 여자〉

1. 여성연극은 연출가와 연기자의 수직적 관계를 거부한다.

여성문제에 대한 사회적 관심이 늘어남에 따라 연극계에도 이러한 경향이 차츰 반영되고 있다. 사회가 고도로 산업화함에 따라 문화도 '여성화'의 경향이 두드러지고 있는 것은 우리보다 앞선 구미 선진사회에서 이미 일어나고 있는 현상이고, 이러한 세계적인 추세로 볼 때 우리의 문화도 비록 똑같은 양상으로는 아니라 할지라도 이미 비슷한 '여성화'의 경향이 아직은 미미하나마 나타나고 있음을 부정할 수 없게 되었다.

여기서 말하는 문화의 '여성화'란 남성과 여성의 성 차이에 따른 역할 자체가 수렵사회에서처럼 남자는 사냥을 하고 여자는 집에서 아기를 기르거나 혹은 전통 사회에서 남자는 생계비를 벌어오고 여자는 살림을 하는 식의 확실한 구분이 없어지고, 고도의 산업 사회에서는 기계 문명의 덕으로 남성과 여성의 역할에 큰 차이를 가져오지 못하고, 거의 동일해져가는 현상을 말한다.

또한 사회와 문화의 '여성화'적 현상은, 대부분의 소비자가 여성 인구가 됨으로써 더욱 더 심화될 수밖에 없는 것이다. 그래서 대중 문화적 산업들이 여성 고객을 겨냥하고, 그들을 확보하기 위해 안간 힘을 쓰는 것도 이러한 이유라고 하겠다. 이렇게 볼 때 현실을 바탕으로 하는 가장 사회성이 강한 문학의 한 장르로서 희곡이 또 연극이 이미 회피할 수 없게 되어버린 한 사회적 문학적 문제인 여성문제를 다루어야 한다는 것은 당연한 이치라 하겠다.

그러나 실제로 희곡에서 여성 문제가 다루어지기 시작한 것은, 그리스 로마시대로 거슬러 올라가는데, 〈리시스트라타〉라든지 〈안티고네〉 등이 얼핏 떠오르는 예다. 또한 근대에 와서도 입센, 스트린드베리, 버너드 쇼, 에드워드 올비 등등의 작가들이 남녀의 문제를 계속 다루어 왔고, 우리나라의 김우진이나 유치진도 여성 문제를 작품에서 다루었다. 그러나 여성문제를 다룬 이러한 연극들은 1960년대 말 이후 구미에서 나타나기 시작한 여성문제를 다루는 연극과는 다른 점이 있다. 즉 60년대 말 이후에 여성문제를 다루는 연극은 소위 말하는 '여성 연극' 또는 '페미니즘 연극'으로 지금까지 여성 문제를 다루어 왔던 남성 극작가들에 의한 많은 연극들과는 근본적으로 '관점'을 달리 한다는데 그 특징이 있다.

이 관점은 여성들만이 갖는 '독특한 시각'을 말하는데, 이것은 오랜 시간동안 사회적, 경제적, 문화적으로 남성에 비해 여성들이 열등한 위치에 처해 있었다는 의식에 바탕을 둔다. 또한 이론적으로 말해, 이러한 위치를 경험하지 않은 남성 작가들은 여성 특유의 시각을 가질 수 없고, 그래서 여성 연극을 쓸 수 없다는 결론이 나온다.

우리 연극계에서도 올해 들어서 만도 벌써 여성문제를 다루는 연극들이 상당수 공연되었다. 극단 산울림의 〈위기의 여자〉, 여인극장의 〈강 건너 너부실로〉, 우리 극단 마당의 〈이름없는 여자〉, 신협의 〈정복되지 않는 여자〉, 극단 우리네 땅의 〈초신의 밤〉 등이 각기 관점은 다르지만 여성 문제를 중심적으로 다루었다. 그러나 이중에서 여성 특유의 관점에서 쓰인 연극은 극단 마당이 공연한 로물루스 리니 작 〈이름없는 여자〉와 산울림이 공연한 시몬 드 보봐르 작 〈위기의 여자〉 2편뿐이다.

〈위기의 여자〉는 얼마 전 타계한 프랑스의 철학가이자 문학가이며 동시에 현대여성운동과 여성문학비평의 이론을 제공한 시몬 드 보봐르가 구미 여성운동의 전성기인 1970년에 발표한 소설이다. 실제로 소설 〈위기의 여자〉는 보봐르가 그녀의 여성학적 이론서인 〈제2의 성〉에서 밝힌 바 남녀의 역할 차이에서 파생하는 사회적·문화적 및 심리적인 의미를 소설로써 허구화한 것이라 할 수 있다. 또한 이 소설 전체를 흐르는 기본 관점은 싸르트르적 실존주의로서 보봐르는 이러한 관점을 여성 문제의 분석에 적용하고 있다.

즉 〈위기의 여자〉나 〈제2의 성〉에서 궁극적인 초점은 여성의 실존이라는 문제다. 보봐르에 따르면, 여성의 존재는 지금까지 남성을 제1의 성으로 하여, 그에 대한 부수적인 역할만을 해왔다는 것이다. 즉 남성의 어머니, 남성의 애인, 남성의 누이동생 등 남성을 주체로 본다면, 여성은 그 주체에 대한 타자(他者)의 존재로서만 정의되어 왔다는 것이다. 그리고 이러한 타자의 상태를 벗어나기 위해서는 경제적인 독립이 우선되어야 한다는 것이다. 이와 같은 이론적 배경을 가진 소설 〈위기의 여자〉를 연극으로 각색할 때 문제가 되는 것은, 결국 이 작품이 갖는 핵심적인 의미를 놓치지 않고 시각화하는 일일 것이다. 왜냐하면 이 소설의 기본 줄거리 자체가 중년의 가정주부가 남편의 외도에 고민한다는 내용으로서 자칫 잘못하면 피상적인 홈드라마로 전락할 가능성이 있기 때문이다.

극단 산울림 〈위기의 여자〉, 시몬느 드 보봐르 작, 임영웅 연출, 1986년 4월 1일~4월 30일

'핵심적인 의미'를 필자 나름대로 풀이해 보면, 우선 가부장적 사회를 구성하고 지속시켜주는 기본 단위인 가정이라는 틀 속에 한정된 여성의 역할과 이에 대조되는 가정이라는 울타리 밖에서 무한한 자유를 누리는 남편의 역할, 다시 말해 실존적인 의미에서의 타자(他者)와 주체자(主体者)의 역할의 차이, 여기서 파생되는 감정적인 효과, 특히 여성의 내면적인 좌절을 어떤 방법으로든지 표출해야 한다고 본다.

둘째로는, 무한한 자아의 추구가 좌절된 가정이라는 틀 속에서 결혼 생활 22년에 걸치는 동안 오직 남편을 통해, 또한 자식을 통해 간접적인 삶을 살며, 자아를 망각해 왔던 40대 중년 가장주부가 어느 날 갑자기 남편에게서 고백 받은 사랑의 부재에 직면하여 깨닫게 되는, 그녀 자신의 존재적 의미의 상실, 그것이 갖는 실존적 허무의 인식을 보여주어야 한다.

다음 단계로, 이러한 '실존적 무의미'에 직면하여, 자살의 길이 아니면 스스로 주체자로서의 새 삶을 창조해야 하는 갈림길에서 여주인공 모니끄가 겪지 않으면 안 되는 실존적 방황의 과정을 보여주어야 한다고 본다. 그리고 이러한 자아추구의 과정을 통해 여주인공이 깨우쳐 가는 인식의 과정, 즉 남편에 대한 끈질긴 질문에서도 친구의 충고를 통해서도, 전문 상담가와의 대답에서도, 자기 자신이 낳은 자식과의 관계에서도, 그녀가 경험하는 소외의식은 더욱 더 그녀로 하여금 그녀가 당면한 문제 꺼리는 그녀 혼자의 것일 뿐이라는 인식의 과정을 보여주어야 한다.

그 다음으로는, 지금까지 주인공 모니끄는 그녀가 발을 딛고 살아온, 낯익은 타자로서의 세계를 극복하고 자기 삶의 주체자로서 새로운 자기 자신만의 우주를 창조하지 않으면 안된다는 주체의식의 각성, 또 여기까지 이르는 과정의 처절한 내면적 고통과 실존론적 자아투쟁의 단계가 확실히 드러나야 한다고 본다.

그러나 실제 각색자인 정복근은, 소설 〈위기의 여자〉의 작품 내용에 충실한 각색자로서의 역할은 다한 듯 하나, 여성연극의 감정적 생명이 되는 '여성적 관점'에 별 흥미를 갖지 않았던 듯, 첫 공연에 나타난 감정적 형태는 자칫하면 홈드라마와 흡사한 인상을 주기까지 했다. 사실 여성연극 공연에서 가장 문제시되는 것은 공연에 관계된 모든 사람의 감정적 참여이고, 그것은 곧 여성적 시각과 연결되지 않으면 여성연극의 생명력은 발휘될 수 없는 것이다.

연출면에서 볼 때, 공연 첫 날과 그 뒤 2주 후의 공연을 비교할 때, 전자의 공연이 흔한 홈드라마적 성격을 극복치 못했던 반면, 후자의 공연은 요소요소에서 감정적 뉘앙스를 강조함으로써 작품의 전체적 의미를 심화시켰으며, 이로써 연출가의 진지한 노력을 엿볼 수 있었다. 그러나 역시 '여성적 시각'에 완전히 동참하지 못한 듯한 여운을 남겼으며, 주인공 모니끄의 실존적 고독과 소외의 처절한 몸부림은 막연히 제시는 되었으나, 관객의 감정 몰입을 가져올 만큼 충분한 것은 못되었던 듯하다.

이러한 점은 궁극적으로 남성 연출가가 창조하는 여성연극에 있어서 과연 남성 연출가는, 그 자신의 문화 속에 내재되어 있는—우리의 경우, 남존 여비적 유교 문화 속에 연면히 흘러 내려온—남성 중심적 관점을 그 자신 스스로가 얼마나 의식적으로 거부할 수 있을 것인가 하는 근본적 인식론의 문제까지 대두하게 되는 것이다.

그러나 여성 연출가라고 해서 반드시 자연스럽게 이러한 '여성적 시각'을 갖게 되는 것은 아니다. 왜냐하면 여성의 사회화 과정을 통해 표준이 되는 가치관은 남성 중심의 사회가 만들어놓은 남성 중심적 가치체계이므로, 이러한 가치관에 의해 교육을 받고 성장하고 한 번도 이러한 가치관을 비판 의식 없이 소화한 여성이라면, 이러한 여성 특유의 시각은 생겨날 수 없다. '여성적 시각'이라는 말속에는 이와 같이 새로운 또 하나의 관점에 대한 여성적 각성이 필요한 것이다.

또 하나 여성연극의 공연에서 공연의 생명력과 문제가 되는 것이 공연 형식이다. 이번 〈위기의 여자〉 공연에서 연출가 임영웅은 그가 항상 다루고, 또 익숙한 사실주의적 공연 방식을 채택했다. 그러나 사실주의 극은 우선 구조적으로 원인—결과의 논리성에 바탕을 두고 사건의 발전이 시간의 흐름과 함께 진행되기 때문에, 피상적 사건 중심의 플롯 전개에는 적절한 공연방법이 될 수 있으나, 여성의 내면적 성장과정과 실존적 의미를 심도 있게 파헤치는 연극과는 효과적으로 적절치 못한 형태로 간주된다. 왜냐하면, 원인—결과, 시간의 흐름에 따른 플롯 전개 방식에 따른 공연은, 여성연극처럼 시간의 흐름과 필연적인 상관성을 갖지 않는 내면성장이라는 문제, 고통 갈등의 과정을 전달하기에는 너무도 시간이 많이 걸리기 때문이다. 〈위기의 여자〉 공연에서 사실주의적 피상적 전개 방식은 결국 관객에게 지리한 느낌을 주었던 것 같다. 이념적인 면에서 볼 때, 여성 연극이라는 것은, 인류의 역사 이래로 존재해 왔던 남녀에 관계되는 문제들을 새로운 여성적 시각에서 재조명, 재해석하는 것이므로, '사실 그대로를 그리는', 또한 그런 의미에서 기존 가부장적 사회 질서와 가치관을 이의 없이 받아들이는 사실주의와는 근본적으로 하모니를 이루지 못한다.

그래서 여성 연극 공연자 및 관계자들은 새로운 시각을 표현해줄 수 있는, 새로운 연극 형식이 추구에 나섰고, 그것은 곧 반사실주의적 실험형식의 연극 공연 형태로 나타났다. 즉 지금까지 남성 중심의 연극 전통을 거부하는데서 여성 연극은 그 생명력의 출구를 찾는다.

여성 연극에서는 남성연극공연에서처럼 수직적 인간관계에 바탕을 둔 연출가와 연기자적 관계를 거부한다. 그리고 좀 더 민주적인 가치관에 바탕을 둔 평등한 수평적 관계를 그 지표로 삼고, 연출가란 역할도, 연기자란 역할도 뚜렷한 구분이 없이, 모두 함께 또 동등한 관계에서 공동구성을 한다. 이와 같이 여성 연극의 생명력은 그 표현 형식에 있어서나 그 이념에 있어서 기존 남성 위주의 전통에 대한 대안으로서 새로운 실험 형식을 추구하는데 있다.

또한 〈위기의 여자〉가 쓰인 1970년은 이미 연극사적인 위치에서 본다하더라도 실존주의적 철학에서 더욱 발달된 형태인 부조리 연극 등 이미 사실주의에 대한 반작용적 연극형태가 확립된 지도 오랜

점 등을 고려해 볼 때도, 실존적 철학을 배경으로 하는 작품의 공연 스타일은 반드시 사실적으로 얽어매는 것이 효과가 있는 가는 생각해 볼 문제인 것이다. 결론적으로 필자의 의견은 〈위기의 여자〉 공연이 궁극적으로 여성만의 특유한 경험을 포착, 확대해 보여준다는 점에서 여성연극임이 틀림없고, 그것이 강조해야 할 여성적 내면세계의 복합성은 사실주의적 공연방식보다는 표현주의적 방식으로 더욱 더 효과있게 무대화 될 수 있었지 않았나 싶다.

이러한 점은 우리극단마당이 공연한 여성연극인 〈이름없는 여자〉의 공연에서도 마찬가지로 눈에 띄는 현상으로서, 연출가는 사실주의적 공연방식으로 생겨나는 플롯 진행의 지리함을 극복키 위해 무척 안간힘을 썼던 것 같은 기억이 난다.

한 작품이 담고 있는 내용과 그 내용에 어울리는 형태를 조화있게 짝지우는 일은 공연의 조화있는 예술적 성공을 위해서 필연적인 것으로 생각되며, 이와 더불어 우리 연극계에는 여성문제에 대한 관심이 조금씩 일고 있으나, 이와 함께 새로운 여성적 시각을 강조하는 새로운 공연 형태의 창출이 병행되어야 할 것임은 두말할 나위도 없다고 하겠다.

(한국연극, 1986.5.)

사회문화적 여건과 비례하는 실험 예술

— 〈뜨거운 바다〉·〈춘풍의 처〉

1. 작품해석에 정도가 없다는 것이 최신 비평의 경향

지난 호에서 필자는 연극의 실험성이라는 문제를 몇 가지 각도에서 검토해 보았다. 이번 호에서는 지난달에 있었던 몇몇 공연들에서 실험적인 요소가 어떻게 구체화되어 나타나고 있는지 고찰해보기로 하자. 이와 관련하여 밝혀 두고자 하는 점이 있다면 우선 예술작품—연극 공연이건 문학작품이건—해석에는 정도(正道)가 없다는 것이 최신 비평의 경향이라는 것이다.

작품의 원전(Text)속에 완성된 의미의 집합체가 내재되어 있으므로 그것을 밝혀내야 된다는 신비평적 입장이 50년대 후반을 계기로 쇠퇴하고 난 후, 레비 스트로우의 구조주의는 어문학 방면에까지 그 영향력을 확장하게 되었고, 구조주의 비평을 이루게 되는데, 이로써 문학작품에 내재된 신성한 의미는 부정되고, 독자들이 읽어가는 과정에 더욱 관심을 두게 된다.

이러한 입장은 쟈끄 데리다를 중심으로 하는 후기 구조주의 비평에 이르면, 문학작품의 원전은 단지 기호에 지나지 않는 것으로써, 이러한 기호를 바탕으로 의미를 창조하는 것은 작품을 읽는 독자라는 것이다. 그리고 독자는 자기가 이전에 습득한 지식체계를 바탕으로 작품에서 각기 다른 의미를 읽어낸다는 것이다. 이러한 경향은 서구의 경우 60년대 이후 연극 공연에도 확장되어, 전통적으로 원작자의 의도를 캐내는 공연보다는 연출가의 해석이 우선되었고—특히 실험성을 띤 공연에서—더욱 더 실험적인 공연에서는 연출가보다는 직접 연기를 하는 배우들 자신의 자아표현이 더욱 강조되기도 한다.

이러한 점을 배경으로 구체적 작품들의 실험적 요소를 살펴보자.

2. 셰익스피어 연극을 해체한 두 경우

우선 지난달 공연 중 연극 애호가들의 가장 큰 관심을 끌었던 작품인 〈한여름 밤의 꿈〉을 보자. 셰익스피어 연극의 전문 연출가이긴 하지만, 문화·사회적 배경이 다르고, 연극적 전통까지 다른 우리 배우들을 대상으로 연출 작업을 하는 일은, 영국인 연출가 패트릭 터커에게는 일종의 도전내지는 어떤 의미에서 하나의 실험이었으리라 생각된다.

그가 창조한 무대는 셰익스피어 극의 정통적 분위기를 잘 살린 것이었다. 한여름 밤의 꿈이 갖는 환상적인 분위기, 셰익스피어 극의 특징인 희·비극적 요소의 뚜렷한 부각, 무엇보다도 장면 장면이 갖는 기본적 동기성을 잘 파악, 배우들에게 전달함으로써 생동감이 넘치는 무대를 보여주었다.

그러나 터커는 작품을 무대화하는 과정에서 완전히 전통적 셰익스피어 연극 무대를 창조하지는 않았다. 준비과정에서 상당히 수정된 것 같으나, 무대 세트를 신라시대의 궁전으로 하려고 했다는 점이며(실제 공연에서 보여진 궁전은 그리스적인 것이었는데), 또 배우들의 의상을 히폴리타나 요정 등의 서구적 의상과 보통 일행들이 입었던 신라시대 의상을 현대화 단순화시킨 의상이나, 전자 음악 등의 사용은 실험적인 요소들이라 하겠다.

이 공연에서 터커는 서양적인 셰익스피어 연극의 기본 정서를 유지시키면서, 의상 등에서 다양한 스타일을 혼합하는 실험적 성격의 연출 스타일은 시도했다. 지금까지 우리 무대에서 셰익스피어 공연들은 주로 틀에 박힌 방식으로 공연되어 온 것이 사실이라 할 때, 터커의 연출은, 한국어에 대한 언어개념이 없는 외국연출가가 대사 전달을 영어식으로 빠르게만 연출하는 등 몇가지 취약점에도 불구하고, 우리 관객들에게 고정 개념의 틀에서 자유로워질 수 있는 연출가의 의식세계를 보여주었다는 점이 그의 공연이 갖는 한 의의라고 하겠다.

역시 셰익스피어 극을 터커의 경우보다 더욱 실험적 형식으로 무대화한 경우가 극단 테아트로 무의 〈맥베드〉 공연이다. 소극장의 사면을 무대로 활용한 점이라든지, 또 그럼으로써 관객과 배우의 상호관계를 밀착시킨 점이라든지, 서사극적 요소를 첨가 셰익스피어 극 속에서 관객인 우리들의 한국적 현실에 대한 알레고리를 암시한 점이라든지, 그밖에 초현대적 의상과 로크 밴드의 참여 등 여러 가지 면에서 실험적 요소들을 보여 주었다.

그러나 이 공연의 근본 문제는 위에서 상기한 형식면에서의 실험성과 셰익스피어 원작 '맥베드'가 갖는 내용적 의미가 서로 유기적 조화를 이루지 못하고 유리된 채로 남아 있었다는 점이다. 즉, 작품 전체 혹은 각개의 장면을 유발시키는 동기 의식(Spine)이 제대로 이해되지 않은 채, 무대 위에서 형상화된 느낌이다. 그 한 예를 들면, 던칸 왕이 살해된 후 마녀들이 문을 두드리는 장면 등은 일종의 위기감을 조성시켜야 함에도 불구하고 그 장면의 감정적인 핵심을 표출치 못한 채 그대로 지나쳐 버린 느낌이 든다. 이런 점에서 볼 때, 각 장면의 감정적인 축(軸)을 통찰력 있게 파악하여 장면 장면의 연출에 생동감을 부여한 터커의 경우와 좋은 대조를 이룬다고 하겠다.

궁극적으로 실험성이라는 것은 현존하는 연극 전통에 반기를 들고, 그것을 해체함으로써 대체적인 새로운 형식을 추구하는 것이지만 이러한 추구는 반드시 탄탄한 논리성을 바탕으로 하지 않는 한 실험성이라는 이름만 가지고는 설득력을 얻을 수 없음을 다시 한번 말해준다고 하겠다.

3. 미를 잃지 않은 실험성, 〈뜨거운 바다〉와 〈춘풍의 처〉

위의 두 공연과는 또 다른 성격의 실험성을 띠었던 공연이면서 그 미적 체계에 무리가 없었던 경우가 시네텔 서울이 기획하고 김봉웅(스가 고헤이)이 쓰고 연출한 〈뜨거운 바다〉이다.

백조의 호수의 음악이 흐르면서 막이 오르면 관객들이 음악에 맞추어 갖고 있던 기대감을 허물어뜨리면서 나타나는 장소는 형사사무실이다. 전통 연극에서 각각의 행동이 다음으로 이어지고 이로 인해 관객의 기대감을 생성시키고, 또한 그것을 만족시키는 테크닉을 바탕으로 한다고 볼 때, 이 공연에서는 극 시초부터 끝날 때까지 대

사에서, 액숀에서, 또 그 밖의 조명·음악 등을 총망라한 무대술의
기본을 이루는 특징은 전통 연극과는 반대되는 관객의 기대감을 깨
부수는 일이다.

상황만을 설정하여 놓고, 배우들의 상호작용에 의해 대사와 주체
적인 행동을 조정해 나가는 즉흥연기(improvisation)를 바탕으로 구성
된 이 공연은, 전통 연극에서 연출가의 의도에 의해 움직여지는 배
우와는 달리, 배우의 내재적인 창의력을 한껏 표출케 한다는데 또
다른 실험성이 있다. 60년대 이후 오프오프 브로드웨이 등지에서 실
험적 연극의 창조에 기본 테크닉으로 개발 사용되고 있는 이 기법은
실제로는 3인의 배우와 각 장면의 지속 시간이 너무 길지 않도록 컨
트롤해야 그 적절한 효과를 낸다.

이 공연에서는 4인의 배우를 사용하여 장면이 빠른 템포로 진행
되어 나간다. 또한 맡은 역할의 전환(transformation)도 형사—범인—
범인의 애인 역을 사이에 두고 일어난다. 이러한 짧은 장면의 연속
적 진전 역시 전통적 연극에 있어 클라이맥스를 정점으로 이루어지
는 플롯 전개와는 상이하다. 또한 무대 센터의 위치를 4명의 배우에
게 고르게 분배함으로써 전통 연극에서 생겨나는 연기의 경쟁보다
는 전체적 앙상블 효과를 노린 것 역시 실험적이라 하겠다.

무엇보다도 연출가는 이러한 즉흥연기의 기법을 한국 배우들에게
효과적으로 구사, 신파적인 전통에 바탕을 두었으면서도 동시에 생
동력 넘치는 장면들을 창출해 냈다. 배우들에게 내재된 개인적 창의
력의 표출뿐만 아니라, 한국적인 연극 전통·한국적 정서를 충분히
활용할 수 있도록 한다는 점에서 즉흥연기는 실험적 공연에서 큰 미
적 잠재력을 지닌 한 테크닉이라 생각한다.

이 공연과는 달리 순전히 우리의 민중적 공연 전통을 바탕으로 현

대적 연극의 형식을 결합시킨 시도가 극단 목화, 오태석 작 〈춘풍의
처〉이다.

판소리 공연이 갖는 평면성
을 입체화 현대화하여, 인물
수를 늘리고 액숀을 강화한
이 공연 역시 전통의 현대화
라는 입장 외에도, 서구적 사
실주의 연극 전통에 대한 반
테제적 형식의 공연으로서 그
의미를 발견할 수 있다고 하
겠다. 또한 작품이 갖는 한국
적인 기본정서는 형식의 현대
화에도 상관없이 그대로 보존

극단 목화 〈춘풍의 처〉, 1988년 2월

되었다는 점에도 관객들에게 더욱 친밀감을 주었던 공연이었으며,
이 공연의 의의라면, 현시점에서 우리의 연극적인 실험성의 추구에
있어서 반드시 돌아보아야 할 하나의 자원으로써 우리의 고유 연극
전통이 존재함을 일깨워 준 좋은 예라고 하겠다. 이와 같이 실험적
성격을 가진 공연이라 하더라도 그 정도에 있어, 또 표출되는 양상
에 있어 많은 다양성이 존재한다.

4. 실험의 심각성을 잃을 때 나타나는 상업주의

지난 1여 년 반 동안 필자는 수많은 연극 공연을 보아왔다. 그러
나 실험성을 띤 공연이건 아니건 관계없이 실제로 수준작으로 기억

에 남는 작품은 몇 편 되지 않는다. 또한 우리의 연극 현실에서 무엇을 '실험적'인 것으로 보아야 할 것인지에 대한 기준자체도 확실치가 않다고 하겠다. 왜냐하면 예술적 기준이라는 문제도 그것이 탄생되는 예술적 환경의 상대적인 평가 속에서 정립되어야 할 것이기 때문이다. 그래서 브레히트의 서사극적 요소를 실험적인 것으로, 또한 새로운 것으로 보아야할 것인가 하는 문제는 그 배경이 오프 오프 브로드웨이에서인가 아니면 오늘날 우리의 연극계인가에 따라서 상당한 견해 차이가 예상된다.

이렇게 생각해 볼 때 우리의 연극적 현실에서는 아직도 주류적 전통을 이루고 있는 사실주의에 대한 초기 비사실주의적 표현방식이 일반적으로 실험적인 것으로 간주되고 있다고 해도 과언이 아닐 것이다. 또한 무엇이 수준급의 실험적인 공연인가라는 문제 역시 실험적 연극이 기존의 평가기준에 해당되지 않으므로 해서 다양한 관점에서 고려되어져야 할 것이다. 일반적으로 공연이 갖는 예술적인 심각성과 효과적으로 무대화될 수 있는가라는 기준은 실험적이건 그렇지 않건 간에 고려되어야 할 기본적인 척도라 할 것이다.

수많은 공연에 접하면서 필자가 느낀 또 다른 특기할만한 현상은 실험적 공연이 얄팍한 상업주의를 정당화시키는 도구로 전락하고 있는 현상이었다. 이러한 경우에 특히 성(性)과 폭력의 문제는 상업적인 고려와 예술의 실험성 추구라는 두 개의 상이한 목적이 연결되면서 묘하게 이용되고 있는데, 예를 들자면 극단 76이 공연, 수차에 걸쳐 연장 공연을 하고 있는 페터 한트케 원작 〈관객 모독〉은 원작과는 관계없는 심한 음담패설을 삽입, 관객의 말초적인 신경을 자극함으로써 일종의 카타르시스 효과를 노리고 있는데, 결과적으로 원작의 심각한 실험성이 빛을 잃게 되는 결과를 가져왔다.

또 다른 비슷한 예가 극단 세실의 〈카덴자〉공연이다. 역시 실험성을 바탕으로 하고 있으나, 직접적인 관객의 반응은 그러한 심각성보다는, 극중 한 여인에 행해지는 폭력과 육체적 노출에 대한 센세이셔날한 것으로써 역시 공연의 실험성은 가려지고 만 셈이 되었다.

성과 폭력이 현대 대중사회에서 상업적 성공에 이르는 한 열쇠로 받아지고 있는 것은 자명한 사실이긴 하나, 실험적 연극이 갖는 현존 연극 전통 및 그 밖의 세속적 가치관에 대한 심각한 도전적 의미에 비추어볼 때, 실험성을 앞세워 상업적인 고려를 정당화하는 일은, 근본적으로 실험예술의 심각성을 간과한 결과에서 나왔다고 하겠다. 예술 자체가 문화적·사회적 환경 여건 속에서 생겨나듯이, 실험성의 예술 역시 그 적정 환경이 조성되지 않는 한 순수한 실험적 예술은 발전하기 힘든 것이 아닌가는 생각도 든다.

(객석, 1986.6.)

즉흥연기와 실험적 테크닉
— 〈뜨거운 바다〉·〈칠수와 만수〉

지난달에 올려진 공연 중 오랜만에 신선한 충격을 안겨준 공연이 있었다. 시네텔 서울이 기획하고, 김봉웅(스가·고헤이)이 쓰고 연출한 〈뜨거운 바다〉(원제: 열해 살인 사건)는 여러 가지 면에서 생동감이 넘치는 실험적 성격의 공연이었는데, 특히 작금의 우리 연극계에서 흔히 '실험성'이라는 말로써 공연의 예술적인 미흡함을 커버하는 공연들이 적지 않음을 고려해 볼 때 여러 가지로 생각할 점들을 남겨준 공연이었다.

이 공연의 줄거리는 어찌 생각하면 진부하기 이를 데 없는 살인 사건 범인 추적기이다. 한 전락한 시골 출신의 여인 아이꼬를 사모하는 별 볼일 없는 청년 모모따로는, 돈 밖에 모르는 변심한 애인을 죽이게 되는데, 극의 중심 액션은 이 사건의 범인을 밝혀내기 위한 취조·심문의 형식으로 진행된다. 이 공연에서 특기할만한 점은, 이와 같이 다분히 신파적인 스토리의 성격으로 인해 자칫 단조롭고 맥

빠진 공연이 되기 쉬운 경향이 있음에도 불구, 오히려 신파조의 이야기가 갖고 있는 감정적인 잠재력을 효과있게 구사하여 생동감 넘치는 공연으로 무대화한 구성과 연출의 묘라고 할 것이다.

그러면 이 공연이 갖는 신선한 생동감이 구체적으로 어디서 기인하는 가를 한번 살펴보자.

구조적으로 볼 때, 우선 형사들에 의한 사건 수사라는 구조는 그 자체 내에 액션을 밀고 나가는 힘을 가지고 있다. 왜냐하면 취조, 신문의 과정은 본질적으로 범인을 밝혀내야 한다는 목적을 향해서 상승하는 액션이기 때문이다. 그러나 본질적으로 동적(動的)인 역학을 가진 구조라 하더라도, 이러한 구조를 원인과 결과의 과정에 따라 논리적으로 진행되는 사실주의적 진행 방법을 사용했더라면, 결과는 우리가 흔히 대하는 TV수사극 정도로 끝났을 것이다.

그러나 작가 김봉웅은 이러한 취약점을 잘 포착, 비사실주의적 구조를 사용, 삽화적인 장면구성(episodic plot)을 통하여 장면과 장면간의 논리적 연기를 파괴함으로써 장면간의 스피디힌 진행을 돕고 신선한 생동감을 창조했다. 사실 이 공연이 주는 신선한 생동감은 전통적 사실주의적 극작술의 전통을 탈피, 사실주의적 공연 전통에 길들여진 관객들이 기대감을 깨부수는데서 나온다고 해도 과언이 아닐 것이다.

관객의 기대감을 깨어버린다는 이야기는, 또 다른 말로 바꾸어 말하면 선명한 대조를 창조한다는 말과도 일맥상통하는데, 실제로 이 공연을 통해 일관되게 나타나는 연출의 특징은 극단적인 대비(콘트라스트)의 효과다. 이러한 것은 상당한 극적 효과를 창조하고 관객의 입장에서는 일종의 감정적인 쇼크를 경험케 함으로써 신선한 생동감을 느끼게 한다.

공연 중에 나타난 실제의 예를 들어보자. 우선 공연 시작부터 백조의 호수가 흐르면서 막이 오르면, 무대 위에 나타나는 장소는 음악이 주는 기대감과는 동떨어진 동경 경시청의 형사부장실이라든지, 이들 형사들이 극 시작 후 약 20여분에 걸쳐서 주고받는 대화는 살인 사건을 다루는 상황과는 대조되는 농담조의 코믹한 대화라든지, 군데군데 중심 액션과는 논리적인 상관없이 카바레 장면이나 무용 장면이 삽입되는 등 이러한 효과적인 장면의 배열은 극중 내내 관객의 흥미를 유지시킨다.

그러나 이외에 무엇보다도 이 공연의 활력을 창조하는데 직접적인 요소로 작용한 것은 즉흥연기(improvisation)를 사용한 작품 구성의 과정이라고 보겠다. '즉연'의 기법은 스타니슬라프스키로부터 시작된 것으로, 서구에서는 60년대 이후 기존 사실주의 연극 형태와 그것이 표방하는 기존적 가치체계나 이념에 반대, 대안적인 연극 형태를 추구하면서 오프 오프 브로드웨이에서 더욱 개발 사용되기 시작한 방법으로, 오픈 디어터의 조셉 차이킨 및 미건 테리 등을 비롯 많은 실험적 연출가와 극작가들이 사용하고 있는 기법이다.

실험적인 테크닉으로서의 '즉연'은, 배우의 직관과 자발성의 표현을 최대한으로 허용함으로써, 전통적 연극 및 연기의 이론으로부터 배우를 해방시키고, 배우는 이러한 과정을 통하여 스스로 깨닫고, 경험하고, 그것을 자신의 창의적인 표현을 통해서 관객에게 전달하게 된다. 그러므로 전통적 연출 방식에서 배우는 연출가의 연출 의도를 전달하는 매개체일 뿐인 그러한 상황과는 많은 차이가 있게 되며, '즉연'의 경우 결국 배우는 자기가 참여하는 공연에 정신적으로 감정적으로 깊이 몰두함으로써만 자기가 가지고 있는 모든 자원을 활용, 창의적인 자아 표현이 가능하게 된다.

'즉연'은 이와 같이 배우 각자가 갖는 내적인 잠재력의 동원을 가능케 한다는 점에서 볼 때, 비록 그 기원이 서구적 연극 환경에서 나왔다고는 하지만, 우리의 연극적 상황 속에서도 무리없이 활용이 가능한 테크닉으로 생각된다. 왜냐하면 일반적으로 말해 전통적인 연극 형태나 테크닉은 그것이 자라 나온 문화적·사회적 조건과 경향에 의해 이미 한정되어진 것이므로 그 적정의 예술 환경을 떠나 문화·사회적으로 다른 예술 환경 속으로 도입될 때에는 필연적으로 굴절의 과정을 겪지 않으면 안된다. '즉연'은 궁극적으로 배우를 지배하는 외부적인—사회적·문화적·예술적—틀을 거부하고, 그 틀에서 배우를 해방시킴으로써 틀에 우선하여 개성의 발현을 추구하기 때문이다.

즉흥 연기는 작품의 형성 과정에 있어 여러 가지로 활용할 수 있는 점도 있다. 작품의 공동 구성에서 상황 설정만을 해놓고, '즉연'을 통해 구체적인 대사와 동작을 이루어가는 방법이 있을 수 있는가 하면, 이미 완전한 각본을 연출할 때에도 배우들에게 '즉연'을 통해 더 많은 자아 표현을 허용함으로써도 가능하다. 즉흥 연기에 익숙하지 않은 연기자들에게는, 서로의 호흡을 맞추기까지 전통적 연출에 의한 리허설보다 시간이 좀더 걸리는 경향이 있을 수 있고, 〈뜨거운 바다〉의 경우도 전무송, 강태기 등 노련한 배우였음에도 불구, 리허설 과정에서 상당히 힘이 들었던 듯 하다.

실험적 테크닉으로서의 즉흥 연기와 밀접한 관련을 가진 또 다른 테크닉이 변신(transformation) 의 기법이다. '변신'이라고 일반적으로 번역이 되고 있으나, 실제 실험적 테크닉으로서의 트랜스포메이션은 미건 테리의 말을 인용하면, 성격의 트랜스포메이션, 장소의 트랜스포메이션, 시간의 트랜스포메이션을 총망라하는 테크닉이므로 '변신'이라는 번역은 인물에만 해당되는 경우이므로, 좀 더 총괄적인 '변환'으로 번역을 해야 옳지 않은가 생각된다.

이 공연에서도 형사부장과 형사와 여자 형사의 역할이 서로 변환되는 장면이 삽입되었다. 궁극적으로 이러한 변환의 테크닉이 낳는 효과는 전체적인 연기의 앙상블적 효과로서 어느 한 배우가 주연을 맡아 무대의 관심을 독차지하는 전통적 연극 형태에 반대하는 것이다. 〈뜨거운 바다〉는 여러 가지 면에서 탄탄한 이론적 구조를 바탕으로 한 실험적 공연이었으며, 연출자는 실험적 테크닉에 숙달되 있음으로써 자신있는 도전적인 연출을 할 수 있었다고 생각된다. 결국 사실주의적 매너리즘에 빠진 공연에 신물이 난 관객들에게 제공할 수 있는 대안은 이러한 반테제적 실험극 공연이 아닌가 싶다. 또한 사실주의의 쇠퇴와 함께 연출자의 절대적인 권위적 해석 내지 연출 방식에도 변화가 와야 하지 않는가 하는 생각이 든다.

이 공연과 여러 면에서 비교될 수 있었던 공연이 극단 연우무대가 오종우 작, 이상우 연출로 공연한 〈칠수와 만수〉이다.

공연 행위와 우리의 사회적 현실을 강한 사회 풍자적 의식을 통해 연결시키면서, 이러한 내용에 어울리는 새로운 실험적 형태의 추구에 노력해왔던 이극단의 진지한 노력은 〈한씨 연대기〉 등의 공연에서 뚜렷이 부각된 바 있지만, 무엇보다도 이 공연의 실험성을 충실하게 이끌어준 요소는, 연출가 자신이 작업적 테크닉에 대해 숙달되어 있어 자신의 도구를 자신있게 구사할 수 있었던 것으로 생각된다. (실제 작품 구성의 과정이 어떤 형태로 이루어졌던지 간에.) 〈칠수와 만수〉 공연 역시 비사실주의적 테크닉을 사용하고 있다는 점에서, 그리고 그러한 테크닉이 소위 서구에서 '실험적'인 것으로 사용되고 있는 것들임으로써 앞서 말한 〈뜨거운 바다〉와 연관지어 생각될 수가 있겠다.

이 공연의 줄거리는 시골 출신의 만수와 기지촌 출신의 칠수라는 두 페인트공의 이야기다. 자본주의 사회의 밑바닥층 인생들인 두 페인트공을, 산업사회를 대표하는 15층 빌딩 꼭대기에 올려놓고, 상업용 선전 간판을 그리고 있는 상황을 실정함으로써, 이 공연의 사회 풍자적 요소를 극시작부터 뚜렷이 드러낸다.

극단 연우무대 문예회관소극장 〈칠수와 만수〉, 1986년 5월 14일~26일 오종우 작 이상우 연출.

작품의 구조는 〈뜨거운 바다〉나 (한씨 연대기)의 경우처럼 짧은 삽화 형식(에피소드)으로 수많은 장면이 스피드하게 진행된다. 간판회사 사장이 나와서 관객에게 직접 이야기를 함으로써 관객과의 거리를 좁히는 장면에 이어, 만수의 시골 어머니의 처량한 모습, 또 그 뒤를 어이 15층에서 페인트 작업을 하는 만수와 칠수의 장면 등으로 연결된다. 삽화적 플롯에 바탕을 둔 공연의 특징은, 사실주의 극에서처럼 인물의 심리적인 내면성의 부각보다는, 주제의식이 강조되는데, 구조적으로 볼 때 〈뜨거운 바다〉의 형사 수사극의 형태가 본질적으로 액션을 밀고

나가는 동인(動因)을 내포하고 있음에 비해, 이 공연에서는 사회 풍자적 요소는 강하나 근본 액션이 두 페인트 공의 대화로서 이끌어져야 하는 구조이기 때문에 액션을 밀고 나가는 원동력이 약할 수밖에 없고, 그래서 결과적으로 장면 진전에 활력성이 부족했던 것 같다.

그러나 만수와 칠수 역의 대체적으로 균형있는 역할의 안배라든지, 은행 강도 장면이나 권투선수 장면 등에서 일어나는 일종의 역할의 변환 등 관객의 흥미를 지속시키려는 노력과 더불어 실험적인 테크닉의 사용은 역시 연출자의 세심한 노력을 보여주는 듯 했다.

또 한 가지 이 공연을 통해서 다시 한번 확인한 사실은 극중 대사의 문제다. 연극계의 최근 경향이 총체적 연극이나 실험주의 연극 등 대사위주의 사실주의적 연극 형태를 지양하는 움직임이 일어나고 또 당연히 그래야 하는 것으로 생각되지만, 근본적으로 아직도 연극의 기본적 전달 수단은 대사임을 부정할 수 없다. 필자의 관찰에 의하면, 우리 연극계에서 일반적으로 사회 풍자적, 또는 사회 비판적 요소가 강한 공연에서 대사는 그 주된 특징이 욕지거리나 성적(性的)인 야유로서, 특히 여성의 육체에 대한 직접적·간접적인 야유와 희롱이 태반인 경우가 허다한 것을 본다.

기존 세대를 풍자하고, 사회비판정신을 통해 건전한 반문화를 이룩하자는 것이 실험적 성격의 공연이 갖는 기본적 이념이라고 볼 때, 어느 정도의 기존 사회적 생활방식이나 매너나 말투에 대한 도전이 한국적인 형태의 거칠고, 조야한 대화로서 표출될 수는 있다. 그러나 실험적 공연이라 하더라도 근본적으로 예술이 가져야만 하는 현실과의 미적(美的)인 거리감(artistic distance) 역시 그 한 본질임에는 틀림없다는 점을 감안할 때 사회 풍자적 혹은 비판적 대화가 곧 욕설이나 음담패설이어야 할 이유는 없다. 오히려 우리의 연극현실처럼 실험적 공연이 순수하게 실험적일 수만은 없는 경제적 사회적, 문화적 여건 속에서, 실험성이 갖는 기존 연극 전통에 대한 반데제적인 성격이 상업적인 고려와 영합하여 필요이상의 거칠음과 조야함을 생성해내지 않는가 하는 인상이 든다.

앞서 살펴본 두 공연에서도 이러한 경향은 확실히 나타나고 있음을 부정할 수 없다. 여자의 유방에 관한 지나친 언급이라든가 성적인 언급이 그러한 예라고 하겠다. 또한 〈칠수와 만수〉의 경우, 하층 서민의 비애와 이룰 수 없는 암담한 꿈을 통해 사회풍자도 겨냥하고 있는 듯 하나 이 경우에는 사회 풍자의 주제의식이 극적 오락성에 대한 강한 관심(대사 등에서도 나타나는데) 때문에 흐려진 느낌이 든다. 결과적으로 김석만 연출이 〈한씨 일대기〉에서 보여주었던 깊은 주제적 심각성을 〈칠수와 만수〉에서는 찾아볼 수 없었다고 하겠다.

(한국연극, 1986.6.)

여성 취향의 공연과 한국적 소극장형 소극(笑劇)
— 〈엄마가 아빠를…〉·〈꿈먹고 물마시고〉

　올해 들어 많은 여성 취향의 공연들이 무대에 올려지고 있다. 지난달의 경우만 보더라도 실험극단의 〈신의아그네스〉, 〈화니〉, 극단 성좌의 〈엄마가 아빠를 옷장 속에 매달아 놓았어요. 그래서 나는 너무나 슬퍼요!〉 등 이들 모두 각기 관점은 다르나 여성을 주인공으로 한 이야기들이다.

　특히 〈위기의 여자〉가 상업적인 성공을 거둔 이래로, 이러한 여성 취향의 공연에 대한 관심이 부쩍 높아진 것으로 풀이되며, 그 동기야 어찌되었던 지금까지 공연의 가치있는 소재로서 심각히 여겨지지 않았던 여성의 문제, 여성의 경험들이 연극 작품을 통해서 간접적으로 나마 표출될 기회를 갖게 되었다는 것은 예술적인 면에서뿐만 아니라 사회·문화적인 면에서 의미있는 일이라 생각된다.

　〈위기의 여자〉의 상업적인 성공은 복합적으로 풀이 될 수 있을 것 같다. 즉 60년대나 70년대에 비해 어느 정도 여유를 즐길 수 있는 중산 여성층의 증가, 효과적인 홍보, 보봐르의 죽음과 우연히도 일치한 공연 시기 및 토론회를 통한 공통 대화의 장소를 마련했다는 점들일 것이며, 무엇보다도 남편의 심각한 외도에 당면한 한 여성의 입장이라는 주제가 갖는 보편성이 우리의 중년 여성 관객층에 호소력을 가진 점도 지적 될 수 있을 것이다. 그러나 원작이 「여성 연극」으로서 의도하는 바를, 즉 여성의식의 각성을 이번 공연에서, 또 그에 따른 토론회를 통하여 진정한 의미에서 성취했는가 하는 것은 생각할 문제로 남아있다.

〈위기의 여자〉공연과 여러모로 비교되는 공연이 여인극장이 창단 20주년 기념으로 강유정 연출로 재공연한 〈엄마가 아빠를 옷장속에 매달아 놓았어요. 그래서 나는 너무나 슬퍼요!〉이다.

제목이 말해주는 바와 같이, 이 작품은 상징적으로 아빠를 죽여서 옷장 속에 매달아 놓은 어머니의 이야기다. 여성상이라는 측면에서 분석해보면, 주인공인 로즈 페틀 부인은, 남성을 유혹하고, 소유하고, 급기야는 거세시키는 남성 파괴자로서의 부정적인 여인의 이미지(femme fatal)로서, 이러한 이미지는 고대에서부터 현대연극에 이르기까지 남성위주의 연극 전통 속에서 반복되어 나타났던 스테레오 타입 중의 하나이다. 원작자인 아더 코피트는 이러한 이미지에 현대적 색채를 가미, 심리적 및 정신병리학적인 접근으로 주인공 로즈 페틀과 그 아들과의 관계, 그녀와 그 남편과의 관계를 펼쳐보인다.

한 여인이 극단적인 소유욕을 가지게 되는 과정을 그렸다는 점에서 여성의 경험을 그렸기는 하지만, 이 작품은 근본적으로, 역시 여성의 경험을 그린 보봐르의 〈위기의 여자〉와는 다르다. 우선 〈엄마…〉에서 작가가 여성의 경험을 그리는 궁극적인 목적은, 그녀를 소유욕에 사로잡힌 비인간화된 상징적인 괴물로 그리기 위한 것이라면, 보봐르는 인생의 위기에 처한 한 여성의 내면적 경험을 보여줌으로써, 그 여성이 스스로 인간화의 길을 찾아나서는 긍정적인 과정을 그린다. 이와 같이 보봐르의 '여성 연극'의 진수 보는 '관점'의 문제에 있다고 하겠다.

그리고 이러한 '관점'의 문제는 공연 후 토론이라는 과정과 직접적으로 연관이 된다. 이론적으로 말해, 한 공연을 어떤 입장에서 해석하든, 그것이 설득력이 있는 한 어떠한 해석도 가능하다. 중요한 것은 기획자가 공연 후 관객들과의 토론을 통해서 무엇을 성취하고자 하는가가 문제가 될 것이다. 〈엄마… 〉의 경우 기획자는 이 연극 속에 그려진 여성의 경험을 보편성 있는 것으로 인정, 토론 과정을 통해 우리의 상황 속에서의 여성의 경험과 일종의 연관성을 찾고자 했었던 듯 하나, 실제로 작품 속의 주인공 로즈 페틀의 극도로 왜곡된 소유욕에 가득 찬 괴물로서의 이미지는, 〈위기의 여자〉가 갖는 문화적, 사회적 경계선을 초월하는 보편성을 갖지 못한다.

결과적으로 아더 코피트의 반여성적(反女性的)연극을 여성적 연극으로 해석한 셈이 되었다고 해도 과언이 아니라고 할 것이다. 그러나 작금의 작품 해석에 관한 이론 자체가 읽는 사람을 위주로 한 극도의 주관적 해석을 인정하고 있다는 사실을 감안할 때 그러한 해석도 가능하다고 할 것이겠으나, 필자로서는 그럼에도 불구하고 작품의 개연성 문제를 생각하지 않을 수 없는 것 같다. 또한 '공연 후 토론'이 갖는 위험성도 지적해보고자 한다. 〈엄마… 〉의 경우에서처럼 각계의 전문가 1인만을 한번 토론의 중심으로 모시는 일은, 관객들로 하여금 그 한 분야의 관점만을 보게 함으로써, 공연 내내 기획된 모든 토론에 참석하지 않는 한, 관객은 공연에 대한 편협하고 제한된 해석만을 수용하게 되기 쉬우며, 결과적으로 작품 전체에 대한 관객들의 관점이 오도될 우려도 있는 것이다.

예를 들어, 필자가 참석했던 토론은 한 남성 정신과 의사가 토론의 리더로 참석했었는데, 이러한 결과, 작품 속의 여주인공은 그 남성 의사의 가부장적 관점에서 한 정신분석학적 케이스 스터디로서 분석·해석되었으며, 관객들의 반응 역시 이에 동조, 공연속의 인물의 구체적인 행동 등에 대한 다양한 해석 대신 절대적인 해답을 요구하기도 했다. 결국 이러한 토론이 갖는 위험성은, 대중적 관객들─비평관점이 아직 성숙되지 않은 청년관객들이 대부분이었는데─에게 연극을 예술로서 감상하는 대신, 정신분석학적 이론에 끼어 맞추어 논리적으로 해석하는 등의 편향적 태도를 생기게 함으로써, 예술작품을 전체적으로 보는 관점을 배양시켜 주지 못하는 결과를 가져올 수도 있다. 이러한 현상은 좀 더 나은 관객─배우의 관계 및 공연의 사회·문화적인 의미를 확산시키고자 하는 제작자측 노력의 한 과도기적 현상으로 풀이될 수 있겠으나, 중요한 것은 토론회의 기획이 좀 더 치밀하게 준비되었어야 했다.

작품 〈엄마… 〉는 비사실주의적 작품으로 부조리극적인 요소와, 작가의 말에 따르면, 관객의 흥미를 유지하기 위해 시체, 관, 목 조르는 장면 등 멜로드라마틱한 충격적 요소를 혼합해 가지고 있다.

연출자의 관심은 주로 주인공 로즈페틀의 성격 묘사에만 있었던 듯하다. 상기의 극적인 효과(소도구 등을 사용한)를 좀 더 강조했더라면 더욱 관객의 흥미를 끌 수도 있었지 않았나 생각된다. 대사 전달에만 극의 진행을 맡김으로써, 무대술의 효과를 많이 필요로 하는 원작과 달리 공연이 평면화한 느낌이 든다. 각본, 편집 과정에서 많은 대사가 삭제되어 인물들의 동기 및 심리적 역학관계가 애매모호해진 경향이 있으나, 이는 역시 번역극을 한국화하는 과정에서 주인공 여성의 문제 하나만을 투사하고자 하는 연출의 의도와 상관이 있는 듯하다. 그러나 결과적으로 장면 연결이 부드럽지 못하게 된 듯하다. 주인공 역의 김민정은 무리없는 발성을 기초로 차분한 연기를 보여주었으나, 좀 더 내면적인 깊이를 보여주었더라면 하는 바람이 있다. 이러한 점은 단조롭게 반복되는 몸의 동작과 억양과도 관련이 있는 것으로 생각된다.

이 공연과는 대조적으로 전통적 사실주의 공연이면서도 공연의 모든 국면에서 지나침이 없는 균형있는 연출로 인해 품위있는 상업적 공연의 예를 보여 주었던 경우가 실험극장의 제100회 공연인 〈화니〉이다.

주인공 화니라는 여인의 흔한 사랑이야기로서, 이 작품이 갖는 특징이라면 거의 모든 등장인물들의 성격 묘사를 거의 같은 비중을 두고 설득력있게 그려냄으로써 공연 전체가 하나의 유기적인 앙상블을 이루고 있다는 점이다. 또한 작품의 이러한 내재적인 특징을 윤석화, 전무송, 김진해, 이승옥, 정동환 등의 연기자들이 좋은 앙상블을 이루는 연기로 커버하고 있다.

사실주의 연극 구조가 흔히 그러하듯 이 공연에서도 전개부인 1부 〈마리우스〉에서 배를 타고 떠나간 애인 마리우스를 애타게 기다리며 임신한 몸으로 외롭게 지내는 화니의 생활과 그 주변 인물들의 이야기는 진행이 느리고, 시간적으로 20~30분을 차지, 지리한감을 주었는데, 이 공연에서 아쉬웠던 점은 바로 이 부분이라고 느껴진다. 그 후 애비없는 자식을 낳게 되는 불명예를 씻기 위해 화니는 한 노인과 결혼하게 되고, 오랜 항해에서 돌아온 마리우스가 화니의 사랑을 다시 구하지만, 화니는 궁극적으로 어떠한 결혼이건 자신이 선택한 길을 고수함으로써 마리우스와의 사랑보다 노인과의 책임있는 결혼생활을 유지시킨다는 전통적 가치관을 재천명하는 해피엔딩의 작품이다.

이 공연이 관객에게 남기는 뚜렷한 인상이라면, 실험적 연극 등이 주지 않는 '편안함'이다. 이러한 편안함은 이야기의 해결이 완전 명료하게, 그것도 해피엔딩으로 끝나는데서 결과되는 것으로써, 흔히 상업적 연극의 한 전형적 특징을 보여주었다고 하겠다. 무엇보다도 화니의 슬픈 이야기를 희극적인 인물과 대사로 균형을 이루면서 희극적·비극적 감정의 뉘앙스를 섬세하게 잘 펼쳐나간 연출의 묘가 드러나며, 흔히 상업적 연극에서 관객을 지나치게 의식, 연극으로서의 품위까지 손상시키는 대사를 첨가하는 경우도 왕왕 있음을 고려할 때, 이 공연은 희극적 대사를 적절히 배합하면서도 지나침이 없는 밸런스를 유지함으로써 품위를 잃지 않는 상업적 공연을 보여주었다. 무대 세트 및 의상 등에서도 상당한 전문적 배려를 함으로써, 우리 연극계의 현 실정에 비추어 볼 때 비교적 다양하고 섬세한 무대 세트를 창조했다는 사실 역시 수준있는 상업적 무대를 향한 하나의 발돋움이라 생각된다.

상기한 여성 취향의 공연과 주제는 다르면서도 현금의 우리 연극계에 팽배해 있는 공연 스타일에 이름을 붙여 보자면 '한국형, 소극장형 소극(farce)'이라고 할 수 있겠고, 이와 관련하여 이야기될 수 있는 공연이 강영걸 연출로 민예극장이 무대화한 뮤지컬 코메디 〈꿈 먹고 물마시고〉이다.

극의 구조는 소극에 알맞은 단순한 플롯으로, 남의 집에 세들어 사는 한 노처녀 복희와 한 호스테스 진자의 생활에 한 공장 직종인 남자가 나타나 같이 살게 되면서, 두 여인과 한 남자의 역학 관계가 진행되어 간다. 삽화적 장면의 연속으로 진행되는 이 공연되는, 구조적으로 볼 때 액션을 이끌어 나가는 갈증적인 역학이 결여되어 있으나, 장면장면 폭소 작전으로 이러한 점을 보완하는 듯 하다. 이 공연 역시 우리 연극계는 지배하고 있는 불문율—웃음·섹스·폭력—을 모두 보여주고 있는데, 대사를 통한 폭소 작전과 극중 한 장면에서 여배우가 옷을 벗으며 등을 보인다든가, 빨래줄에 여성용 팬티와 브래지어를 널고, 여자의 뺨을 때리는 등의 장면들이 그 단적인 예라고 하겠다.

이 공연에서 찾을 수 있는 의의라면, 뮤지컬 코메디라는 서구적 대형 공연 형식을 우리의 소극장 공간에서 우리의 흔한 이야기로 꾸며 보고자 한 연출의 노력이겠다. 또한 이 공연을 단순한 소극(farce)로만 그치지 않도록 한 요소들이 있다면 희극적 플롯에 노처녀 복희의 슬픔 및 남동생을 교육시키기 위한 진자의 희생 등 우리에게 너무도 익숙한 멜로적 이야기들을 삽입하여 소극이 주는 단조로움을 면했다. 노처녀 복희가 받는 발신인 미상의 편지 사건도, 일종의 서스펜스를 극중에서 창조함으로써 소극이 갖는 단조로움을 커버하는데 기여했다고 하겠다. 이와 같이 이 공연은 서구의 뮤지컬 코메디라는 형식을 빌기는 했으나, 실제적으로 이 공연에 내포되어 있는 많은 요소들은 현금의 우리의 소극장 공연을 지배하고 있는 소극의 전형적인 요소들이기도 하다.

또 전문적 뮤지컬 배우가 없는 우리의 실정을 고려해 볼 때, 이 공연에서 오대무역을 맡은 정현은 음정이나 성량 면에서 탁월한 가능성을 보여주었으며, 무엇보다도 높은 음정에 훈련이 안돼 있는 배우들의 여건을 감안한 듯 저음이 주조를 이루는 음악은 배우들의 한계를 상당히 커버한 것으로 보인다. 작곡의 조동호는 이 공연이 갖는 감정의 뉘앙스를 잘 포착, 노래로 표출했는데, 작곡에서 이 뮤지컬이 갖는 극적 대비 관계에 대해 예민한 센스를 보여 주었다. 더불어 조촐한 작은 공연이긴 하지만, 시간, 대비 및 변화에 대한 예민한 감각을 가지고 작품의 특징을 살린 센스있는 연출도 인상이 남는다. 이와 더불어 명기하고 싶은 일은, 우리나라의 연극 관객층의 청년화 현상으로, 이들의 취향에 맞추기 위한 소극(farce)화 지향 일변도 현상도 심각하게 생각해볼 문제다.

(한국연극. 1986.7.)

주제의 보편성과 심리묘사로 공감대 형성
— 〈시즈위벤지는 죽었다〉·〈뜨거운 양철 지붕위의 고양이〉

　　요즈음 우리 연극 공연계의 실정을 일반적으로 요약해 보자면 다음과 같다고 하겠다. 우선 생각나는 특징은 관객의 청소년화에 따른 공연의 소극화(farce)현상이다.

　　주로 소극장에서 이루어지는 소규모의 이러한 공연들은 배우가 관객 앞 실제 무대 위에서 웃기는 대사를 주고받는다는 점 외에는 텔레비전 소극(예를 들면 〈웃으면 복이 와요〉 등)과 그 예술적인 품위나 질적인 면에서 크게 나은 점이 없다. 이러한 '웃기기 작전'은 박스 오피스를 의식하지 않을 수 없는 자본주의 경제체제 속에서 연극이라는 문화제도가 결코 간과할 수 없고, 그래서 타협하지 않으면 안되는 하나의 구조적 패러독스인지도 모른다. 그러나 공연의 예술적인 본질을 저해할 정도의 과다한 웃음 작전이 예술 공연에 있어 하나의 지침으로 숭배된다는데 문제가 있다. 결국 이러한 문제는 종합예술로서 연극 공연의 전문성의 결여라는 국면까지 파생시키게 된다.

실제로 현금에 공연되고 있는 많은 작품들이 무대 세트·의상·조명, 심지어 연기 문제에 이르기까지 얼마나 탄탄한 전문성을 바탕으로 균형있게 연결, 조합되고 있는지는 관객이나 연극인들 스스로가 더욱 잘 감지하고 있는 문제라고 생각된다. 그리고 이러한 연극적 전문성의 결여 혹은 직업적인 적당주의는 어떤 경우에는 '소극장 공연'이라는 명목으로, 혹은 '실험 연극'이라는 구실로, 혹은 '외국 연극 형식의 한국화'라는 구실로 그럴 듯하게 커버되어진다.

이러한 한 예가 서구의 경우에는 수백만 달러를 들여 온갖 최신의 전문적 무대술이 총동원되어야 무대에 등장할 수 있는 뮤지컬이라는 공연형식의 한국화다. 그것도 외국의 원작을 그대로 들여와 소극장에서 적당히 '한국화'라는 명목을 붙여 무정형의 그 어떤 공연형식을 무대에 올리는 경우다. 물론 외국의 공연 형태를 한국화 할 수 없다는 이야기는 아니다. 그러나 그 '한국화'의 과정을 예술적 재구성의 한 과정으로서 정당화시켜 줄 수 있는 타당한 전문적 바탕이 필요하다는 애기다.

이러한 전문성의 결여와 한국적 굴절 과정에서 파생되는 문제는 요즈음 관심을 끌기 시작한 여성 문제 중심의 연극 공연들에서도 예외는 아니다. 결과적으로 서구에서 독특한 여성적 관점을 바탕으로 여성 문화 창조를 위하여 생겨난 이러한 여성 취향의 작품들은 우리의 상황 속에서는 남성 중심의 가부장적 문화를 재천명하는 방향으로 해석, 관객층을 오도하고 있다 해도 과언이 아닌데, 이러한 점 역시 전문 지식의 결여 내지는 한국적 문화가 갖는 배타적 저항력에 의해 왜곡, 재구성된 결과라 생각된다.

우리 무대에 올려진 외국의 번역극 공연들에서 필자가 받는 인상은 원작이 갖는 복합적인 의미의 뉘앙스가 지나치게 단순화되어 부각된다는 것이었고, 간과할 수 없는 커다란 이유 중의 하나는 작품 해석에 대한 전문적 접근 방법의 훈련 부족이라고 생각된다. 궁극적으로 이러한 취약점은 작품 해석을 피상적이고 단편적으로 제한시키는 결과를 가져온다.

최근에 나타난 극단적 상대주의 비평이론에 따르면, 작품 해석의 정도(正道)가 없다고는 하지만, 필자의 견해로는 그럼에도 불구하고 작품의 내재적인 개연성은 곧 그 작품에 에센스이자 생명을 주는 것으로서, 한 비평가나 해석자에 의해 형성된 것이 아니라 오랜 문학 비평 전통에 의하여 정립되어지는 것이기 때문이다. 그러나 드물게나마 이러한 우려를 덜어주는 공연들이 맥을 잇고 있다는 사실은 다행한 일이라고 하겠다.

지난달 공연 중 필자의 인상에 남는 공연은 극단 한가위의 〈시즈위 벤지는 죽었다〉와 극단광장의 〈뜨거운 양철 지붕위의 고양이〉로서 두 공연 모두 연출가의 성실한 노력이 공연의 어려 측면에서 엿보이는 공연들이었다.

우선 〈시즈위 벤지… 〉를 보자.

남아연방 작가들의 작품들은 〈일어나라 알버트〉, 〈아일랜드〉 등 이미 공연되어 우리 관객에게 그리 낯설지 않다. 무엇보다도 이들 작품들은 흑백 인종 차별이라는 같은 주제를 다루는 미국 작품들과는 작품이 지니는 사회적·정치적·문화적 정서가 다르다는데 그 특징이 있다. 남아연방의 흑인 문제를 다루는 작품의 경우, 작품의 뿌리가 되는 그 나라의 제 3세계적 사회적·정치적 제반 여건이 어떤 면에서는 미국적 흑인차별에 배경이 되는 제반 요소들보다 우리 관객들에게 더욱 공감하기 쉬운 면도 내포하고 있다.

이와 같이 작품이 지니는 기본 정서가 다른 외국 작품에 비해 비교적 공감하기 쉽다는 점에 덧붙여, 이 작품의 주체가 되는 흑인들의 잃어버린 정체성의 추구 문제는 단순히 남아연방 흑인들에게만 국한된 문제의 차원을 넘어, 인간 소외라는 온 인류가 현 시대에 당면하고 있는 보편타당성의 차원에까지 끌어올렸다는데 있고, 이 점이 이 작품이 후기산업 자본주의 사회인 서구 선진국들의 무대에서 관심을 끌었던 이유 중의 하나가 된다고 하겠다. 또한 이 작품의 기본 정서를 무리없는 편안한 우리말로 전환시켜준 번역의 묘도 이 공연의 공감대 형성에 중요한 역할을 했다고 보여진다.

에피소드적 플롯으로 엮어지는 이 작품은 전개부에 해당하는 전반부에서 흑인 스탕리즈의 이야기가 지나치게 긴감이 없지 않았고, 또한 후반부의 에피소드들은 논리적 연결이 명확치가 않았는데, 이는 모두 편집과정에서 파생된 결과가 아닌가 생각된다. 이 공연에서 무엇보다도 인상적이었던 점은 연기·조명·무대세트 등의 공연적인 모든 측면에서 대조와 속도 및 시간에 대한 예민한 감각을 바탕으로, 짜임새 있는 앙상블을 창조해 낸 연출의 세심한 노력이라 하겠다. 두 흑인 역의 임홍식과 정태화는 극중 역할에 대한 깊은 이해와 통찰을 바탕으로 좋은 앙상블 연기를 보여 주었다. 조명 역시 전체 공연과의 유기적인 조화를 이루면서 섬세하게 구사되었다.

이와 비슷하게 역시 성실한 연출의 노력이 공연의 의미를 진작시켜준 또 다른 예가 극단광장 주요철 연출 〈뜨거운 양철 지붕위의 고양이〉다. 이 작품의 경우는 〈시즈위 벤지… 〉와 비교해볼 때, 작품의 소재면에서 예상 외로 우리 관객들에게는 생소한 것이었다.

왜냐하면 이 작품이 미국 작가인 테네스 윌리엄즈의 원작이기는 하지만 〈시즈위 벤지… 〉의 경우가 인종차별 등을 바탕으로 보편적 차원까지 작품의 의미가 확대된다고 볼 때, 미국 남부의 농원 문화를 배경으로 한 〈뜨거운 양철 지붕 위의 고양이〉를 다루고 있는 소재들이 동성애, 미국적 여성의 역할과 남성의 역할 및 그 상호 관계 등으로 사회성보다는 작중 인물들의 구체적인 심리적 역학 관계와 그 묘사에 중점을 두고 있기 때문이다. 결국 작품이 지니는 문화적인 뉘앙스까지 합쳐져, 우리 관객들이 이 공연의 복합적인 의미를 충분히 소화하기란 그리 쉬운 일만은 아닌 것이다.

또한 이 공연에서 사용된 각본은 윌리엄즈가 처음에 완성한 각본이 아니라, 연출가 엘리어 카잔의 제안에 따라 극중 남성 주인공인 브릭의 성격을 극의 결말부에 가서 갑자기 변화시켜 아내 매기와의 화합을 암시하는 일종의 해피엔딩으로 끝나도록 한 브로드웨이 공연판을 사용한 듯 싶다. 그러나 비록 두 부부간의 화합의 결말이 관객들에게는 가족 중심적 중류 사회층의 현존 질서를 재천명함으로써 만족과 안도감을 줄 수는 있었다하더라도, 브릭이라는 한 인물의 성격 발전이라는 측면에서 볼 때 그의 갑작스러운 태도의 변화는 호소력이 결여된 무리함이 따른다.

이 작품의 중심되는 플롯이 주인공 매기가 잃어버린 남편 브릭의 사랑을 찾으려는 하나의 투쟁 과정이라고 볼 때, 종속된 플롯은 브릭과 그를 자식들 중에서 가장 사랑하는 아버지인 빅 대디와의 관계라고 하겠다. 그러나 실제 이번 공연에서는 매기의 성 심리를 포함한 한 여인의 처절한 몸부림에 중점을 두었다기보다는, 오히려 빅 대디와 브릭의 부자(父子)관계에 더 많은 비중이 주어졌다.

이에 따르는 필연적인 결과로 타이틀롤의 김지숙의 연기와 빅 대디 하상길의 연기가 뚜렷한 대조를 이루었다. 김지숙은 매기의 고양이 같은 날카로운 성격을 짧고 신경질적인 대사 전달로 커버하기는 했으나, 대사전달 속도나 연극적 어조의 단조로움 등으로 매기라는 인물의 성격이 갖는 굴곡을 표현하는 데는 어려움이 있었던 듯하다. 실제로 매기의 성격은 성급하고 날카로운데 이는 어려서부터 삶의 투쟁에서 끈질기게 승리하며 살아온 결과로서, 자부심과 강인함을 가진 복합적인 인물이나, 편집 과정에서 투사로서의 매기를 부각하는 대사는 상당히 삭제됨으로써 결과적으로 매기는 평면적인 인물이 되고 말았다.

빅 대디 역의 하상길은 풍부한 성량과 여유있는 페이스의 연기로 무대 위에서 가장 큰 비중을 차지하는 가부장 권위주의적 아버지 역할을 무리없이 소화해 냈다. 특히 아들역의 이승철과의 대결 장면은 강한 감정적 호소력을 창조해냈다. 아들 역의 이 승철은 빅대디와의 연기에서는 좋은 앙상블을 이루었으나, 동성연애자인 매기의 남편으로서의 브릭의 역할은 설득력이 부족했던 듯 보였다. 이러한 복합적 역할 변화에 따르는 연기의 폭의 문제는 우리 연기자들이 아직도 많은 훈련과 적응이 필요한 부분으로 생각된다.

작품의 공연시간이 2시간으로서, 기본적으로 사실주의 연극인 이 작품은 진전이 더디고, 대사량이 많음으로써 지리한 느낌을 주었는데, 대사량을 줄이면서도 작품의 진수를 전달할 수 있지 않았나 한다. 또한 전체 공연 시간에 비해 빅대디와 브릭의 대결 장면에 지나치게 많은 비중이 안배된 느낌이다. 그러나 이 공연의 연출의 묘라면 역시 조명, 무대, 세트, 의상, 음향 등 공연적 요소들에 대한 균형있는 세심한 배려로 비교적 유기적으로 통일된 공연을 창조했다는 점이다. 특히 음악과 무대 장치는 원작의 분위기를 잘 재현하는 것이었다고 생각된다. 그러나 극의 분위기를 창조하기 위해 사용했다는 표현주의적 조명 효과와 음향 효과(반복되는 전화 벨소리 등)는 공연의 유기적 효과에 별 도움이 되지 못한 느낌이 든다. 전체적으

로 보아 〈시즈위 벤지… 〉와 〈뜨거운 양철 지붕… 〉 공연은 성실한
연출의 노력들이 작금의 상업주의 및 적당주의의 세태 속에서도 지
속되고 있음을 확인시켜준 공연들이었다.

(한국연극, 1986.8.)

연극제와 그 주변의 공연들

— 〈물도리동〉·〈트로이의 여인〉·〈시간의 문법〉·〈히바쿠샤〉

1. 〈물도리동〉·〈트로이의 여인〉·〈시간의 문법〉·〈히바쿠샤〉

8월 말부터 시작된 제 10회 아시안게임 문화예술 축전 연극제는 우리 연극계에 상당한 활력소로 작용하고 있는 듯하다. 우선 이 연극제의 덕으로 우리 관객은 인도와 일본 등 다른 나라의 공연을 관람할 기회를 얻었을 뿐 아니라, 연극제에 참여한 우리 공연들 역시 상당한 수준을 유지하고 있으며 그 밖의 연극제에 참가하지 않은 소극장 공연들도 그 나름대로 상당한 창작적인 실험성을 보여줌으로서 이 달은 연극계가 정말로 페스티벌을 맞고 있는 느낌이 든다.

이 많은 공연들 중에서 필자가 관극할 수 있었던 공연들을 바탕으로 이 달의 이야기를 엮어볼까 한다. 상당수의 이러한 공연들에서 찾아볼 수 있는 공통된 한 흐름을 필자 나름대로 정리해보면, 전통의 현대적 수용, 혹은 전통과 현대의 융합이라는 말로 표현될 수 있을 것 같다.

좀 더 구체적으로 말해본다면, 우리의 전통적 소재(전설이나 신화) 및 민예를 서구적 연극 개념에 바탕을 두고 무대화했다고 할 수 있겠는데, 이러한 경우에 근본적인 문제가 되는 것은 어떻게 두개의 이질적인 동서양적 전통을 무리없이 유기적으로 조화를 시키는가 하는 것이다. 이러한 관점에서 각별히 많은 노력을 보여 주었던 공연이 강영걸 연출로 민예극단이 무대화한 〈물도리동〉이다.

하회탈에 얽힌 설화를 서구적 연극개념에 맞추어 무대화하는 작업은, 민예극단의 작업 이념일 뿐 아니라, 작금의 우리 연극계가 우리 연극에 더욱 뚜렷한 정체성(아이텐티티)을 부여하기 위해서는 궁극적으로 나아가야 할 방향임은 의심할 여지가 없다. 또한 원작자와 연출의 각고의 노력의 결과로, 이 공연은 흔히 설화나 전설 등 희곡이 아닌 우리의 토속적 소재를 연극이라는 장르로 극화할 때 생겨나는 이야기적 단순성을 극복하고 많은 문학적인 모티브를 제시하고 있다.

예를 들어, 허도령의 죽음과 하회탈의 제작 및 물도리동의 재생으로 이어지는 죽음을 통한 새로운 탄생의 모티브라든가, 물도리동이라는 전체 지역사회의 재생을 위해, 개인적 의지에 의한 선택의 여지가 주어지지 않은 채 임의의 의지에 의해 죽어가야 하는 허도령이라는 한 개인과 전체와의 갈등이 이루는 모티브, 주어진 운명을 자아실현의 방법으로 받아들이고, 임무를 완수한 후 자살을 통해 개인적 자유를 추구하는 허도령의 모티브 등은 실로 보편성을 지닌 고전적 및 현대적 주제들의 복합적인 구성이라고 할 것이며, 작품의 의미를 복합적인 차원까지 이끌어 간다. 그러나 아이러니하게도 이 공연의 취약점은 수많은 연희적 요소와 무대적 볼거리의 나열로 시각적 평면성을 극복한 듯하나, 설화의 이야기적 평면성을 드라마화 하는 과정에서 효과적으로 입체화시키지 못한 데 있다.

이러한 취약성은 몇 가지 요인에서 결과하는 것으로 보이는데, 우선 현대 연극에서 한 중요한 요소가 설득력있는 입체적 인물의 창출이라고 할 때, 이 공연에서 그려지는 허도령이나 각시의 인물은 연극적 인물로서 최소한으로 필요되는 입체성을 결여하고 있다. 중심적 인물인 허도령의 경우를 보자. 이 인물의 존재가 부각되기 시작하는 것은 극이 반쯤 진행된 후반부 정도에서이고, 그의 이러한 출현에 대한 준비과정이 전반부에서 충분히 나타나고 있지 않다. 이것은 원작에서 두개의 설화를 연결시키는 과정에서 파생된 결과인 듯도 하나, 인물창출이라는 면에서 볼 때는 설득력이 약하다고 보여진다.

또한 주어진 죽음의 운명에 반대해서 '나의 죽음이 무슨 의미가 있읍니까'하고 절규하는 도령의 모습은 작품의 주제상 거의 하이라이트라고 볼 수 있는데, 이러한 모습은 후반부에서 도망갈 길을 터주는데도 마다하며, '모든 것은 나의 뜻'이라고 주장하는 이 인물의 또 다른 변화된 일면과 상당한 거리감을 보여주고 있다. 문제는 이러한 갑작스러운 태도의 변화에 대해 어떤 동기성도 부여되고 있지 않다는데 있고, 결과적으로 허도령이라는 인물은 설득력 있는 입체적인 인물로 부각되지 못하고 있다.

이 공연의 또 다른 취약점이라면, 수많은 장면들이 유기적인 통일성이 결여된 채 나열돼 있다는 점이다. 즉 이러한 장면들에 질서를 줄 수 있는 극의 중심 액션이 추진력을 결여하고 있다는 말도 된다. 필자의 견해로는 극의 구조가 근본적으로 두 개의 설화를 연결시켰다는 점, 이것을 유기적으로 연결시켜주는 중심적 갈등에 일관성과 추진력이 결여돼 있다는 사실이 이러한 극적 산만을 초래하지 않았나 싶다. 하회탈과 허도령의 이야기가 극의 중심을 이루도록 더욱 부각됐어야 한다고 본다.

서구의 연극개념과 동양적 고유 연극 전통을 융합한다는 점에서 〈물도리동〉과 비교될 수 있는 공연이 일본 스코트 극단의 〈트로이의 여인〉이다. 이 공연은 여타의 고려를 떠나서, 이절적일 수도 있는 동서의 연극 전통을 융합, 고도의 예술적인 조화를 성취하고 있다는데 그 의미가 있는 것 같다.

그로토우스키 등 비언어적 몸의 동작을 강조하는 60년대 이후 서구의 아방가르드적 연극사조와(비록 스즈끼 본인은 의식적으로 서구적 영향을 인정치 않으려는 듯 보이나)가부끼 및 노오 등의 일본 전통연극의 연기 동작을 개발, 융합시킨 이공연의 특징은 단순성에 바탕을 둔 예술적 앙상블 효과의 창조에 있다고 하겠다. 〈물도리동〉의 잡다한 장면 배열과 좋은 대조를 이룬다. 또한 이 공연이 갖는 단아한 예술적 조화감은 오랜 세월에 걸친 배우의 훈련(주인공 여배우는 공연에 관계없이 매일 30분내지 1시간을 연기훈련에 쓴다고 한다)과 예술적 여과 과정을 거친 스즈끼의 배우 훈련 개념의 덕이라고도 보여진다.

이 공연에서 보여준 연기 동작은, 지나치게 의도적일 정도로 서구 사실주의적 연기 동작에 한 안티테제를 제공한다. 예를 들어 사실주의 연기에서는 긴장을 푼, 상반신의 움직임에 중점을 두는 움직임이 강조된다면 스즈끼의 연기 동작은 이와는 반대로 몸에 긴장을 풀지 않은 하반신, 특히 발의 움직임을 강조한다.

스즈끼는 이러한 비사실주의적(stylized) 연기 동작을 노오나 가부끼의 몸동작에서 착안, 자신의 창의적인 동작으로 개발했다. 이러한 또 다른 예라면, 눈을 부릅뜬 채 움직이지 않는 얼굴 표정이라든가 사실주의적 자연스러운 발성법과는 대조되는 높은 음정의 발성 등에서 찾아볼 수 있다. 또한 음악이나 조명 효과를 최소한으로 제한하고 있는 사실도, 역시 비사실주의적 공연을 창조하기 위한 맥락에서 이해될 수 있을 것 같다.

이 공연의 연출면에서 인상적이었던 또 다른 점은, 이러한 비사실주의적 동작을 무대위에 배치하는 과정에서, '극적 대비'를 강조함으로써 몸의 동작에만 많은 비중을 두는 공연의 단조로움을 커버하고 있다는 점이다. 첫 장면에서 보여주었듯이 무대 한쪽에서 발을 크게 들어 쿵쿵 울리며 걸어 들어오는 사람들의 행렬과 대조를 이루면서 다른 한쪽에서는 반 앉은 자세로 발을 잽싸게 놀리며 또 다른 한패의 사람들이 들어오는 모습은 크고, 작은 몸의 동작을 대조적으로 배열한 한 예라고 하겠으며, 이러한 점은 발성에서도 높고, 긴 발성과 그에 대조되는 짧고 옹알거리는 듯한 발성의 배열에서도 마찬가지로 적용된다고 하겠다. 또 다른 인상적 장면은, 가부끼의 하라끼리 장면에서 유래된 것으로 보이는 살상 장면이다. 잔혹하기만 할 수도 있는 이 살상 장면을 스즈끼는 느린 템포의 섬세한 동작들을 통하여 하나의 예술적인 몸의 동작으로 표현하고 있다는 점이다.

이 공연은 남의 아이디어를 받아들여 자기의 독자적인 전통으로 재창출한다는 일본적인 문화의 특성을 보여주기도 하는 한편으로 서구 연극계가 어떤 대체적 전통을 갈구하고 있는 상황을 잽싸게 포착, 최대로 선용한 일본적 국제성을 과시하는 듯도 한 느낌이 든다.

상기의 두 공연보다 좀 더 서구적 비사실주의적 연극 형식을 그대로 사용한 경우가 홍가이 작, 대동극회 공연의 〈히바쿠샤〉이다.

원폭 피해자인 한 한국여인의 비극적 일생을 기본 줄거리로 하고 있는 이 공연은, 원폭의 비극과 이로 인한 비인간화의 과정을 보여줌으로써, 전 세계가 직면하고 있는 생존의 위협을 고발하고 나아가서는 이에 대한 대중의 의식화를 꾀하고 있다. 이러한 점에서 볼 때, 서구실험극이 표방하는 반체제적 정신을 가지고 있다고 하겠다.

장면을 원폭 피해 보상국인 일본으로 설정, 이 공연은 한 개인의 차원을 넘어 원폭 피해 보상 문제로 야기되는 국제적 상하 질서의 문제, 제3국인의 설움 등의 문제를 제시함으로써 작품의 의미를 심화시킨다. 또한 작가의 날카로운 비판의식은 원폭에 관계된 미국의 기독교적 이상주의의 허상과 보상문제에 관계된 인물들의 이기적인 동기를 까밝힌다.

구조적으로 볼 때, 실험극이 흔히 갖는 삽화적 전개인데, 장면 전개가 보기 드물 정도로 논리적으로 치밀하다. 또한 '무대감독'이라는 인물의 사용을 통하여 작가는 자신의 비판 의식을 더욱 뚜렷이 구체화하고 있다. 즉 장면이나 인물의 피상적인 외양 뒤에 숨어있는 진정한 동기를 무대감독의 입을 통하여 밝힘으로써, 한 장면이나 인물의 양면을 그려내는 변증법적인 수법을 쓰고 있는데, 이러한 방법은 기존 체제에 대한 작가의 비판 정신을 구체화하는데 매우 효과적인 듯 보여진다. 그러나 무대감독의 역할이 주로 설명을 하는데만 그침으로써 극 의 구조와 유기적인 화합을 이룬 것 같지 못하다. 연출은 그로토우스키의 4각 무대를 연상시키는 스테이지를 사용했으나, 사실상 4각 무대를 내려다보는 효과는 실제적으로 거두지 못한 듯 보인다. 왜냐하면 원작이 한 사람의 일대기로서 빠른 장면의 진행을 요구하고 있기 때문에 4각무대가 노리는 내려다보는 효과와는 잘 어우러지지 않는 경향이 있다.

'무대감독'의 사용이 상기의 공연보다 극 진행에 좀 더 기능적인 역할을 했던 공연이 최인석 작 극단 춘추의 〈시간의 문법〉이다. 목공예소, 다방, 술집, 병원 등 네 장소를 설정, 이들의 일상생활을 그린 이 공연은 사실주의적인 소재를 무대감독이라는 인물을 설정하여, 이 네 장면을 연결시키는 형식을 택함으로써 단순한 사실주의적 형식을 극복했다.

전반부에서 무대감독의 역할은 장면에 대한 별 의미없는 코멘트만을 함으로써 별로 기능적이 못되는 듯 했으나, 극이 진행되면서 각 장면에 끼어들어 한 역할을 담당함으로써, 전체적으로 볼 때 장면 전환을 이끌고 동시에 유기적으로 장면 속 인간 드라마에 융합되어 있다. 또한 무대의 초점을 네 개의 장면에 고루 배정하여 무대감독의 연결적 역할을 높일 뿐 아니라, 특정된 주인공이 없도록 한 것도 이 공연이 갖는 신선한 요소인 듯 하다.

주제는 물질 만능의 세태에 대한 풍자인 듯한데, 물질 만능의 가치관에 찌들은 술집장면과 비교적 순수함을 유지하고 있는 목공예소를 병치시킨 점, 또 순수한 의사와 그렇지 않은 다방의 대조 등으로 볼 때 원작자의 진지한 창작의도를 엿볼 수 있는 듯하다. 인물들의 뛰어난 대사는 이 작품에 소극이 아닌 고도의 코메디적 요소까지 부여하고 있으며, 세태풍자를 바탕으로 하는 희극적 요소와 한국적 서민의 찌들은 삶을 바탕으로 하는 비극적 요소가 짜임새 있게 어우러져 희비극적 면모를 보인다.

그러나 소재가 갖는 일상성—예를 들면 순결을 돈에 팔았다든가 하는—때문에 기본적으로 사실주의, 자연주의 계통의 연극이 지니는 진부함이 배어있고, 이보다 더욱 본질적인 문제는 물질 만능의 세태풍자의 주제를 현재, 과거, 미래의 시간의 흐름이라는 보편적 대전제로 확대시키려는 작가의 노력은 그 구체적인 과정을 그리지 못함으로써 설득력을 잃은 듯하다. 그러나 최인석의 치밀한 개별 장면 만들기나 뛰어난 대사능력은, 필자에게는 매우 인상적인 것이었다. 연출 역시 작품의 특성을 잘 포착, 층계를 이용한 유니트 스테이지를 효과적으로 구사했다.

이상에서 살펴본 공연들에서 나타나는 하나의 공통점이 '무대감독'이라는 인물의 사용이다. 필자의 견해로는 우선, 사실주의적 형식을 벗어나기 위한 노력의 일환이 아닌가 하는 생각이 든다. 〈물도리동〉에서 무대감독의 역할은 극 시작에서 작품과 작자의 의도를 설명하고, 별로 잘 되지 못했다는 내용의 겸허의 인사까지 덧붙이는데, 예술작품에 이러한 설명이 군더더기처럼 따라야 하는지 의문이 가며, 또한 국제 사회에서 더욱 확고한 발돋움을 해가는 우리의 국가적 상황 등을 고려할 때, 우리의 문화적 산물에 대한 한국적인 겸양은 아무런 도움이 못되는 듯 싶다. 〈히바쿠샤〉의 경우에도 무대감독의 역할이 기능적이라고 볼 수 없고, 〈시간의 문법〉에서만 무대감독의 기능이 전체 공연과 유기적인 조화를 이루고 있는 듯하다.

마지막으로 극의 종결부에 대해 살펴보자.

〈물도리동〉은 허도령의 죽음과 함께 슬픈 아가에 대한 노래를 마지막으로 끝이 나고, 〈시간의 문법〉에서도 순수한 사람들인 목공예소 일가가 살던 곳을 떠나가는 장면으로 끝난다. 결국 설화를 바탕으로 한 〈물도리동〉이나 현 한국사회의 세정을 그린 〈시간의 문법〉두 공연 모두가 한국적인 한의 여운을 깊이 남기고 있는 듯 하다.

그러나 지극히 주관적인 필자의 견해인지는 모르나, 연극이 갖는 사회적 기능을 생각할 때, 패배적인 전통적 의미의 한의 개념을 긍정적인 개념으로 새로운 해석을 시도하거나, 아니면 어떤 대체적인 희망의 비전을 제시해야 하는 것이 마땅히 이 시대의 연극이 가져야 할 사명인 듯 느껴진다. 이러한 점은 특히 서구의 공연들과 비교할 때 더욱 두드러지게 나타나는 것으로서 희망과 새로운 비전의 제사라는 문제는 문학 뿐 아니라 공연물들에서도 항상 제기되는 문제이다. 이것은 궁극적으로는 패배되지 않는 인간성의 승리와도 관계가 된다고 하겠다.

허도령의 죽음의 긍정적인 면이 더욱 뚜렷이 부각되고, 목공예소 일가의 이주가 기약할 수 없는 미래지만 좀 더 도전적인 의미를 가진 것으로 그려졌더라면 하는 아쉬움이 있다. 그러나 〈히비쿠샤〉의 경우, 비극적인 종말은 대중의 의식화를 위한 의도적인 선택으로 보여진다.

(한국연극. 1986.10.)

1986 아시안 게임 문화예술 축전 연극제
― 두 가지의 흐름

　문화 예술 축전 연극제가 막을 내렸다. 후반부의 다섯 공연 역시 전반부의 공연들의 경우와 마찬가지로 형식면에서 크게 두 가지 흐름으로 나뉘어 진다. 즉 사실주의와 비사실주의적 공연인데,〈초승에서 그믐까지〉,〈밤으로의 긴 여로〉가 전자에 속한다면,〈비몽사몽〉,〈어디서 무엇이 되어 만나랴〉는 후자에 속한다고 하겠다.〈그래도 우리는 볍씨를 뿌린다〉의 경우는 사실주의적 희곡을 비사실주의적 테크닉을 구사·연출한 경우라고 하겠다.

　후반부 공연들에서 공통된 특징이라면, 작가들의 뛰어난 대사 구성 능력인 듯하다.〈초승에서 그믐까지〉의 윤조병은 지금까지의 많은 사실주의 희곡들이 보여주었던 지극히 '현상묘사적'인 대사의 한계를 극복, 상징 및 은유를 솜씨 있게 구사함으로써 예술적으로 승화된 대사를 창조했다.〈비몽사몽〉의 이강백 역시 압축된 알레고리적 대사를 구사, 그 특유의 서정감을 작품 속에서 창출했고,〈그래도 볍씨를 뿌린다〉의 박범신은 상징적 대사를 통하여 역시 아련한 서정성을 작품속에서 성취하고 있다. 〈어디서 무엇이 되어 만나랴〉의 최인훈은 불교의 화두와 같이 사색적이고 함축적인 대사를 작품 전편에서 창조했다.

좀 더 구체적으로 살펴보기로 하자. 극단 〈성좌〉가 공연한 〈초승에서… 〉는 광산촌을 배경으로 한 광부의 가족이라는 소우주에 작품의 초점을 맞추고 있다.

지금까지 스토리 전달에 치중하던 사실주의 작품들에 비해, 광부인 아버지, 그 부인과 딸들의 개인적 성격의 특징들이 대조를 이루면서 생생하게 부각된다. 또한 복합적인 모티브를 사용하여 작품의 의미를 심화시키고 있다. 아버지와 탄광 회사 간의 갈등에서 제시되는 산업화 시대의 비인간화문제, 큰 딸과 그 애인 사이에 일어나는 로맨스와 혁명적 영웅주의의 갈등, 역시 노동투쟁을 지지하는 아들의 꿈, 이런 복잡한 상황 속에서 무력하기만 한 어머니, 그래도 꿈을 잃지 않고 자기 일을 추구하는 막내 딸 등의 모습을 통하여 작품의 의미는 한 가족의 이야기의 차원을 넘어 현대 한국 산업사회의 현실에 대한 코멘트를 제공한다. 그러나 인물 각자는 자신의 문제로 고민할 뿐, 서로간의 상호작용이나 갈등이 충분치 못함으로 해서 작품의 구조적인 응집력이 결여된 듯하다.

이러한 관점에서 볼 때, 준태와 그의 히로(hero)적 역할의 소주제는 인물들 상호 간을 연결시켜 주는 고리의 중요한 역할을 할 수 있었음에도 불구하고, 배경으로만 제시됨으로 해서, 결국 작품의 전체적 구조에 중심적인 다이나믹스[動因]가 결여된 채, 각 인물들은 서로 유리되어 정적인 관계를 유지한다. 무대장치의 경우, 좀 더 한국적인 광산의 분위기를 창조했더라면 하는 바람이 있다.

그 다음 작품인 〈비옹사옹〉은 구두쇠 옹고집의 전설을 현대적으로 재 투영한 국립극단의 공연이다. 작가 이강백은, 옹고집이라는 구체적 이야기를 통하여 작품의 의미를 우주적 생성 소멸의 진리로 확장시키려는 듯하다. 한국인의 인생 경로를 상징하는 첫 장면과 마지막 장면이 이러한 의도를 말해준다.

전설이나 소설 등 비·희곡적 장르를 희곡화하는 과정에서 필연적으로 야기되는 문제 중의 하나는 전자의 평면성을 무대공연을 위한 입체성으로 전환시켜야 한다는 것이다. 그리고 그러한 작업 중의 하나가 살아있는 다면적인 인물 창출에 있고, 그러기 위해서는 설득력있는 동기성을 인물에 부여함으로써 중심 액션이 자연스럽게 진행되어야 한다고 생각된다.

옹고집이라는 인물의 경우 현대적인 한국인 상의 한 단면을 재창출해낼 때, 이 설화는 권선징악적인 전통적 도덕의 차원을 넘어 차원 높고 의미있는 현대적 수용이 이루어 질 것이라고 생각된다. 옹고집이 구두쇠가 되는 동기에 관한 한, 그의 비정상적인 출생 등으로 인한 내적인 갈등 요소가 약간 제시는 되었으나, 실제 무대화된 옹고집은 내면적인 동기성에서 충분히 설득력을 얻지 못한 듯하다.

연출은 뛰어난 시각화의 능력으로 현대적 감각의 다양한 시각적 무대를 창출, 공연을 최대한으로 입체화시키려고 했던 것 같다. 실제로 움직이는 무대, 세트, 영상, 인형 등의 사용과 한국적 풍물의 삽입 등은 많은 볼거리를 제공했다. 그러나 그 다양하고 많은 장면들은 전환이 부드럽지 않았고 따라서 전체적인 통일성 창조에 도움이 되지 못했다.

그 다음 공연인 극단 광장의 〈그래도 우리는 볍씨를 뿌린다〉는 전쟁의 사악함을 무고한 시골 마을의 한 가정의 몰락을 통해 고발한 작품이다.

주제면에서, 또 장면의 진전 등에서 볼 때 이 작품은 사실주의 계열에 속한다고 하겠다. 그러나 사실주의 희곡이 대체적으로 빈틈없는 대사의 구성을 통해서 그 주제를 전달하는데 비해서, 이 작품은 거의 상징주의적 희곡에 가까울 정도로 작품 전체의 분위기가 아련하다.

2막으로 된 플롯 구성에서 1막은 주로 전개부분에 해당하고, 실제로 극적 갈등은 2막에 가서 개에 대한 아들과 어머니의 엇갈린 태도와 함께 생겨난다. 2막이 희곡적인 구조를 가지고 있다면 1막은 긴 서술로 이어지는 단편소설과도 같은 느낌이 든다. 느린 장면의 진행과 평면적인 인물들도 이에 덧붙여 궁극적으로는, 액션이 바탕이 되어 진전되는 희곡이라기보다는, 전쟁 전과 전쟁 후의 두 장면을 서정적으로 서술해 놓은 것 같은 평면성을 극복치 못한 듯하다. 또한 마지막 장면에서 아들의 아내가 어린아이를 가졌다면서 내일에 대한 희망을 보여주는 장면은, 사실주의적 희곡 전통과 연결시켜 볼 때, 전혀 관객을 준비시키지 않았고, 그럼으로 해서 갑작스럽다는 느낌과 함께 그 장면이 가져야 할 뜻깊은 의미가 피상적으로 전달된 듯하다. 현대적인 감각의 활력적인 연출을 해온 연출은, 이 공연에서 비사실주의적 무대 효과를 창조하려 했던 듯하지만 비사실주의적 음향 효과를 지나치게 강조한 느낌이 들고, 암전이 너무 많지 않았나 생각된다.

설화를 바탕으로 하면서도 장르 전환에 따르는 평면성의 문제를 비교적 잘 극복한 공연이 최인훈 작, 김정옥 연출로 극단 자유가 무대화한 〈어디서 무엇이 되어 만나랴〉이다.

바보 온달과 평강공주에 대한 평면적 이야기, 줄거리에 작가 최인훈은 그의 불교적 세계관을 투영, 이야기를 입체화시켰다. 즉 온달과 평강공주의 만남에 대한 불교적 카르마의 개념을 부여하는가 하면, 속세적 명예는 얻으나 마음의 괴로움을 벗어나지 못하는 온달의 갈등에서 역시 집착의 괴로움을 투사하고, 온달과 평강공주의 생을 꿈으로 봄으로써 불교적 미망의 세계관을 노출시킨다.

이와 같이 이야기 줄거리를 구체화·입체화하는 과정에 덧붙여 최인훈은, 온달과 평강공주의 성격을 입체적으로 창출했다. 세상에 도전해서 자기의 신념을 실현하려는 공주의 당돌하고, 비전통적인 성격 속에서 비록 궁극적으로 패배는 당하지만 자아의식이 뚜렷한 한 현대 여성상을 볼 수가 있고, 반면에 공주에 대한 사랑 때문에 하기 싫은 세속적인 출세의 길을 가야하는 온달의 모습 속에서 우리는 갈등하는 오늘날의 부부의 모습을 발견한다. 결국 우리에게 낯설지 않은 현대적 부부의 한 보편성있는 단면을 투영했다는데 또한 그러면서도 우리 고유의 한의 정서를 불교적 세계관에 연결시켰다는 점에 전설을 바탕으로 한 이 작품의 의미가 있는 것 같다.

이 공연의 뚜렷한 한 특징은 각본의 덕인지 연출의 솜씨인지는 몰라도, 현실과 꿈의 세계를 부드럽게 연결시키는 뛰어난 장면 전환이라 하겠다. 또한 비사실주의적 연출 스타일은 작품의 존재론적 의미를 무리없이 소화, 무대화했다. 개성이 강하면서도 끊임없이 인간적인 회의를 벗어나지 못하는 평강공주역의 손봉숙은 자연스러운 발성과 유연한 연기로 노련한 연기의 박정자와 좋은 극적 대조를 이루었다. 대사역의 박웅 역시 노련한 연기를 보여주었다. 이번 연극제에 참가한 공연들을 종합적으로 돌이켜 볼 때 몇 가지 점이 두드러진다.

우선 공연된 10편의 창작극 중 5편이 전설·설화 및 우리의 역사를 소재로 하고 있다. 이러한 점은 지난해의 연극제에서도 마찬가지로 발견되는 현상으로, 아마도 '전통의 현대적 수용'에 바탕을 두고, 연극에서 한국적 아이덴티티를 정립하고자 하는 의지의 표현인 것 같다. 그러나 매년 연극제의 중심적 주제가 똑같은 양상을 되풀이한다는 것은, 연극제의 성격을 고정시키고 제한시키는 것이 아닌가 하는 생각이 든다. 왜냐하면, '전통의 현대적 수용'이 우리에게 중요한 과제이기는 하나, 우리의 연극이 이 한 과제에만 몰두해서는 안 될 것이며, 실제로 우리의 연극 현장에는 더 많은 다양한 소재와 형식의 공연들이 행해지고 있기 때문이다.

또한 지난해의 경우나 올해 연극제의 경우에서나, 대부분의 공연들은 비극이거나 비극적인 것으로 성격이 한정되어 있다. 올해의 경우, 희극은 단 한편 뿐이었다. 이러한 점 역시 연극제의 성격을 획일화시키는 결과를 가져온다고 생각된다. 결국 연극제가 판에 박은 연례행사가 되지 않기 위해서는, 작품 선정 등의 면에서 더 많은 다양성이 고려되어야 할 것 같고, 그래야만 연극제는 자율적인 활력을 찾을 수 있을 것 같다.

마지막으로, 이번 연극제에서 무대에 올랐던 상당수의 공연들에게서 공통적으로 발견되는 취약점은, 다른 장르에서 희곡으로 전환되는 과정 중에 극복되지 못한 평면성이다. 이는 근본적으로 희곡이 생명으로 하는 시·공간적 입체성 창조에 더 많은 노력이 기울여져야 함을 시사한다. 또 하난 이번 연극제 공연을 보고 느낀 사실은, 대부분의 연출자의 경우, 가장 잘하고 자신있는 공연 형식이 있는 듯하고, 작품과 연출가를 짝짓는 과정에서 이러한 점은 신중히 고려되어도 좋을 문제인 것 같다.

(한국연극. 1986.11.)

희곡과 연출의 입체적 감각

― 〈봐나 아저씨〉·〈관리인〉·〈눈먼 도미〉·〈신은 인간의 땅을 떠나라〉

올해 들어 더 많은 소극장들이 개관되면서 한 해를 지나는 동안에 소극장 공연들이 더욱 활발해지고 자리를 잡아가는 듯 하다. 11월 말로 장기 공연에 일단락을 지은 극단 산울림의 〈위기의 여자〉는 수준급의 공연이었다는 점에서뿐만 아니라, 우리나라에서는 처음으로 여성 문제를 본격적으로 다루었다는데, 또한 무엇보다도 중산층 여성 관객들을 대대적으로 동원함으로써 우리나라 연극 관객층의 폭을 넓혔다는데 의미가 있다. 이 외에 연우무대의 〈칠수와 만수〉와 극단 가가의 〈품바〉 역시 소극장 공연으로 장기 공연에 성공한 경우다. 그러나 아직도 많은 소극장 공연들의 공연 수준이 여러 가지 면에서 미흡한 것을 필자는 목격하고 있으며, 또한 수많은 소극단들이 많은 공연을 시도하고 있음에도 불구하고, 공연을 통해 자기 나름대로의 개성을 발전시켜가고 있는 극단은 몇 개 되지 않는 것도 지적해야 할 점인 것 같다.

지난달에 공연된 상당수의 작품들 역시 소극장 공연들이었는데 필자가 관람한 공연들을 중심으로 이야기를 해보기로 하자.

소극장 공연이면서도 연출·연기·무대장치 등 여러 면에서 짜임새 있는 조화를 보여줌으로써 뚜렷이 인상에 남는 공연이 국립극단의 〈봐냐 아저씨〉다. 이 공연의 특징이라면, 우선 초기 사실주의의 작품을, 흔히 사실주의 계통의 희곡이 갖는 대사 위주의 전달 방식이 자아내는 지루함이나 진부한 느낌을 주지 않으면서, 작품을 치밀하고 꼼꼼하게 연출한 데 있다 하겠다.

우선 연출의 장민호는 오랜 연기 경험의 결과인 듯, 무대 위 배우들의 동작선의 배열(블로킹)이나 움직임을 치밀하면서도 자연스럽게 구성했다. 또한 김동원, 이혜경, 손숙, 정상철 등 배우들은 비교적 고른 연기의 수준을 바탕으로, 특정된 중심인물이 없으면서도 각 인물이 모두 개성적인 체홉적 작품 세계에 알맞은, 좋은 앙상블 연기를 이루어 냈다. 그러나 두 여인의 화해 장면 등에서 손숙은 인물이 동기 묘사를 강조하는 사실주의적 '감정 기억'연기의 관점에서 볼 때 약간의 오버 액션을 했던 것으로 기억된다. 이외에 무대 장치, 의상 및 소도구 등의 면에서도 적절한 변화와 세심한 배려는 공연의 전체적인 분위기를 높이는데 큰 역할을 했다고 하겠다.

이 공연의 또 다른 특징은 연출자의 뛰어난 시간 배치 개념이다. 자칫 대사가 많은 공연에서 단조로워지기 쉬운 가능성을 연출자는 각 막 사이에 충분한 휴지기간을 삽입함으로써 (물론 무대 장치의 변화에도 필요했지만), 또한 3막 후에 휴식 기간을 줌으로써 두 시간 반의 긴 공연 시간을 효과적으로 운영했고, 그리함으로써 관객의 반응도 높일 수 있었던 것 같다. 그럼에도 불구하고 필자의 의견으로는 두 시간 이상의 공연 시간이 우리의 일반적인 극장 조건, 즉 겨울철에 난방이라든가 일반적으로 중간 휴식이 없이 공연이 진행된다는 등의 상황에 미루어 볼 때 좀 더 우리의 현실적 상황에 맞게 조정될 수 있지 않을 까 하는 생각이 든다.

역시 두 시간 반 정도의 공연 시간이 걸렸으며, 실제로는 더 짧았어도 같은 공연 효과를 거두었으리라 생각되는 작품이 신선 극장에서 공연된 해롤드. 핀터 원작의 〈관리인〉이다. 안선호, 임동준, 이성용이 공동 연출한 이 공연은 연출의 진지함이 배우의 연기, 무대 장치, 조명 디자인 등에서 엿보이는 공연이었다.

그러나 사실적인 핀터 작품의 장면들을 사실주의적 관점에서만 해석·형상화한 듯, 작품이 갖는 기본적인 '부조리적' 엉뚱함에서 나오는 코믹한 느낌을 좀 더 뚜렷이 부각할 수도 있었다는 느낌도 든다. 예를 들어, 토스터를 고치는 장면이 반복되는데, 이러한 하찮은 일상사에 몰두한다는 사실은 핀터 작품에서는 상당히 부조리적으로 코믹할 수 있는 요소라 보여진다. 마찬가지로 논리적으로 맞아떨어지지 않는, 반복적 대사역시 너무 진지한 톤의 연기 대신, 약간의 거리감과 객관성을 지닌 연기였더라면, 대사 번역으로 상당히 손실되는 맛을 약간은 구제할 수 있지 않았나 싶다. 무엇보다도 배우의 똑같은 신체 동작의 지리한 반복은 작품의 활력에 많은 저해적 요소가 되었다고 생각되며, 2막 끝의 긴 독백 장면은 부조리적 대사와 동작 없는 장면의 배합이 별로 효과적이었다고 생각되지 않는 장면이었다.

사실을 있는대로 그리는 경향의 작품들에 비해, 작품이 지니는 배경적·철학적 의미가 일반관객에게 쉽사리 전해지기 힘든 부조리 극계통의 공연에서는 연출가의 창의적 재구성이 더욱 요청되는 것이 아닌가 한다. 이 공연은, 동시대 영국 부조리 작가의 작품을 공연했다는데 의미를 찾을 수 있을 것 같다.

핀터보다도 더욱 최근의 영국작가의 작품은 극단 76이 기국서 연출로 공연한 톰 스토파드 원작의 〈로젠크란츠와 길든스턴은 죽었다〉이다.

부조리적 세계관을 가지고 있다는 점에서 핀터와 비슷한 스토파드는 그 작품 속에서 핀터 등의 부조리 극작가들처럼 희극적인 요소와 심각한 요소를 혼합해 놓는다. 그래서 존재 및 죽음 등의 철학적인 문제를 희극적인 요소와 함께 혼합해 놓는데, 스토파드의 작품은 연극성이 상당히 강하고 생동적이라는 것이 그 특징이다. 인물 창조보다는 철학적 문제들을 추구하는데 더 관심이 많은 스토파드는, 특정된 문제를 논리적 연관성없이 계속 진행되는 장면 속에 여기저기 삽입하는 꼴라지 형식으로 형상화한다. 그러므로 이러한 작품에서도 역시 연출가의 창의적 재구성력이 공연을 더욱 효과적인 것으로 만들 수 있을 것 같다.

극단 76의 이번 공연은 10주년 기념제인 워크숍 공연으로, 원작의 생동감과 연극성을 비교적 잘 감지할 수 있었으나, 장면 배열, 연기 및 배우들의 동작 및 번역 등의 면에서 예술적인 질서감이 부족한 듯한 느낌을 받았다. 그러나 서구 포스트모더니즘 연극 작품을 공연했다는데 의의가 있는 것 같다. 이 공연 역시 공연 시간을 줄였어도 연출의 능력에 따라서는 더욱 효과적이 될 수도 있지 않나 하는 생각이 든다. 이상에서 살펴본 바와 같이 외국의 현대 후기 작품의 경우, 아직도 우리의 연출가들은 작품이 지니는 기본 정서를 이해하고, 그것을 우리 관객에 맞게 적절히 형상화하는데 어려움이 있는 것으로 생각된다.

그러면 소극장에서 공연되는 우리의 창작극의 경우는 어떠한지 살펴보자.

극단 가교의 공연, 문정희 작 〈눈먼 도미〉는 삼국사기에서 소재를 따, 백제 사람 도미와 그의 아내 아랑의 이야기다. 역사적 사건이나 전설을 현대적 감각에서 재구성한 공연으로 현재 우리의 연극계가 짊어지고 있는 한 과제인 전통의 현대적 수용이라는 테두리 속에 속하는 공연이라 하겠다.

도미의 이야기에서 '비극의 우물'을 발견했다는 작자 문정희의 말처럼, 〈도미〉공연은 고전적 희랍 비극 구조에 비슷하게 접근한다. 즉 아랑의 지나치게 뛰어난 아름다움은 개루왕의 욕망을 불러일으키고, 시녀의 조작으로 왕은 도미에게 일평생 이룰 수 없는 누각 완성의 임무를 맡긴다. 결국 왕은 병졸을 시켜 아랑의 정절을 시험하려고 하나, 아랑은 자기의 시녀를 보내 위기를 모면한다. 그러나 이를 착각한 도미는 자기 손으로 두 눈을 뽑고, 결국 왕은 이러한 모든 음모를 교사한 자기의 시녀를 죽이고 자신도 자결한다.

인간으로서 지나치게 뛰어난 미모가 도미의 불행의 발단이 된다는 점, 왕도 아랑에 대한 욕망 때문에 시녀의 흉계를 받아들이지 않을 수 없었다는 점, 시녀와 포졸의 신분을 착각, 잘못된 판단을 함으로써 눈을 뽑게 되는 도미의 모습에서, 어쩌면 고전적 비극 개념의 요소들인 인간적인 성격의 흠, 오판, 운명의 급전도 등의 요소들에 가깝게 접근하고 있음을 발견했다.

그러나 '비극적'인 비극이 되기에는 카타르시스의 효과가 설득력 있게 구사되지 못한 듯하다. 왜냐하면 도미가 눈을 뽑는 장면이 일종의 운명이라고 볼 때 이에 필연적으로 수반되어야 하는 '깨달음'이 없다. 물론 왕이 악을 상징하는 시녀를 죽이고, 이러한 비극을 행동화시킨 자신 역시 자살함으로써 궁극적으로 우주적인 도덕 질서를 재확립했다는 점에서는 비극적인 승화와 관련된다고는 하겠으나,

그렇게 볼 때 이 작품에서는 실제로 진정한 비극적 인물로서의 주인공에 대한 초점이 뚜렷치 않다. 도미를 비극적인 히로로 본다면, 눈알을 뽑고 난 후에 어떠한 비극적인 개안이 있어야 할 것이고, 왕을 비극적인 인물로 설정한다면 좀 더 작품의 초점을 왕에게 두었어야 하지 않나 싶다. 결국 공연은 비극적 효과에 접근하면서도 궁극적인 인간 존엄성에 대한 재확인이 충분치 못함으로 해서, 서구적 고전 비극의 개념에 의한 비극은 되지 못하고 있다.

그러나 도미의 불운은 우리의 '한'이라는 정서로 더 쉽게 풀이될 수 있다는 점을 감안할 때 상기한 문제점들은 오히려 동·서적인 정서의 융화라고 볼 수도 있겠다. 그러나 필자의 견해로서는, 한의 정서 역시 승화의 단계가 보였더라면 작품의 의미를 더욱 완전하게 할 수 있지 않았나 하는 생각이 든다.

이 외에도 이 작품은 희곡으로서 필연적인 요소인 모티프(motif)를 복합적으로 내포하고 있다. 개루왕의 권련과 아랑에 대한 한 남자로서의 인간적 갈등, 음모를 사주하는 시녀의 여자로서의 고통과 동기, 도미의 왕에 대한 충성심과 부인에 대한 정에서 생겨나는 갈등 등이 그 요소들인데, 이러한 요소들이 아련히 빛나고만 있을 뿐, 관객에게 전달될 수 있는 충분한 강도를 가지고 뚜렷이 부각되지 못하고 있다. 악을 상징하는 개루왕의 시녀의 성격을 좀 더 뚜렷이 발전시켰더라면 공연에 효과적인 활력소가 될 수 있지 않았나 싶다.

상기한 이러한 모든 요소들일 잠재적인 평면성의 차원에서만 머물고 있는 이유는 근본적으로 인물 설정이나 플롯의 구성에 구체성이 결여되어 있고, 인물의 경우는 동기묘사 등 내면세계에 대한 설득력 있는 그림이 그려지지 않은 데 있다고 본다. 그러나 문정희의 시적이고 함축적인 대사는 공연의 중요한 특징으로 남는다.

연출 면에서 볼 때, 무대위에 상주하는 코러스, 코러스의 배우가 극속 인물로 변신하는 점, 무용 및 음악, 특히 피리 소리 등의 동양적 음악과 기타 소리의 서양적 요소를 혼합해보려는 시도 등 상당히 진지한 의도를 볼 수 있었다. 그러나 코러스의 영창(chant)은 단조로움을 면치 못했고, 여러 요소들이 통일성을 이루지 못한 채 무대위에서 펼쳐지고 있었음을 기억한다. 그러나 첫 장면이 주는 아름다움은 상당히 인상적이었던 것으로 생각된다.

〈눈먼 도미〉가 전통적 소재를 바탕으로 비극적 형식을 구성했다면, 현세적 소재를 바탕으로 사회 풍자적 희극의 형태를 구사한 작품이 극단 사조가 유승봉 연출로 공연한 〈신은 인간의 땅을 떠나라!〉이다.

한 교회의 십자가가 세 번이나 부서졌다는 사건으로부터 플롯이 전개되는 이 공연은, 제목에서도 알 수 있듯이 인간과 신의 관계를 교회와 목사의 비리를 까밝히고 신랄하게 풍자하는 사회적인 차원과, 신의 존재와 인간의 무한한 자유라는 철학적인 두 차원에서 접근한다. 수사극의 형식을 빌긴 했으나, 근본적으로 극의 액션은 여자판사와 목사 및 그 밖의 두 사람 사이의 대사 낭독의 형식으로 전개된다. 외적 장면 변화나 혹은 심리적 내적 액션의 변화없이 진행되는 공연 방식은 일차원적이고, 무대화에 필연적인 시각적 효과나 사건 전개의 구체화가 전연 없다.

그럼에도 불구하고, 이 공연이 관객의 주의를 늦추지 않는 이유는, 이 공연의 소재 즉 현 한국 사회속의 기독교회의 모순 및 비리라는 문제가 갖고 있는 폭발적인 잠재력 때문인 것 같고, 또 다른 이유는 직선적이고 야유적인 대사가 관객에게 일종의 심리적 카타르시스와 폭소를 제공하기 때문인 것 같다. 원작자는 신의 존재를 부정하는 입장과 목사로 대표되는 그 반대 입장을 모두 상당히 설득력있게 주장하고 있다는 점에서 극적인 긴장도 고조시킨다.

그러나 즉각적인 관객의 반응을 유발시켰다는 점에도 불구하고, 이 공연에서 아쉬운 점이라면 예술적인 승화의 결여라고 하고 싶다. 우선, 이야기 전개가 이미 지적한 바처럼 평면성과 단순성을 극복치 못하고 있는 이외에 목사나 여자 판사 등의 인물도 대사를 나누어 낭독하는 이외에는 뚜렷한 개성이 없다. 즉 전형적인 인물로서의 피상성을 벗어나지 못하고 있다. 마찬가지로 대사 역시 예술적인 여과의 과정을 거치지 않은 채 직선적이고 노골적인 조야함을 그 특징으로 하고 있다.

결국 상기한 점들은 우리의 극작가들이 시각화, 형상화, 구체화를 그 에센스로 하는 공연의 무대성을 아직도 간과하고 있다는 실증이 아닌가 한다. 연출 역시 무대적 효과는 전혀 고려하지 않은 것으로서, 신과 인간의 문제를 다룬 서구 작품들 즉 〈신의 아그네스〉나 〈에쿠우스〉 등의 공연의 무대상황을 상기해 볼 때 이러한 점은 더욱 뚜렷해진다고 하겠다.

〈눈먼 도미〉나 〈신은 인간의… 〉의 경우에서 볼 수 있듯이 개별적인 차이는 있으나 우리 극작가들이 무대 공연을 전제로 하는 희곡구조에 대 한 입체적 감각이 뚜렷치 못하다면, 그것을 무대화하는 과정에서 이러한 취약점을 커버하지 못하는 것도 우리 연출가들의 문제점인 듯하다. 우리의 실정에 비추어 볼 때 소극장 공연이 더욱 활발해질 듯한 전망이고, 의미있는 소극장 공연의 활성화를 위해서는 숙고되어야 할 문제인 듯 하다.

(한국연극, 1987.1.)

연극의 청년화 여성화 현상

— 〈홍당무〉·〈비밀일기〉·〈아빠얼굴〉·〈헤다가블러〉

소극장 운동이 활기를 띠고 있다. 〈품바〉, 〈위기의 여자〉, 〈칠수와 만수〉, 〈비밀일기〉 등 몇 예만 들더라고 소극장의 장기 공연이나 재공연이 늘어나고 있음을 볼 수 있다. 이와 함께 두드러진 현상 중의 하나가 청소년 및 아동을 위한 공연과 여성 취향의 공연이 많아지고 있다는 사실이다.

이러한 연극계의 현상은 또한 연극관객의 청소년화 경향과도 연결되는데, 이는 연극계의 한 특정된 현상이면서 동시에 좀 더 거시적인 관점에서 볼 때는, 산업화 및 도시화에 필연적으로 수반되는 문화의 청소년화 및 여성화 현상의 결과로도 풀이될 수 있다. 여기에 서구 연극계에 비해 비교적 값싼 관람료로 연극 공연을 볼 수 있다는 사실도 청소년층 관객에게 매력적인 요인으로 작용한다고 하겠다. 청소년 관객층을 겨냥하는 공연이 늘어난다는 사실은 긍정적 및 부정적인 두 가지 측면을 가지고 있다. 즉 건전하고 질 높은 공연을 창조할 수 있다면, 이러한 공연들은 미래의 성인 연극 관객층을 기르고 훈

런시킨다는 의미도 될 것이지만, 동시에 연극 공연에 대한 감상안이 확고히 형성되지 못한 청소년 관객들에게 피상적인 오락만을 제공하는 질 낮은 공연들을 결과할 수도 있다는 위험이 있다.

우연의 일치인지는 모르겠으나 지난 달 공연 중 〈홍당무〉, 〈비밀일기〉, 〈아빠 얼굴 예쁘네요〉의 세 작품은 모두 기본적으로는 청소년 관객을 겨냥한 공연이면서도 동시에 성인 관객도 수용할 수 있는 공연이었다. 이러한 점은 무엇보다도 다양한 관객층을 수용할 수 있다는데 그 특징이 있다 하겠다.

실험극장이 임현수 연출로 공연한 〈비밀일기〉는 구미 무대에서의 성공작들을 공연해 온 이 극단의 작품 선택 경향에 따른 작품인 듯하다. 원작의 우수성 때문에 우리 무대 공연에서의 미흡한 점들까지도 무난히 커버했던 공연이다. 희곡적인 면에서 볼 때, 한 어린아이의 일기 형식으로 된 소설을 무대용 각본으로 각색한 이 작품은, 흔히 소설을 희곡으로 각색하는 과정에서 빚어지는 평면성의 문제를 잘 극복, 입체화하고 있다.

여성 작가인 수 타운젠드는 60년대 말 이후 실험극에서 많이 쓰인 테크닉이 짤막한 삽화적 장면(일명 action bloc)들을 유기적으로 스피디하게 연결시킴으로써 극 진행에 빠른 속도감을 창조한다. 또한 이 작품의 생동감은 어린아이의 내면세계와 어른들의 세계를 병치시켜 선명한 대조를 이룬다는 외에도, 흔히 청소년 연극에서 미화되거나 회피될 수도 있는 어른들의 섹스 문제라든가 부부의 갈등의 문제가 어린이들이 당면해야 하는 하나의 엄연한 현실세계로 무대 위에서 솔직하게 노출되고 있다는 사실에도 기인한다. 이러한 점은 또한 이 공연을 청소년 관객뿐만 아니라 성인 관객도 공감할 수 있는 일종의 가족 연극의 성격을 띠게 한다.

단순화된 사실주의적(simplified realism)무대 장치는 집 내부를 투사하여 볼 수 있게 함으로써, 볼거리의 효과를 높이고, 층계 등 다양한 무대의 높이와 더불어 연기 장소를 다양하게 확대시킨다.

〈홍당무〉, 쥘르나르 작, 임영웅/채윤일 연출

연출 임현수는 서울 연극계 데뷔 작품인 이 공연에서 스피드와 대조를 기조로 한 센스있는 현대적 감각을 창조했다. 그러나 동작선이라든가 배우의 연기 등 세부적인 면에서 조야한 감을 없애지 못한 것도 사실이라고 하겠다. 주인공 아드리안 모올 역의 김동수는 김광원, 송덕희 등 4명의 성인 배우들과 맞먹는 연기량의 안배에도 불구, 좋은 균형감을 이루고 있다. 이 작품과 마찬가지로, 어린아이와 어른의 내면세계를 동시에 구체적으로 병치시킴으로써 관객층의 폭을 넓히고 공감대를 확대했던 공연이 극단 산울림이 임영웅/채윤일 공동 연출로 공연한 〈홍당무〉다.

집안에서의 천덕꾸러기 홍당무의 이야기를 풀어가면서 결국 그 원인이 부모의 불화에 있음을 밝혀주는 이 공연은 가정의 내면적 심리가 그 중심 액션이 된다. 연출의 채윤일은 대화 중심의 플롯에서 부모의 갈등이 그 긍극적 원인으로 밝혀지는 순간까지의 상승 액션을 차분히 처리하고 있다. 또한 대화가 전달의 주된 수단이 되는 공연의 지루함을 1시간 반이라는 비교적 짧은 공연시간으로 효과있게 처리했다. 그러나 세부적인 동작선의 배열이라든가 배우의 몸 동작 처리가 치밀치 못한 것도 연출의 특징인 듯하다. 홍당무 역의 한경미는 열연을 통해 감동적인 순간과 생동감을 창출했으나, 변화없는 높은 톤의 발성이라든가, 긴장된 반복적인 몸 동작 등은, 어린아이의 내면 심리를 형상화하는데 기대되었던 사색적인 차분한 연기와는 거리감이 있는 듯 하다.

어린이와 성인 관객층을 모두 수용할 수 있다는 점에서 상기 공연들과 비슷하면서도, 그 이외의 여러 면에서 많은 의미를 가지는 공연이 연우무대가 김광림 작, 연출로 공연한 〈아빠 얼굴 예쁘네요〉이다.

비사실주의적 내지는 실험적 공연 테크닉을 위주로 공연활동을 하고 있는 연우무대는 이 공연에서 영상과 연극 무대의 결합을 시도하고 있다. 상당한 노력과 전문적 수준이 엿보이는 영상 구성은 탄광촌의 분위기를 상징하는 '까만'색을 주제로 어린이들의 그림과 어른용의 추상화, 동요와 음악, 사진과 그림 등 다양한 소재를 사용하여 스피디한 영상 변화를 창조한다. 김민기의 뛰어난 음악이 영상 이미지와 좋은 하모니를 이루면서 공연의 예술적 효과를 진작 시키고 있는 것도 이 공연의 특징이라 하겠다.

두 부분으로 나누어지는 이 공연은 첫 부분에서 관객과 배우와의 밀접한 관계를, 극 진행에 관객 참여를 유도함으로써 시도하는가 하면, 둘째 부분인 탄광촌 이야기에 대해 관객을 준비시키는 역할을 한다. 이 공연의 또 다른 특징은, 공연이 갖는 오락적인 효과 외에도 청소년 및 아동을 위한 교육적인 메시지를 작품 속에 포함시키면서도 작품의 예술적인 하모니를 손상시키지 않는 데에 있다. 교육적인 효과는, 사실적인 지식향상을 도모하는가 하면, 도덕관이나 가치관의 교육을 도모하는 부분도 있다. 예를 들어 첫 부분에서 석탄 생성 과정을 그림으로 보여준다든가, 둘째 부분에서 탄광촌 어린이의 이야기를 통하여 부모와 자녀들 간의 확고한 사랑이라든가, 친구의 아버지도 돌아가시면 안된다는 것을 깨닫는 등의 과정을 통해 다른 인간의 중요성에 대한 인식 등을 보여줌으로써 보편적 민주적인 가치관을 암시하는 등은 바로 그러한 경우다.

이 공연이 지니는 또 다른 의미라면, 〈홍당무〉, 〈비밀일기〉가 한 어린이의 내면세계를 중심적으로 다루고 있는데 반해, 탄광촌 어린이의 일기 형식을 통하여 소외된 사람들의 심각한 사회적인 이야기를 아동적인 차원에 맞게 단순화시키면서도 민주적인 사회의식과 가치관에 그 초점을 맞추고 있다는데 있다 하겠다. 또한 가난하지만 열심히 도우며 살아가는 탄광촌 사람들의 이야기를 통하여 인간애에 바탕을 둔 긍정적인 세계관을 청소년층 관객에게 제시한다는데 이 공연의 또 다른 의미를 찾을 수 있을 것 같다.

그러나 이와 같은 여러 가지 의미를 찾을 수 있음에도 불구, 연극과 영상의 결합이라는 점에서 볼 때 공연이 구조적으로 첫 부분과 둘째 부분의 단락으로 이루어져 유기적인 전체감을 완전히 창조하지 못한 감도 없지 않다. 또한 연극적인 첫째 부분과 영상적인 둘째 부분으로만 구성되어 있음으로 해서 공연이 끝남과 동시에 관객은 영화관을 나오는 듯한 착각을 지니게 되는 것도 이 공연이 기본적으로 연극이라는 점에서 고려되어야 할 듯싶다.

이상의 청소년 위주의 공연 외에도 몇몇 여성 취향의 공연이 지난달에도 무대화되었다. 〈여자 만세〉, 〈헤다〉는 바로 이러한 예라 하겠다.

서울 앙상블이 지난해에 공연을 했고 앵콜 공연을 하고 있는 〈헤다)는 입센의 〈헤다가블러〉를 죤 오즈본이 좀 더 현대적인 의미를 부여하여 각색한 작품이다. 그리고 이 작품의 초점은 자아의식이 강한 여인인 헤다의 여성으로서의 소외라고 할 수 있다. 좀 더 나은 행복을 위해 정략결혼을 하는 헤다. 아직도 그녀를 사랑하는 전 애인 레오보그와의 갈등, 또한 그녀의 남편 테스만과의 삼각관계 등의 모티프가 현대적인 감각을 띠고 전개됨으로 해서 공연은 관객의 주의를 계속해서 집중시킨다. 그러나 계속되는 앵콜 공연에도 불구, 이 공연은 강한 자아와 그로 인해 방황하는 헤다의 성격을 설득력 있게 부각하지 못했다. 여기에는 치밀한 작품 및 성격 분석의 문제라든가 연출·연기의 모든 부분이 연관되어 있다고 하겠다. 다만 헤다의 우유부단한 남편과 불같은 그녀의 전 애인의 인물이 갖는 대비의 효과는 적절한 캐스팅으로 잘 커버된 듯하다.

상기한 청소년을 위한 세 공연이 기본적인 공연의 수준을 유지하고 있는 반면, 이 공연 〈헤다〉는 작품의 좋은 선택이라는 점 외에는 배우들의 발성이라든가 동작선의 배열 등 연극 공연에서 요구되는 기본적인 훈련이 결여돼 있다고 하겠다. 아이러닉한 것은 이 공연이 재공연을 되풀이하고 있다는 사실이고, 이러한 점은 곧 작품의 예술적인 수준과 상업적인 성공은 반드시 일치하지 않음을 시사해준다고 하겠다. 또한 이러한 경우가 이 공연에만 한정된 것이 아니라는 것도 사실이다.

소극장 공연이 더욱 활기를 띨 추세이고, 청소년 및 여성 취향의 공연 역시 늘어날 전망에 비추어 볼 때, 무엇보다도 좋은 공연을 생산하여 질 높은 미래의 성인 관객층을 길러내는 것이 중요한 일인 것으로 여겨진다.

(한국연극, 1987.2.)

〈품바〉 장기 공연이 주는 의미

　김시라의 연극 〈품바〉 공연이 올해로 5년째 접어들고 있다. 브로드웨이의 공연 중 〈오, 캘커타〉라는 작품이 60년대 말부터 지금까지 20여 년간 장기 공연을 해오고 있지만, 우리 연극의 경우 아마도 〈품바〉가 현재까지는 최장기 공연 기록을 갖고 있는 것이 아닌가 한다.

　〈오, 캘커타〉의 경우는 무엇보다도 완전 나체의 누드 연극이 주는 그 어떤 충격과 반체제적인 메시지가—비록 60년대 말 이후 세태의 변화와 함께 많이 쇠퇴하기는 했어도—장기 공연의 중요한 원동력으로 분석될 수 있지만, 〈품바〉의 경우는 어떻게 해석될 수 있을까?

　작품 〈품바〉는 실존했던 한 걸인의 파란만장했던 생애에 바탕을 두고 씌어진 반(半) 도큐멘터리 형식의 이야기이다. 일제 시대에 태어나 광복, 6·25, 공화당 시절로 이어지는 한 걸인의 인생 체험은 배우 1인에 의해서 이야기식으로 부담 없이 풀려 나간다. 이야기 도중 배우는 각설이 타령을 하면서 예술적으로 훈련되지 않은 몸짓거리를 하는 가하면, 관객들은 얼핏 이것이 무대 위의 '공연'인지 아니면 유원지나 길거리에서 벌어지는 한 술 취한 걸인의 마구잡이 행색인지를 분별하기 어렵게 된다. 그런데도 여전히 극장 안은 만원을 이루고 있고, 또한 관객의 대다수는 청소년층이다.

공연 같지 않은 공연과 미어지는 극장, 이러한 현상을 단순히 한 연극 현상으로만 보기는 힘들다. 왜냐하면 〈품바〉의 폭발적 인기는 그것이 연극적으로 우수한 작품이라는 해석으로는 설명되지 않기 때문이다. 실제로 현대 서양 연극의 일반적인 개념에 비추어 볼 때, 〈품바〉의 이야기 구조는 전후상황 등이 논리적으로 잘 맞게 짜여진 플롯도 아니요, 그렇다고 인물 창조가 뛰어난 작품도 아니다. 오히려 구조가 엉성하고 짜임새가 없으며, 플롯과 인물이 확실히 발전되지 않은 채로 뒤섞여 있는 미분화의 상태로 남아 있다. 그러나 아이러니닉하게도 〈품바〉의 매력은 바로 여기에 있다. 〈품바〉 공연의 현장은 바로 놀이판의 현장으로써, 그 어떤 옛 시절 사회가 산업화하기 전에 일과 놀이가 평민들의 생활 속에 한데 어우러져 존재했던 시절로의 복귀적 향수를 일깨운다.

이러한 연극 이전의 미분화한 공연 형태를 유제니오 바라카라는 연극이론가는 모노드라마(monodrama)라고 이름을 붙이기도 한다. 그리고 이러한 연극 전신적(前身的)인 공연 형태는 바로 한 민족의 집단적 무의식이 그대로 표출된 형태라는 것이다. 그렇게 볼 때, 한국인의 원형적인 삶의 특징을 '무기교의 기교', '무계획의 계획'으로 규정하고 있는 채희완 〈공동체의 춤 신명의 춤, 36쪽〉의 이야기와도 연결지어 생각할 수 있다.

즉 〈품바〉가 창조하는 놀이판적 현장에서 또한 1인 배우가 이끌어가는 무형식적인 이야기 진행에서 관객들은 편안함을 느끼고, 숨

통이 트임을 느낀다. 왜냐하면 그것이 연극이든 아니든 관객은 그들의 눈앞에서 창조되고 있는 어떤 무형식과 무기교의 감정의 복합을 경험함으로써 그들에게 무의식적으로 내재되어 있는 어떤 정서를 다시 경험하게 되기 때문이다.

여러 사회적 요인으로 인해 심리적인 억압(repression)을 더욱 심하게 느끼고 있는 청소년층 관객들에게 이러한 공연 형식은 순간적이나마 일종의 심리적 카타르시스를 제공하는 것이다. 그래서인지 요즈음 많은 연극 공연들이 놀이판적인 상황을 참조하고 있는 것도 우연은 아닌 것 같다. 그러나 놀이판적 공연이 갖는 본질적인 문제는 그대로 남아 있다. 즉 트인 자연적인 공간에서 공동체의 삶의 한 부분이었던 이 연극 전신적 공연 형태는 그 본래의 환경을 잃고, 이제는 인위적으로 조작된 막혀진 공간 안에서 인위적으로 창조된 관객을 위한 문화로써의 자리를 차지하고 있다는 것이다.

궁극적인 문제는 이러한 공연형태가 하급문화에서 상급문화로 추이되는 과정에서, 상급 문화에 본질적으로 수반되는 예술적 조작이나 여과의 과정을 거칠 수밖에 없다는 사실이다. 이미 연극이라는 미적(美的)인 체제는 우리의 삶에서 독립적으로 분화된 독자적 예술 체계로써 존재하는 것이고, 이러한 예술적 승화가 수반되지 않는 한, 놀이판의 개념을 도입한 공연들은 활력은 있을지 모르나 공연인지 마구잡이 놀이인지 모를 예술적 미분화의 상태를 벗어날 수 없게 되는 것이다.

〈품바〉가 예술적으로 잘 다듬어진 때에 우리는 우리의 평민적 문화와 서구적 연극의 현대성을 균형있게 조화할 수 있을 것이고, 의미있는 전통의 현대적 수용이 이루어질 수 있을 것이다.

(문학사상, 1987.3.)

풍자적 '현실'극의 한계

― 〈팽〉·〈못 생긴 미녀〉

연극이 공연 예술 중 가장 사회성이 강한 장르라는 것은 이미 주지되어 있는 사실이다. 우리 연극의 경우 이러한 경향은 더욱 두드러져서, 현대 연극이 본격적으로 시작되는 1920년대부터 현재에 이르기까지 쓰인 많은 작품들은 사회 상황의 변천에 따르는 가치관 및 도덕관, 세태의 변화 등을 작품 속에서 반영하고 있다.

이러한 강한 사회성은 작금의 연극계공연으로도 연장되어 사회현실을 비판 내지 풍자하는 '현실'극의 형태로, 사실주의적 혹은 실험적인 형식으로 공연되고 있는데 상당수의 이러한 '현실'극들은 비판이나 풍자의 요소를 지나치게 강조함으로써 코믹한 효과나 일시적인 심리적 긴장감 해소의 효과는 얻을지언정, 인물의 뚜렷한 성격 부각이라든가, 활력적인 플롯, 예술적으로 잘 정리된 연기 등 공연의 본질적인 요소들과의 유기적인 조화를 성취하고 있지 못한 것도 사실이다.

그러면 이러한 관점에서 '현실'극으로 분류될 수 있는 몇 공연을 살펴보자.

극단 사조가 유승봉 연출로 공연한 〈신은 인간의 땅을 떠나라〉는 현 한국 사회속의 기독교회의 모순 및 비리를 비판·풍자하여 관객들에게 심리적 카타르시스와 폭소를 제공함으로써, 극중 내내 관객의 주의를 늦추지 않는다. 그러나 한 교회의 십자가가 세 번이나 부서졌다는 사건을 발단으로 수사극의 형식을 취하고 있는 이 공연은, 여자 판사와 목사 및 그 밖의 두 인물들이 주고받는 대사 낭독 형식으로 진행되는데, 외적 장면의 변화나 혹은 심리적인 내적 액션의 변화 등이 전혀 없이 진행되는 이러한 형식은 지나치게 평면적이다. 즉 무대화에 필요한 시각적 효과나 사건 전개에서의 갈등 혹은 그에 대한 형상화가 거의 없이 진행되고 있는 것이다. 결국 공연의 전체적 효과는 신랄한 비판과 풍자로만 일관하면서, 사회 현실의 한 단면을 관객에게 제시했을 뿐 차원 높은 존재론적 성찰이나 내면적 탐구에 의한 예술적 승화는 이룩하지 못하고 마는 것이다.

비슷한 경우가 박재서 작의 〈팽〉과 〈못생긴 미녀〉공연이다. 〈풍자 만화 연극〉이라는 부재를 붙여 시민 소극장이 공연한 〈팽〉은 팽 철학이라는 속물적 한국인 상을 통해 현세 속물적 한국인의 가치관 및 세태를 풍자·고발한다.

'고생하기 싫고, 기다리기 싫고, 괄세받기 싫은' 연탄장수 팽은 귀신의 힘을 빌어 '과부도 좋고, 쨰보도 좋고, 할미도 좋고' 무조건 '1300억짜리 마누라'만 얻어서 출세를 해보려 한다는 줄거리인데, 이 공연에서 박재서는 그의 장기인 짤막하고 암축적인 대사, 감정 이입을 배제하는 톤이 없는 대사 전달을 통하여 이오네스코적인 부조리극의 코믹한 효과를 자아낸다. 마당극의 판이라 해도 좋고, 삽화적 장면의 연결이라고도 할 수 있는 논리적 연관성이 없이 진행되는 극의 구조는 너무나 많은 이야기와 장면들의 연속으로 플롯의 추진력이 결여되어 있다. 또한 '놀이'개념을 바탕으로 하는 비판적 풍자요소의 지나친 강조 및 이로 인한 인물들의 피상적인 전형성은 결국 부제가 말해주듯 이 공연을 '만화 연극' 내지는 입체 촌극 이상의 차원으로 승화시키지 못하는 결과를 가져왔고, 공연의 본질적인 요소인 무대화, 시각화적인 차원에서는 상당한 취약성을 보여주었다. 아쉬웠던 점은, 작품 전체를 흐르는 냉소주의가 드라이한 소극(farce)적 효과를 내기는 하지만, 현 세태를 까밝히는 효과 이상의 어떠한 긍정적, 미래적인 비전은 암시조차 하지 못하고 있다는 점이다.

동일 작가의 작품 〈못생긴 미녀〉는 〈팽〉의 경우보다 각본이나 공연면에서 좀더 나은 유기적 통일성을 보여준다. 즉 사회 '만화'를 상징화·추상화시킴으로써 예술적인 승화를 꾀하고 있는 것이 특징이라 하겠다.

남북으로 분단된 우리나라와 유한마담으로 상징되는 미국과의 종속 관계에 관한 사회적 알레고리를 삽화적 구조로 구성하고 있는 이 공연을 연출의 무세중은 잔혹극적 요소와 가면극적 요소를 혼합, 대사가 갖는 암시적 의미를 효과적으로 시각화, 형상화했다. 배우들의 연기 역시 좋은 앙상블을 이루고 있으나, 후반부에 가서 작품의 메시지가 더욱 구체화·노골화되면서, 그에 따른 무대적 형상화도 노골적·직선적으로 되어버린 것은 아쉬운 점이다. 결국 사회 현실을 노골적, 직선적으로 무대 위에 도입, 펼쳐 보이는 '현실' 연극은 나름대로의 비판적 의의는 있다 하더라도, 사회에 대한 '만화'의 차원을 넘어서는 어떤 긍정적이고 심각한 예술적·철학적 승화는 결여되고 있다고 하겠다.

(문학사상, 1987.4.)

사회화 과정의 간접경험

─ 〈근래의 아동극들〉

　지난해 소극장들이 많이 생겨나면서부터 더욱 두드러지게 나타나고 있는 연극계 현상 중의 하나가 활발한 아동극 공연이다. 이러한 현상은 연극계 내부적인 현상으로 볼 때는 아동·청소년·여성 및 일반 성인 등의 더욱 세분화시킨 관객층을 위한 공연의 전문화 내지는 분류화라고 볼 수도 있을 것이고, 사회 전반적인 관점에서 볼 때는 도시적 중산층과 적은 자녀수를 가진 핵가족 제도의 확장으로 결과되는 더욱 팽창되는 교육열과 문화적 욕구라는 측면과도 연결시켜 설명될 수 있을 것이다.

　근래에 공연되고 있는 우리나라 아동극의 독특한 현상 중의 하나는, 주로 그 관객이 초등학교 저학년 이하 및 유치원, 유아원의 아동들이라는 사실이다. 이러한 관객 편중 현상은 초등학교 저학년의 단계를 지나면 학력연마만을 위주로 하는 우리의 교육 및 사회적 풍토에서 오는 압박감으로 인한 결과가 아닌가 하는 생각도 든다.

　아동 연극의 가치는 크게 보아 성인연극이 기본적으로 지니는 가치나 특성과 별 차이가 없다 하겠다. 즉 오락적인 효과라든가 간접 경험을 통한 심리적인 성숙 및 예술 감상안을 진작 등의 면에서 그러하다. 그러나 아동들의 경우에는 사회화 과정이 시작되는 초기 단계이니 만큼 공연 감상을 통해 얻어지는 간접경험의 효과, 예술 감상안의 형성 효과, 심리 및 정서적 발달의 효과 및 교육적 효과 등은 이미 사회화 과정이 완성되어진 성인 관객의 경우 더욱 중요한 의미를 가진다 하겠다.

또한 아동 관객에게 있어서는 시각적인 전달 수단이 더욱 효과적이라는 사실이라든가, 성장 나이에 따라 심리상태라든가 기대감등의 여러 특징이 달라짐으로 해서, 아동 연극 공연의 경우에는 공연이 목표로 하는 대상 관객층을 좀 더 과학적이며 조직적으로 접근할 필요가 있다. 그러므로 아동 심리라든가 아동 문제에 관한 연극 외의 인접분야에 대한 복합적 지식이 동원되야 하는 것도 또한 필요하고, 그래서인지 다른 나라의 경우 아동 연극은 내용 등에 따라 담당 전문가들이 아동관객의 연령층을 결정·고시하는 경우도 있다. 예를 들면, 어떤 공연은 몇 살에서 몇 살까지의 아동들을 위한 것이라든가, 아니면 온 가족을 대상으로 한다든가 하는 등. 또한 10·11살까지의 아동 관객들에게는 극중 참여를 도모하는 공연형태가 상기한 여러 측면에서 더욱 유익하다는 것도 공리로 받아들여지고 있다.

아동 연극이 도덕적인 가치관의 교육을 목표 중의 하나로 삼을 것이냐에 대해서는 많은 논란이 있지만, 필자의 주관적인 견해로는 사회화 과정의 첫 단계에 있는 아동들에게 있어서 긍정적이고 민주적인 세계관의 형성을 위한 교육적인 요소는, 아직도 여러 면에서 전환기에 서있는 우리의 사회적 문화적 상황에 비추어 볼 때, 반드시 필요한 요소라고 생각된다. 다만 문제는 이를 어떻게 예술적으로 무리함이 없이 작품 속에서 성취하느냐 하는 것이다.

지난 1월과 2월 중반까지만 보더라도 많은 아동극이 공연되었다. 현대 예술극장의 〈스크루지〉, 민중극단의 〈알프스의 소녀 하이디〉, 극단 교실의 〈꾸러기와 요술쟁이〉 및 극단 광장의 〈하늘에서 온 우리들의 친구〉는 어린이 뮤지컬이라는 이름으로 공연되었고, 그 외에 삼일로 어린이 창고극장의 〈개구쟁이 푸푸〉 어린이 명작극장의 〈거지와 왕자〉등의 아동 연극이 공연되었다. 원작 별로 보면, 〈꾸러기… 〉와 〈하늘에서… 〉의 경우가 창작극이었고, 〈스크루지〉, 〈알프스의 소녀 하이디〉, 〈거지와 왕자〉는 외국의 소설을 각색한 경우였고, 〈개구쟁이 푸푸〉는 번역 아동극이었다.

〈스크루지〉, 〈알프스의 소녀 하이디〉, 〈거지와 왕자〉의 경우에는 이미 어린이 관객들에게 잘 알려진 이야기들을 바탕으로 한 공연들임으로 해서, 관객들의 감정적인 호응도가 높다는 장점이 있다. 또한 〈스크루지〉가 기독교적 자선의 가치관을 제시한다면, 〈거지와 왕자〉는 양극적인 사회 계층간의 문제를 왕자와 거지의 역할을 바꾸어 쉽게 어린이들에게 펼쳐 보임으로써 민주적인 가치관에 대한 교육적 효과를 무리없이 자연스럽게 성취한다.

〈알프스의 소녀 하이디〉의 경우는 원작 소설 자체가 도덕적 가치관의 확립보다는 하이디라는 소녀의 삶을 통한 서정성이 하나의 주된 특징을 이루기 때문인지, 〈알프스의 소녀 하이디〉 공연에서 적어도 뚜렷한 도덕적 가치관은 나타나지 않았다. 대신 〈스크루지〉나 〈거지와 왕자〉의 경우에서처럼 이야기의 흐름이 갖는 재미와 〈스크루지〉의 경우에서처럼 노래와 율동이 주는 오락성이 그 특징이었다 하겠다.

비록 잘 알려진 이야기는 아니었지만, 오히려 어린이들에게 낯익은 상황과 주인공을 등장시켜서 감정적 호응도가 높았던 경우가 극단 교실의 〈꾸러기와 요술쟁이〉이다.

말 안 듣는 꾸러기, 공부 안하는 꾸러기 돌이와 돌이 엄마의 이야기를, 백설공주 등 어린이들이 잘 알고 있는 동화 속의 인물들과 뒤섞어 놓음으로써 공연은 어린이 관객들의 호기심을 계속 유발한다. 또한 극중 사건 속에 상당한 비중의 관객 참여를 유도함으로써 정서적, 심리적 교육의 효과까지 성취하고 있는가 하면 '착한 어린이'라는 단순한 교훈을 어린이들이 이해하기 쉽게 남겨준다. 여러 면에서 아동 관객의 취향 및 특징을 고려하여 제작된 공연인 듯하다. 그러나 '뮤지컬'로서의 음악적인 효과가 가장 약했던 공연도 역시 〈꾸러기… 〉이다. 역시 뮤지컬이었던 〈스크루지〉의 경우 밴드를 무대 뒤에 배치하고, 음악이나 노래의 양이 〈꾸러기… 〉의 경우보다는 많았으나, 작중의 이야기 진행과 유기적인 조화를 이루지 못한 채 유리된 느낌을 주었고, 잡다한 율동과 노래 및 대사의 나열은 예술적인 질서감을 성취하지 못했다. 〈알프스의 소녀 하이디〉의 경우 역시 음악과 노래의 양은 많았으나 뮤지컬에서 기대되는 율동 및 대사 등과의 총체적인 하모니는 이룩하지 못한 듯하다.

이렇게 볼 때 '어린이 뮤지컬'에 대한 새로운 장르 정의가 나오기 전에는, 현재 이러한 이름으로 공연되고 있는 형태들은 뮤지컬에서 기대되는 대사·율동·무용 및 음악의 유기적인 하모니가 결여된 채로 음악 및 노래가 대사와 교대로 삽입되어 있는 형태로 공연되고 있다 해도 과언이 아니다. 이에 연관되어 제기되는 문제는 어린이와 성인이라는 관객의 차이가 곧 공연의 예술적인 질의 차이를 말하는 것인가 하는 점이다.

지난해 '한국연극'지에 게재된 바 있는 연극 센서스의 결과에 의

하면, 우리의 많은 연극인들은 우리 연극의 전문성의 결여를 지적하고 있다. 이러한 점은 아동연극 공연의 경우도 예외는 아닌 듯싶다. 이러한 전문성을 향한 첫걸음은 무엇보다도 어린이 관객들을 위해 치밀하게 쓰인 각본일 것이다. 이러한 면에서 기억에 남는 공연 삼 일로 어린이 창고극장 〈개구쟁이 푸푸〉이다.

A. 린드버그 작의 이 공연은 어린이들의 일상사적인 세계에 대한 섬세한 통찰력을 바탕으로 치밀하게 쓰인 작품으로, 어린이 관객들이 주인공 개구쟁이 푸푸와 쉽사리 자신들을 동일시 할 수 있는 특징이 있다. 또한 이 작품은 상기한 우리의 작품들에서 발견되는 인물창조에 있어서의 피상성을 잘 커버하고 있다. 즉 푸푸와 그의 아버지와 어머니 및 두 하인들까지도 각기 다른 개성들을 가진 인물들로 그려지고 있으며, 또한 이러한 인물들의 상호작용을 통하여, 작가는 '착한 어린이'라든가 '부모의 사랑'에 관한 도덕적인 가치관을 말로 이야기하는 대신, 넌지시 보여주고 있는 것이다.

인물 창조의 면에서는 〈개구쟁이 푸푸〉에 미치지 못하지만, 작가의 메시지를 성경속의 에피소드를 통해 전달하고 있는 경우가 극단 광장의 〈하늘에서 온 우리들의 친구〉이다. 이 공연은 성경 공부의 효과 외에도 기독교적 사랑에 대한 교육적인 메시지를 담고 있다. 그러나 각본의 구조적인 면에서, 에피소드의 연결 등이 좀더 유기적일 수도 있었다고 생각된다. 역시 뮤지컬 형식인 이 공연은 뮤지컬이 갖는 생동감을 유감없이 창조해냈으나 추상적인 의상과 분장, 시각적으로 보여주는 대신 대사를 통한 기독교적 메시지의 전달방식, 끊임없이 전화하는 장면들 및 추상화된 예수의 형상화는 유치원이나 그 이하의 어린이 관객들에게는 소화하기 힘든 것이 아니었나 생각된다.

또한 상기한 많은 공연들에서 배우들의 발성이 대사를 하는 것이지 소리를 치는 것인지 알 수 없을 정도로 고음으로 처리되어 사실성이 결여된 연극성을 띠고 있었는데, 어린이 관객들에게 전달을 확실히 하고자 하는 의도였는지는 알 수 없으나, 그와 같은 발성이 아동극에서 관객의 반응을 유도하는데 예술적으로 적절한 수단인가에 대해서는 고려해 볼 여지가 있을 것이다. 결론적으로 이러한 많은 공연들에서 성인 연극에서와 마찬가지로 기대되는 예술적인 질서감은 찾아 볼 수 없었다.

이상에서 살펴본 바와 같이 아직도 우리의 아동극계는 성장하는 단계에 있고, 앞으로 더 많은 발전을 해야 한다. 이러한 발전에는 연극 및 사회·문화·경제적 등 제반의 문제가 연관되어 있는 것도 사실이나 무엇보다 중요한 일 중의 하나는 성인연극에서와 마찬가지로, 비록 대상과 추구하는 방식은 다를지라도 전문적인 치밀한 접근이 요청된다고 하겠다.

(한국연극, 1987.3.)

대중정서와 고급문화

― 〈팽〉·〈돈내지 맙시다〉·〈말없는 신의 자식들〉·
〈향교의 손님〉·〈낚시터전쟁〉

요즈음 연극계에 풍미하는 현상 중의 하나가 '놀이판'의 개념을 공연에 도입하는 경우다. 그리고 이러한 공연들의 대부분은 세태 풍자나 비판 등 강한 시사성을 띤다. 호이징가의 개념을 인용하면 '놀이'는 전통 사회에서의 '일'과 함께 생활의 일부로서, 지역 공동체가 모두 참여하는 사회적 의식의 한 형태로서 그렇기 때문에 민중적 오락성과 현장성과 공동 참여가 그 특징을 이룬다. 이와 같이 인류학적인 견지에서 볼 때 현대의 극도로 분화되고 발달된 예술로서의 연극의 원형적인 근원이 되는 놀이의 개념은 역설적으로 그 원형성 때문에 예술이 본질적으로 갖는 현장세계로부터의 예술적인 거리감을 결여하고 있는 것도 사실이다.

요즈음 연극 공연에서 빈번히 채용되고 있는 '놀이판'의 개념은, 우리의 전통적, 원형적, 민중의 연희 전통을 재발굴, 현대적으로 조명함으로써, 근대화 이후 서구문화 및 연극전통의 범람으로 빛을 잃고 있었던 우리의 연극문화 전통을 서구전통에 대한 하나의 반문화적 안티테제로 재확립한다는 건전한 민족문화의식을 내포한다.

그러나 공연의 실제라는 차원에서 볼 때, '놀이판'의 개념이 갖는 본질적 무질서의 특징은, 의식적이든 무의식적이든 간에 연극 공연 자체가 예술 행위로서 반드시 수반해야 하는 예술적 질서감을 성취시키지 못하는 하나의 정당화의 구실로 남용 될 수 있는 위험도 적지 않다.

왜냐하면 무대라는 인위적인 공연 공간 속으로 옮겨진 '놀이'는 원형적인 놀이 형태일수는 없으나, '놀이'가 갖는 무질서의 개념은, 연극예술공간으로서 무대라는 제한된 장소가 요구하는 질서감과 어떠한 의미에서든 유기적으로 적응·조화하지 않으면 안되기 때문이다. 그렇지 못한 경우 놀이적 연극공연은 거친 풍자적·비판적 대사에 의한 폭소, 정리되지 않은 마구잡이 신체의 움직임 및 관객 참여에 의해 유발되는 생동감 및 현장성은 있을지언정 예술적인 질서감을 창조하지 못하는 공연으로 결과된다.

문제는 작금에 무대화 되고 있는 상당수의 놀이 연극 형태가 놀이판의 특징만 지나치게 강조함으로써 다른 연극 예술적 요소들이 결여된 마구잡이 공연판을 이루고 있다는 것이다. 모든 심리적 억압을 터뜨려 놓은 '판'이 대변하는 기층적 대중정서가 지금까지 고급문화로 간주되어 온 연극이라는 장르 속에 유입되고 있는 현상은, 연극의 대중화를 위해서는 필요한 일인지도 모른다.

그러나 중요한 것은 이러한 놀이판 연극의 유행이 궁극적으로 한국적인 연극미학을 창출하기 위한 건설적인 과도기적 현상인지 아니면 관객의 대중적 취향에 영합하는 근시안적 고려에서 나온 현상인지, 또 아니면 공연의 전문성 결여를 정당화하기 위한 구실인지는 따져보아야 할 필요가 있을 것 같다.

그러면 '놀이판'적 성격이 강조되었던 최근의 몇 공연을 살펴보자.

시민소극장이 공연한 〈팽〉은 요즈음 연이어 작품이 무대화 되고 있는 박재서의 작품이다. '고생하기 싫고, 기다리기 싫고, 괄세받기 싫어서', '과부도 좋고, 째보도 좋고, 할미도 좋고, (무조건)1천 3백억짜리 마누라'는 얻어서 연탄장수 신세는 면하려는 팽철학이란 인물을 통해, 작가는 한탕주의적 속물주의 가치관과 세태를 풍자·고발한다.

KAL폭발, 물고문, 재벌기업, 유행가 등의 잡다한 장면으로 엮어지는 스토리는 우리 주변의 세태풍경을 보여줌으로써, 또 기자회견 등에 관객을 참여시킴으로써 현장성이나 관객—배우의 호흡이 잘 들어맞긴 하지만 예술적인 재구성의 과정이 없이 우리의 현실에서 그대로 따온 소재들은, 유기적 연관이 없이 진행되는 장면들과 더불어 이 공연을 그 부제로 부쳐진 '만화연극'의 차원 이상으로 승화시키지 못하고 있다. 작품 전편을 흐르는 냉소주의에 바탕을 둔 짤막하고도 함축적인 대사는 어찌 보면 이오네스코를 연상시키기도 하지만, 작품이 근본적으로 현실풍자에만 그친다는 점에서 볼 때 좀 더 긍정적인 비전을 제시하지 못하고 있다는 점이 아쉽다.

연출은 원작에서 나타난 작가의 의도 이상으로 놀이판의 오락적 성격을 강조하여, 노골적인 대사, 여배우의 수영복 차림으로 유행가를 불러대는 장면 등을 삽입하고 있는데 역시 '판'의 성격을 높이는 만큼 공연의 예술적 승화에는 그만큼 누가 되었던 듯하다. 후반부에 가서 추진력이 결여된 장면들의 지루한 연장 역시 작품의 전체적인 예술적 효과에 별로 도움이 되지 않았던 듯하다.

역시 박재서 작품으로 대동극회가 공연한 〈못생긴 미녀〉도 마찬가지로 사회현실에 대한 강력한 알레고리를 제공한다. 남북으로 분단된 한국적 현실과 강대국인 미국과의 종속적 관계 등에 대한 이야기를, 작가는 〈팽〉의 경우보다 상징화·추상화하는 수법을 통하여 예술성을 높이고 있다. 연출의 무세중은 그가 즐겨 쓰는 잔혹극적 수법과 가면극의 요소를 혼합, 작품의 시각화·형상화를 효과적으로 꾀하고 있다. 배우들의 발성과 연기 역시 많은 연습과정을 거친 듯 앙상블 효과를 이룬다.

박재서 희곡의 한 특징인 듯 초반부에서 상징적이고 압축적인 대사는 후반부로 가서 극적 상황이 구체화됨에 따라 다시 직선적이고 노골적인 '놀이판'적인 성격이 드러나는 것도 이 공연의 한 특징이다. 그러나 극 중에서 한국적 운명을 상징하는 여성 인물에 대한 육체적·언어적 폭력은 여성학적 견지에서 볼 때 상당히 여성을 비인간화하고 있다는 비난의 여지도 있다. 예를 들어 여자를 앞에 놓고 '요걸 구어 먹을까 삶아 먹을까 데체 먹을까' 운운 등의 대사는 그 한 예로서, 작품의 전체적 예술성에도 큰 도움은 되지 않는 듯하다. 이 공연 역시 날카롭고 냉소적인 현실풍자라는 이상으로 어떤 궁극적인 비젼을 제공치 못하고 있다.

상기한 경우와는 대조적으로 원작과 별관계없이 연출 과정에서 '놀이판'의 성격을 강조한 경우가 극단 교실이 공연한 〈돈내지 맙시다〉이다. 다리오. 포라는 이태리 작가의 이 작품은 빈민층의 굶주린 아낙네들이 수퍼마켓에서 집단적으로 음식물을 훔쳐온 사건을 중심으로, 그것을 적발하려는 경찰과 빈민가 사람들 간에 벌어지는 상황을 다룬다.

굶주리고 찌들린 사람들이 이야기를 통해 현 체제에 대한 항변을 내포하고는 있으나 근본적으로 대사전달에 많은 비중을 두고 있는 이 작품을, 연출 이병훈은 "지껄이는 지적 놀이의 기존 연극보다는 소란스럽고 거친 대중의 호기심을 불러일으키는 거칠고 소란스럽고, 통속적이고, 울리고 웃기는 소극의 볼거리 연극을 만드는데 있다."라는 연출 의도대로, 시끄럽고(대사 전달을 극중 내내 소리쳐서 함으로 인해) 왁자지껄한 공연을 이루어냈다.

그러나 작품이 본질적으로 갖는 개연성을 따져 볼 때, 자연주의적 성향까지 엿보이는 이 작품은 고양이·개 등 동물 소리까지 흉내내는 지나친 소극 효과의 강조, 어수선한 많은 동작들, 희극과 비극적 감정의 과장된 반복으로 이어지는 작품의 기본적 정서의 지나친 증폭은 원작의 바탕에 깔린 심각하고 조용한 메시지를 효과적으로 전달하기에는 너무 요란스러웠던 연출이었던 것 같다. 결과적으로 공연은 주제나 정서의 연출면에서 볼 때 흑백으로 이분화되는 결과를 가져왔고, 작품의 섬세한 뉘앙스는 사라져 버린 것으로 보인다.

앞으로도 '놀이판'의 개념을 연극에 도입하는 공연 방식은 한국적인 연극 전통의 현대화와 함께 계속될 전망으로 보이고, 또한 그러한 이유로 해서 환영할 일이라 보겠으나, 중요한 것은 이러한 공연 방식을 '예술적인 여과'과정을 통하여 조화있는 한국적 공연미학으로 확립하는데 있다는 것을 강조해두고 싶다.

이야기를 바꾸어, 최근에 공연되고 있는 작품 가운데 사회적·문화적인 이유에서 많은 의미를 가지고 있는 작품이 제 3무대가 공연하고 있는 〈말없는 신의 자식들〉이다.

사라라는 여자 농아의 성장·결혼 과정 등을 통하여 한 인간으로서 취급받지 못하는 불구자로서의 고통, 고민, 갈등을 조명함으로써 이 극은 지금까지 사회에서 백안시해왔던 농아들의 인간적 권리문제를 무대 위에서 끌어내 보여 주고 있다는데 그 의의가 있다 하겠다. 원작자는 마크. 메도프로서 미국인이긴 하지만, 작품이 주는 메시지는 우리 사회에도 여전히 해당되는 것으로서 배척받고 소외된 농아들의 부분 문화를 우리 연극계가 인정했다는데 또한 그 민주적인 의의를 찾아볼 수 있겠다.

원작에서 많은 장면을 삭제했다는 공연은 초반 부분에서 장면 연결이 더욱 간결할 수도 있다는 인상을 주었다. 또한 최근의 외국 작품의 번역극인 경우, 흔한 일이긴 하지만 작품이 지니는 미국 사회의 복합적인 뉘앙스가 제대로 번역되지 않았다는 느낌도 준다. 수화를 배우느라 많은 시간을 들인 배우들은 열연을 보여주었으나, 앙상블 효과는 성취하지 못했으며 사라역의 공혜경은 아직도 연기를 한다는 의식에서 벗어나지 못한 듯 하다.

요즈음 연극계의 또 다른 동향이라면 공연 방식의 다양화를 들 수 있는데, 한 작품만 공연하던 방식을 탈피, 한 작가의 작품들을 시리즈로 공연하거나 단막인 경우 메들리로 묶어 공연하는 경우가 그러하다. 마로니에 소극장의 개관 공연으로 민예가 무대에 올린 작품이 이근삼 작 〈향교의 손님〉, 〈낚시터 전쟁〉의 두 단막극이다.

섬세한 해학적 센스로 고급 희극류의 작품을 많이 써 온 작가는 〈향교… 〉에서 현대사회 구조 속에서 가장 무관하게 보이는 교수와 거지라는 두 사람을 등장시켜 대조시킴으로써 조직사회 속에서 자유롭지 못한 교수와, 속물적 외양과 반대로 실제로는 자유로운 거지의 상황적 아이러니를 피상과 본질이라는 두 차원에서 접근함으로써 현대적 삶의 한 단면을 풍자한다. 아이러니컬한 대사 중심의 단조로울 수도 있는 극 진행은 1막이라는 짧은 공연 시간으로 커버되었다고 본다.

〈낚시터 전쟁〉 역시 젊은이와 노인을 등장시켜 이들이 본질적으로 가지고 있는 가치관의 아이러니를 (젊은이적 행동과 사고를 하는 노인과 노인적인 행동과 사고를 하는 젊은이) 명확히 대조시킴으로써 젊은이를 늙게 하고 노인을 백안시하는 현대사회의 한 모순된 단면을 풍자한다. 노인역의 윤주일의 연기가 인상에 남는다.

(한국연극. 1987.4)

삽화적 구조와 추상성
— ⟨지킴이⟩·⟨자전거⟩·⟨다⟩·⟨폭설⟩·⟨실내극⟩·
⟨기표한 G선⟩·⟨숲속의 방⟩·⟨황금연못⟩

지난달에도 많은 공연들이 계속 무대에 올랐고, 공연 작품 수를 따져볼 때 우리의 현대연극의 장(場)도 이제는 상당히 자리를 잡은 듯한 생각이 든다. 공연들을 살펴보기 전에 지금까지 공연평을 써오면서 필자가 계속 숙고해왔던 문제를 한번 짚고 넘어갈 때도 된 것 같다. 즉 그것은 비평 작업의 본질에 관한 논의로서 궁극적으로는 다음과 같은 물음으로 귀추된다. 즉 비평은 어느 정도까지 비판적일 수 있는가 혹은 비판적이기를 그만두어야 하는 문제다.

이러한 문제는 비평작업의 본질에 관한 보편적인 문제임으로 해서, 다른 나라의 연극계에서도 토론의 대상이 되고 있다. 예를 들어 미국의 상당히 권위있는 공연 잡지인 Performing Arts Journal 27·28호는 이러한 문제를 심층적으로 토론한 고든 로고프라는 연극 전문가의 논문을 싣고 있다. 저자는 미국의 많은 공연 평론가들이 무관점적이고, 구체적이지 못한 평론들을 쓰도록 유도되고 있다고 지적

하고, 그 이유는 공연 평을 게재하는 매스 미디어는 궁극적으로 광고 수입 등 공연의 성공으로 인한 상업적인 이해관계를 무시할 수 없기 때문이라고 분석한다. 그는 덧붙이기를, 비평작업은 대중적인 취향에 가까운 것이기보다는 새롭고 좀 더 나은 생각과 토론을 위해 길을 터주는 일이라고 말한다.

위의 이야기를 우리의 상황에 그대로 적용할 수 없을는지 모른다. 왜냐하면 우리의 사회적·문화적 상황이 미국의 그것과는 일치하지 않기 때문이다. 또한 이 한 저자의 관점을 비판없이 무조건 옳은 것으로 받아들일 수도 없다. 그럼에도 불구하고 이 글이 우리에게 일반적으로 던져주고 있는 암시는, 비평작업이란 무미건조한 묘사나 서술이기보다는, 비평가의 독특한 관점과 입장에서 쓰인다는 것이고, 그렇게 볼 때 비평작업 과정에서 어느 정도의 가치판단은 필연적인 것인지도 모른다. 다만 이러한 경우에는 평자의 입장을 얼마나 설득력있게 펼쳐나가는가 하는 일이 될 것이라는 생각이 든다. 이러한 맥락에서 볼 때, 지극히 주관적인 관점인지는 모르겠으나, 요즈음의 여러 공연들에서 느끼지 못했던 뿌듯한 예술적 고양감을 안겨준 공연이, 얼마 전에 창단된 극단 미추의 창립공연 〈지킴이〉다.

우리의 연극정신을 지켜나가기 위해 설립되었다는 창단 취지는 우리의 것을 찾고 지켜야 한다는 주체적인 사회의식의 성장에 때맞은 반영이라 하겠다. 〈지킴이〉라는 작품 선정 역시 같은 맥락에서 이해 될 수 있겠다.

우선 희곡적인 면에서 고려해 볼 때, 작가 정복근은 〈검은 새〉 이후 이 작품에서 상당히 복합화·고도화된 작법을 구사함으로써 성장하는 작가로서의 면모를 과시했다. 이 작품은 제사 형식으로 시작하고 끝나는 원형적 구조 속에, 현시제의 사건들과 과거 여러 시제의 역사적 사실들을 삽화적으로 모자이크한 형식을 취한다. 주제는 우리의 지킴이 정신의 계승을 옹호하고 있으나, 〈지킴이〉의 모티프를 구체화 하는 과정에서 단편적인 삽화들로 이어지는 소재의 선택이 충분히 이론적 설득력이 약한 듯하다. 예를 들어, 묘청 ·김통정 및 전봉준을 연결하는 이론적인 고리는 이들이 반체제적 인물들이

극단 미추 공연 〈지킴이〉, 1987년 11월 3일

었다는 점 외에 묘청의 반란이 우리 것을 지키고자함이였는지에 대한 이론적 배경이 확실치 않다.

또한 〈검은 새〉의 경우에서와 비슷하게, 이 작품에서도 작가의 소리가 강하다는 인상을 남긴다. 특히 서술자 역인 노인의 대사는 작가의 대변자로서 작가적 메시지가 갖는 작위성을 그대로 내보이고

있는 것도 사실이다. 후반부에 와서 파출부와 주인 아줌마 간의 여성 계층적 갈등을 다루는 부분은, 전체적으로 균형있는 구조 속에 제대로 용해되지 않은 한 부분으로 남아있다.

그러나 무엇보다도 이 공연에 생명력을 부여한 것은, 연기·조명·몸짓·무대장치·음향효과 등 여러 무대적 요소들을 혼합, 절제 있는 유동적인 조화를 창조해 낸 손진책 연출의 덕이라 하겠다. 일반적으로 서사극적 테크닉을 많이 채용하고 있는 이 공연은, 궁극적으로는 무대 속의 세계와 관객들의 현실 세계의 연관성을 강조함으로써 관객들의 비판적 의식을 고취시키고 있다.

특히 이 공연의 총체적 효과를 높이는데 기여했던 중요한 요소는 조명효과다. 현재와 과거 시제의 단편적 삽화들과 한 배우로부터 다른 배우로의 장면 전환을, 암전이 아닌 부분 조명을 사용함으로써 스피디하게 효과적으로 처리했다. 약간의 의아스러웠던 장면이라면 삼별초의 장면에서 집단 무용 장면은 볼거리는 제공했으나, 작품의 전체적인 흐름에 비추어 볼 때 작위적이었다는 인상이 남는다.

〈지킴이〉와 구조적으로 비교되는 작품이 극단목화가 공연한 오태석 작·연출의 〈자전거〉다. 전자가 원형적인 구조 속에 삽화들을 연결시키고 있다면, 후자는 자전거라는 상징을 구심점으로 하여, 현대와 과거의 역사적 사실들을 삽화적으로 연결하고 있다고 하겠다.

이 공연의 특징이라면 공연의 액션이 갖는 통시성을 무대적인 정면주의(frontalism)로 시각화한 것으로 현재와 6·25와 일제 시대를 무대 위쪽과 아래쪽의 방향으로 구분하여 단계적으로 시각화한다. 주제는 서민들의 교통수단인 자전거가 상징하는 서민적 애환 내지는 한의 의식에 통시성을 부여하여 표현하고 있는데, 각각의 삽화들은 별 논리적인 상관성 없이 모자이크식으로 투사된다.

작품이 갖는 의미의 한계가 모호성과 추상성과 연결되어 있는 것도 이 공연의 특징이며, 전라도 사투리의 대사가 내는 사실주의적 정서는 전체적으로 비 사실주의적 작품의 성향과 효과적으로 융화, 무대화된 느낌이 들지 않는다. 기억에 남는 장면 중의 하나가 일본인 순사의 느린 몸 동작으로서 노오나 가부끼적 동작을 연상케 하는가 하면, 대조적으로 빠른 신파조적 동작은 연출가의 감각이 몸 동작이 갖는 미학적인 면에도 세부적으로 작용하고 있다는 인상을 주었다. 다만 일본인 순사나 한국 선비 모두가 신체의 하부인 발부분에 중점을 두고 많은 동작을 함으로써, 그것이 우리의 고유한 동작에서 발전시킨 것인지를 의아하게 했다는 점이다. 또한 배우들의 몸 동작에 아직도 질서감이 부족한 것은 신체훈련의 부족에 기인하는 것은 아닌가 하는 생각도 든다.

역시 현재와 과거의 시제를 넘나드는 삽화적인 구조를 가졌던 공연이 여인극장이 강유정 연출로 공연한 애란 작품 〈다〉이다. 아버지와 아들의 심리적인 관계가 작품의 중심적인 액션을 이루고 있는 이 공연의 삽화적인 플롯 구조는 꼼꼼한 사실주의적 무대장치나 연기로 충분히 커버되지 못했던 것 같다.

지난달의 또 하나의 의미 있었던 공연은 지금까지 공연 기회를 별로 얻지 못했던 신춘문예 당선 희곡들을 민중 극단에서 무대화한 경우다.

정미경 작 〈폭설〉, 박미전 작 〈기묘한 G선〉, 장종일 작 〈실내극〉 등 3편의 단막 희곡들이 그러한 경우다. 세 작품 모두가 지니는 공통점은, 주제를 충분히 구체화·입체화시키지 못했다는 점이다.

〈폭설〉은 폭설이 내리는 한계 상황 속의 한 오두막집에 한 청년이 찾아들면서 이야기가 시작된다. 시종 내내 동작이 별로 없이 남녀 두 사람의 대사로만 진행되는 이 작품은 남자 인물의 방황 및 인간 세상의 사악한 면 등을 이야기하고 있으나, 주제가 모호하고 대사의 추상성·상징성이 한편의 단편 소설을 생각나게 한다.

〈실내극〉의 경우, 살기 위하여 도둑질을 하는 아들과 그에 의존하여 기생충처럼 살아가는 어머니를 등장시켜, '산다'는 일에 속박받고 있는 현대인의 보편적인 실존의 문제와 그에 따른 불안, 나아가서는 궁극적인 자유와 구속이라는 문제를 제기한다. 주제가 지니는 보편성 때문에, 또 그것을 아들과 어머니의 관계를 통해서 구체화하고 있음으로 해서 전자의 작품보다 연극성이 높다고 할 수 있겠으나 도둑질과 감방이 되풀이되는 중심 액션 이외에 인물간의 갈등이라든가 내면세계를 부각했더라면, 작품의 의미를 좀 더 심화할 수 있었지 않나 생각된다.

〈기묘한 G선〉의 경우 역시 뉴욕의 지하철역에서 만난 두 한국 남녀의 대화가 작품의 구조를 이룬다. 인간의 보편적인 감정인 사랑의 문제와 백인문화 속에서 겪어야 하는 이방인이 소외 및 차별문제까지 부각하고 있는 이 작품은, 내적 구조를 이루는 주인공의 심리묘사가 상당히 논리적인 짜임새와 설득력을 가지고 있다. 그러나 작품의 구조가 여주인공의 긴 독백적 대사 속에 간간이 남자 인물의 대사가 삽입되는 형식을 취하고 있음을 고려할 때, 또한 무대 위에서 역시 두 배우의 대사 독백이 몸의 동작이 별로 없는 채로 진행되는 점 등 역시 아직도 무대화·시각화의 문제에 많은 노력이 필요함을 느끼게 된다.

공연의 평면성 문제는 많은 경우에 소설이나 비·희곡 장르를 희곡으로 각색하는 경우 우리의 각색자들이 극복해야 할 커다란 숙제로 남아있다.

산울림이 공연한 〈숲 속의 방〉은 강석경 원작의 소설을 각색한 공연이다. 원작 자체가 주인공인 여대생 소양의 일기를 읽고 나서 동생의 행동거지를 추적하는 그녀의 언니, 즉 3인칭 화자의 관점을 통해서 전개되는 작품은 소설만이 갖는 '화자적 관점' 때문에, 또한 주인공 소양의 성격 묘사가 간접적임으로 해서, 근본적으로 매우 '소설적'인 작품이다.

주인공 성격을 다른 인물의 대사를 통해서 묘사하기도 하지만, 근본적으로 희곡에서의 성격 창조는 인물 자신의 구체적인 행동을 통해서 부각된다는 본질적인 특성을 고려할 때, 주인공 소양이 실제로 부재에 가까운 이 공연은 소설적인 테크닉인 '화자의 관점'을 희곡적 언어로 변형시키지 못했다고 볼 수도 있다. 추상적이고 묘사적인 대사 역시 공연을 한편의 추상적 모자이크로 만들었을 지언정 입체적인 무대화에 도움은 못 되었던 듯 하다.

이 공연의 의미는 소녀기에서 성인기로 이해되는 성인식의 과정에 처해있는 여대생의 청춘적인 방황과 좌절의 내면세계를 무대화함으로 해서, 여대생들의 부분 문화를 조명했다는데서 찾아 볼 수 있을 것 같다. 연출은 작품의 골격을 이루고 있는 내면세계를 시각화하기 위해 많은 고려를 한 듯하고, 이에 적절한 차분한 분위기를 창조했으나, 주인공 소양의 내면세계의 구체화보다는 그 언니역의 내면성을 부분 조명으로 강조한 듯하다.

이외에 신협이 공연한 〈황금 연못〉도 또 다른 의미를 찾아볼 수

있었던 공연이다. 은퇴한 두 노부부의 일상생활을 소재로 하고 있는
이 공연은, 원작에서 있었던 과년한 딸과 늙은 아버지와의 심리적
갈등을 삭제함으로써, 극적 갈등이 없는 공연이 되었지만, 노인 생활
을 주제로 부각시켰다는 점에서, 역시 우리 연극계가 비록 우리의
창작극은 아니라 할지라도 노인들의 부분 문화를 무대화하는 일종
의 여유를 보여주었다고도 풀이 될 수 있을 것 같다.

(한국연극, 1987.5.)

무대언어의 독창화

— 〈변방에 우짖는 새〉·〈매스어필〉·〈사람의 아들〉

지난달과 5월 중반까지 공연된 작품들을 양적으로 살펴보면 어림잡아 30여 편으로 상당히 공연활동이 활발한 인상을 준다. 그러나 실제로 차분히 따져보면 장기 공연과 재공연을 제외하면 뚜렷이 인상에 남는 공연이 없었다는 점에서, 예년의 경우와 비슷하게 봄철 공연계의 부진함을 면치 못하는 듯하다. 다만 뮤지컬인 〈아가씨와 건달들〉이 수만의 관객을 동원하고 있는 것도 이와는 대조적인 현상인 듯 하다.

지난달 몇 공연들에서 괄목할만한 점이라면, 우리 사회에 팽배해 있는 기독교의 세력을 반영이나 하듯 종교문제를 다룬 공연이 4편이나 무대화되었다는 사실이다.

연우무대의 〈변방에 우짖는 새〉가 제주도에 카톨릭교의 전래를 배경으로 이재수의 난을 다루고 있다면, 실험극단의 〈사람의 아들〉은 기독교적 하나님에 대한 현시대적인 재해석의 문제를 다루고 이 두 공연은 또한 각기 현기영과 이문열의 소설을 각색한 것이기도 하다. 이외에 극단 바탕골의 창단기념공연인 〈매스어필〉 역시 카톨릭교 내부의 구조적 모순을 다루고 있는 번역극이고, 극단 사조의 〈신은 인간의 땅을 떠나라〉 역시 현시대에 있어 신이 존재하는 가의 문제를 다룬다.

우선 많은 기대 속에 막이 오른 연우무대의 〈변방에 우짖는 새〉의 공연을 이야기하여 보자.

이 공연은 소설을 바탕으로 각색된 공연인 만큼 소설의 서술적 양식을 효과적인 무대적 형식으로 시각화·구체화해야 하는 작업과 함께 작품의 소재가 실제로 있었던 역사적 사건을 바탕으로 함으로 해서 역사적 사실성을 어떻게 효과적으로 픽션화하느냐 하는 결코 쉽지 않은 두 가지 문제를 안고 있다.

원작소설의 방대함이나 사건의 복잡성 등이 각색의 어려움을 설명해주기도 하지만, 무대화된 공연의 결과는, 소설이 갖는 서술방식의 평면성을 무대적인 방식으로 효과적으로 입체화하지 못한 듯한 느낌을 준다. 한 예로 중요한 극적인 구성요소의 하나가 갈등이라고 볼 때, 작품 속에 내재는 되어있으나 명백히 강조되지 않았던 제주도 섬나라 문화와 본토 문화 및 카톨릭교로 대변되는 외래문화와의 갈등이 더욱 강조되었더라면, 연출가 김석만이 의도했다는 「드라마틱한 구성」이 좀 더 효과적으로 되지 않았을까 하는 생각이 든다. 또한 역사적 사실을 소설이든 희곡이든 픽션화하는데 따르는 일반적인 한 문제로서, 이 공연은 고증과 연구에 충실했다. 그리하여 무대 위의 사건 전개가 충실하게 진행된 인상을 주지만, 예술 작품이 본질적으로 수반해야 하는 어떤 '관점'이 확실치 않음으로 해서 일반 TV의 사극적인 분위기를 자아내는 결과를 가져왔다.

연출의 김석만은 공연의 핵심적인 요소인 배우와 관객의 두 요소를 가장 염두에 둔 공연 방식과 관객들의 역사성의 재인식과 객관적 비판을 추구하는 서사극적 방식을 혼합, 구사한다. 문예소극장의 구조를 코너까지 최대한으로 이용하고, 별다른 무대 장치의 도움이 없이 배우의 대사와 연기에 중점을 둔 연출은 일종의 '가난한 연극'의 실험적 개념을 야심적으로 구사하고 있으나, 사건 전개의 복잡성이라든가 관객들에게 익숙지 않은 제주도 방언의 대사 등은, 극진행의 내용전달을 힘들게 함으로써, 관극 경험이 많지 않은 우리의 관객들에게는 상당히 부담을 주는 공연방식이었다고 풀이할 수 있겠다. 또한 관객들에게 부담을 주는 공연방식이 연출의 실험적인 의도였다고 수긍한다 할지라도, 이러한 의도가 우리의 관객수준과 어우러질 수 있는 정도의 것이었는지도 한번 생각해 볼 문제인 듯 하다.

'감정이입'을 배제키 위한 연기 스타일이나 삽화적 장면의 배열은 충실하게 그 목적을 달성하여 연기의 양상불적 효과를 이루고 있으며, 최형인과 이호성 등 연기 개성이 강한 두 배우는 이 공연에서 '객관적' 스타일의 절제된 연기를 성공적으로 보여줌으로써 연기자로서의 폭넓은 연기 능력을 입증했다. 그러나 서사극적 삽화 장면들 간의 템포의 변화라든가 감정적인 질의 대비를 강조했더라면 장면들에 더욱 생동감과 활력을 주었을 수도 있다는 생각과 함께, 장면 전환을 주로 암전으로 처리하고 있는 점도 개선되어야 할 점이라고 느껴진다. 결과적으로 작품의 효과적인 무대화를 위해서는 어떤 특정한 표현양식에 구애됨이 없이 다양한 표현방식을 복합적 선택으로 구사해야 함을 다시 한번 일깨워 준 공연이었다.

이와는 대조적으로 사실주의의 기조의 연출을 충실히 구사했던 공연이 극단 바탕골의 창단 공연인 〈매스 어필〉이다.

기성세대를 대표하는 교수신부와 이상적이고 순수한 신학생간의 대사를 위주로 이어지는 이 공연은, 기성 성직자 세대의 속세적 위선과 신세대의 순수가 이루는 갈등, 교회의 권위에 도전했다가 거세되는 신학생을 통해 보여주는 교회 내부의 억압체제 및 성직자들이 갖는 인간으로서의 성(性)문제 등 보편적 문제들을 다룸으로써 번역 공연이면서도 관객들의 공감을 쉽사리 얻어낼 수 있는 특징이 있다.

연출의 하태진은 작품에 내재된 심리적 역학을 통찰력 있게 파악, 무대화하고 있는데, 성실하고 차분한 연기 연출이 인상적이다. 신부역의 하상길과 신학생역의 송인현은 뚜렷한 대조를 이루면서 좋은 연기의 앙상블을 이룩했다. 특히 하상길은 극 진행에 따르는 급격한 감정의 변화—슬프고, 기쁘고, 억압적이고 억압을 받는 등—들을 폭넓은 연기로 처리했다.

그러나 이 공연에서도 편집상의 문제인 듯 장면 전환이 부드럽지 못했고, 그것을 일률적으로 암전으로 처리함으로써 더욱 장면간의 단락을 강조한 듯하다. 끝부분에 가서 돌연히 신부가 태도를 변경하여 교회내부의 변화를 부르짖는 장면은 사실주의적 극 구조라는 점을 고려할 때 동기성 결여로 설득력이 약한 것으로 기억된다.

역시 종교적 문제를 다루고 있는 공연이 실험극단의 〈사람의 아들〉이다. 오늘을 사는 현대인들에게 신이란 무엇인가 하는 문제를 추구하고 있는 이 작품은 원작 소설 자체가 상당히 관념적이고 철학적인 관계로 무대적인 구체화가 만만치 않은 작품이다. 원작자 이문열이 각색한 이 공연은 소설적 언어를 무대 언어로 바꾸고자 했던 노력에도 불구하고, 관객에게는 시종일관 상당한 노력을 가지고 집중하지 않으면 이해하기 힘든 관념적인 어려운 대사가 주된 흐름을 이루었다. 또한 작품의 주제는 민요섭과 조동팔의 대사를 통해서 뚜렷이 전달되었으나, 주제적 메시지 표현에 전념한 나머지, 각 장면 혹은 인물들이 무대 위에서 생동감을 갖기 위해 필요한 여러 가지 무대적 및 연극적 요소들이 배제됨으로써, 결과적으로는 두 중요인물간의 대사 교환이 곧 공연의 유일한 표현형식이 되어버렸다. 그러나 소설적 서술자를 그대로 무대적 서술자로 옮겨, 각 삽화적 장면을 지휘케 한 고안은 효과적이었던 것 같다.

연출의 하태진은 〈매스 어필〉의 경우에서처럼 경험있는 배우들을 효과적으로 구사, 충실한 사실적인 연출을 보여주었다. 민요섭역의 정동환과 조동팔역의 김갑수는 노련한 연기의 앙상블을 이루었는데, 김갑수의 리얼한 폭넓은 연기력이 인상에 남는다. 결론적으로 이 공연 역시 진지하고 충실한 연출에도 불구, 근본적으로 소설을 무대화하는데 필연적으로 따라야 하는 평면성의 극복내지는 무대적 입체화의 문제를 적절히 풀어내지 못했다고 하겠다.

소설을 각색·무대화하는 경우 각색자는 원작에 충실할 것이지 아니면 효과적인 무대적 입체화를 우선 고려할 것인지의 각기 다른, 기준에 따라 결과되는 각본도 상당히 달라질 수 있는 것임을 염두에 두고, 각색 작업에 임해야 할 것 같고, 이상적인 경우는 전자와 후자를 모두 충실히 성취하는 경우임은 부언할 필요도 없겠으나, 그렇지 못한 경우에는 필자의 주관적인 견해로는 효과적인 무대화가 각색의 기본 방향이 되어야 할 것 같다.

(한국연극, 1987.6.)

공존속의 양성성
— 〈19 그리고 80〉·〈싹눈 양배추의 욕망〉·〈영국인 애인〉

　요즈음 연극계에서 눈에 띄는 현상 중의 하나가 '새로운' 번역극
의 공연이다. 몇 예만 보아도, 산울림의 〈영국인 애인〉, 현대앙상블
의 〈19 그리고 80〉, 극단 작업의 〈야만의 결혼〉, 광장의 〈싹눈 양배
추의 욕망〉, 국립극단의 〈들오리〉 등등 일종의 번역극 러쉬현상을
이루고 있다고 해도 과언이 아니다. 이러한 현상은 여러 가지로 풀
이될 수 있겠으나, 7월로 발효되는 저작권법을 앞두고 일고 있는 현
상이라고 볼 수 있겠고, 또 한편으로는 소극장의 확산으로 공연공간
이 수적으로 증가함에 따라 결과되는 새로운 작품에 대한 필요성과
도 연관된다고 하겠다.

　번역극 공연에 따르는 제반문제는 항시 논의되어 왔던 것이기는
하나, 특히 요즈음에 초연되는 많은 수의 번역극들은 최근의 신작들
임으로 해서 야기되는 문제들도 적지 않다. 예를 들어보면, 국립극단
이 공연 중인 입센의 〈들오리〉의 경우는 국내 초연이긴 해도 작품이
다루는 주제는 과거를 가진 여인의 불행한 결혼이라는 보편성을 띠

고 있는 반면, 극단 광장이 공연중인 〈싹 눈 양배추… 〉라든가 극단 작업의 〈야만의 결혼〉, 현대 앙상블의 〈19 그리고 80〉 등 서구의 70년대 혹은 80년대에 쓰인 몇 번역극의 경우는, 보편성의 주제만을 바탕으로 작품의 주제적·정서적 의미를 충분히 해득할 수 없다는 문제가 발생한다.

왜냐하면 연극은 예술적 산물이면서 동시에 한 사회의 문화적, 사회적 산물임으로 해서, 그 사회가 갖는 시대적 정서라든가 지배적인 가치관 도덕관 및 이념 등등을 제대로 이해하지 않고는, 한 작품이 갖는 특수한 메시지를 파악해내기 힘들기 때문이다. 특히 70년대 이후 어떤 한 지배적이고 전체적인 문화를 넘어서 공통된 특징을 갖는 소그룹들의 개성적인 부분 문화의 시대로 발전하고 있는 서구의 문화적·사회적 경향을 따져볼 때, 더욱 그러하다.

상기한 번역극들에 공통적으로 흐르고 있는 테마는 20세기 현대 서구 문학의 가장 큰 총괄적인 주제의 하나인 인간소외문제거나 이와 관련된 주제들이다. 〈영국의 애인〉의 경우가 부부간의 여성과 남성의 소외문제를 실존적인 시각에서 다루고 있다면, 〈야만의 결혼〉은 어머니와 아들의 소외된 관계를 프로이드적인 시각에서 묘사하고 있다고 하겠다. 또한 이러한 소외문제와 관련, 양성간의 인간적 소외를 극복할 수 있는 대안책으로써 양성성의 미래적 비전을 제시하는 작품이 최신 작품인 〈19 그리고 80〉과 〈싹눈 양배추… 〉이다.

여기서 말하는 양성성의 미래적 비전이라 함은, 현대의 사회제도가 규정하는 성(性) 특징에 바탕을 둔 남성과 여성의 불평등적 관계와 그에 수반되는 여성적인 것에 대한 가치절하 등의 남성 중심적 가치관이 배제된 평등하고 원천적으로 자연스러운 관계를 의미한다. 이러한 양성성적 인간관계를 미래적인 비전을 제시하고 있는 작품이 〈19 그리고 80〉이다.

콜린 히긴즈의 원작소설 〈해롤드와 모드〉를 각색한 이 작품은 서구에서 영화화되어 많은 호응을 받기도 했다. 이 작품이 성공한 배경적 이유를 설명하자면, 우선 1970년대 초 서구의 문화적·사회적 상황을 고려하지 않을 수 없다. 70년대 초 서구 사회는 지나친 산업화·기계화로 인한 자연의 파괴, 비인간화와 소외 등의 문제를 안고, 이를 극복할 수 있는 자구책에 대한 경각심이 고조에 달했던 때이다. 그래서 유대교 및 기독교적 전통이 갖는 인간 중심적 자연관에 반대하여, 인간을 자연의 일부로 보는 동양적 자연관에서 그 대안을 찾으려 했던 때인 동시에, 민권 운동 등의 결과로 여성을 여성이기 이전에 한 인간적 주체로 보는 여성 운동이 파생되었고, 이와 더불어 여성은 남성과는 달리 자연에 가깝거나 일부라는 새로운 여성의식이 일어나게 되었던 때이다.

작품 〈19 그리고 80〉은 이러한 배경을 가지고 쓰인 작품이다. 또한 이 작품의 주제적 및 감정적인 핵심은 80세난 이 작품의 주인공인 노파, 모드의 인생관과 그녀가 19세의 해롤드라는 청년과 맺는 비전통적인 남성과 여성의 관계이고, 궁극적으로 이 모든 것의 바탕이 되는 것은 '여성적 정서'이다. 다른 말로 표현하면, 무관심한 어머니에게서 느끼지 못하던 인간적인 사랑을 모드라는 노파에게서 느끼고, 결혼을 결심하는 해롤드의 관계는, 전통적 남성 위주의 사회규범이 규정하고 있는 '정상적' 남성과 여성의 결혼관계는 아니다. 80세의 모드에게는, 여성으로서의 아름다움이라든가 출산 등 현존하는 가부장적 사회의 질서가 요구되는 여성의 역할은 기대할 수 없다.

또한 19세의 해롤드 역시 그의 어머니가 주선하는 젊고 아리따운 신부감들을 마다하는데 이 역시 전통적인 남성 역할의 특징이라고는 볼 수 없다. 이 할머니와 어린 청년을 묶어주는 바탕은 전통적 사고방식으로는 상당히 문제가 됐을 법한 '나이'도 아니고, 성적인 특징도 아닌, 진정한 인간적인 만남이다. 이 둘의 만남에는 남성과 여성의 전통적인 위계질서가 배제되어 있다. 오히려 이 둘의 관계를 주도적으로 이끄는 것은 여성인 모드다.

그리고 모드와 해롤드의 관계는 그 흔한 남·여성간의 힘의 갈등 이 결여된 평화롭고 편안한 관계다. 그리고 이러한 평화로움은 모드 가 자연의 순리를 따르는 환경 자연주의자라는 사실로도 이어진다. 그래서 그녀는 동물원의 물고기를 바다에 풀어주고, 남의 것를 허가 없이 필요할 때 쓰고 다니고, 남의 가구도 빌려쓰는가 하면, 그녀가 죽는 날인 80세 생일에는 하루 종일 자기의 모든 소유물을 사람들에 게 나누어준다. 그녀의 재물에는 주인이 없다는 자유주의적 사고에 따라 행동한다. 이러한 모든 사실들을 통해 원작자는 현존하는 남성 과 여성 갈등적 관계에 대한 대안으로서 동등한 남성과 여성관계인 양성적인 비전을 제시한다.

무대화된 이 공연은 원작이 좋아야 좋은 공연이 나올 수 있다는 고전적 진리를 재삼 증명해주었다. 연출의 강영걸은 부분 세트를 재 치있게 구사함으로써 좁은 공간에서의 장면 전환을 무난하게 했고, 작품의 감정적 핵심을 잘 파악, 감정적인 기복을 효과적으로 구사해 나갔다. 자연스러운 작품 번역 역시 작품의 내적인 의미의 실체를 잘 파악한 결과로서 공연의 성공에 중요한 역할을 했다.

김혜자의 노련한 연기는 그녀가 아니었더라면 어려웠을 역할을 무난히 소화 구사하고 있으나, 연기의 질에 암영을 줄 수 있었더라 면, 귀여운 면이 특히 강조되었던 성격 묘사에 깊이를 더 해주었을 것 같다. 아쉬웠던 점이라면, 편집과정의 결과라고 사려되는 바이지만, 모드에 대한 해롤드의 감정적 접근과정의 동기와 모드의 여성적 정서가 좀 더 뚜렷이 부각될 수 있지 않았나 한다.

덧붙여 광장의 〈싹눈 양배추… 〉도 원제가 (A Need For Brussel Sprouts)로서 대사 속에도 '암수를 한 몸에 갖춘 싹눈 양배추'의 언급이 나오는데, 역시 동등한 남성 · 여성적 공존의 비전을 제시하고 있다. 그러나 이 공연의 경우 번역이나 연출의 시각이 이러한 양성적 비전을 간과하고 있는 듯한 인상이고, 그로 인해 공연은 이혼한 여순경과 이혼한 삼류 남자 배우라는 비정상적인 인물들이 펼치는 한 바탕의 소극으로 끝나버렸다. 그러나 실제로 머레이. 쉬스갈의 의도는 전통적 결혼제도가 갖는 모순, 혹은 남성 여성간의 갈등적 관계를 두 번씩이나 거부하고, 가난하지만 자립적으로 살아가는 두 독신 남녀의 관계를 통하여, 동등한 남—여성적 공존의 양성적 비전을 코믹하게 제시하고 있는 것으로 생각된다.

극단 작업이 오랜 휴업 후에 공연중인 〈야만의 결혼〉은 모자간의 인간적 소외를 다룬다.

강간에 의해 선택의 여지없이 태어난 사내아이 리도는, 어머니에게 사랑과 증오의 이율배반적 감정의 대상으로 키워지고, 그러한 과정에서 리도 역시 어머니에 대한 프로이드적인 소유와 거부의 이중적 심리를 갖게 된다. 모자간의 미묘한 내면 심리의 역학과 존재의 부조리함이라는 실존적 색채까지 곁들인 이 작품의 복합적 의미는 원작 소설의 각색 및 편집과정에서 상당히 삭제된 느낌이 든다. 그러나 작품의 원천적인 메시지는 충분히 구체화된 듯하다.

연출은 실험극장의 작은 공간을 세심하게 배려, 모성에 대한 상징으로서의 바다의 분위기를 최대한 살리려고 노력한 듯 했고, 여러면에서 성실한 노력이 엿보이는 무대를 구사했다. 그러나 내면심리의 묘사가 필요되는 이 공연에서 배우들은 사실주의적 차분한 연기보다는 약간 고조된 오버 액팅을 한 듯하다. 리도 역의 오은경의 연기가 설득력이 있다.

역시 남성과 여성의 소외를 실존적 의미에서 파악하고 있는 작품이 극단 산울림이 공연중인 〈영국의 애인〉이다.

오십 세 가량의 한 가정주부 끌레르는 불화도 없지만, 그러나 행복과는 거리가 먼 20여 년간의 결혼 생활 후, 그녀를 대신해서 살림을 살아주었던 그녀의 친척 가정부를 토막살해 하게 된다. 극의 액션은 범인이 검거되는 장면부터 시작되어, 형사가 끌레르의 남편을 심문하는 내용과 형사가 끌레르 자신을 심문하는 두 부분으로 나뉘어 구성된다. 그러나 작품의 초점은, 흔한 수사극의 관심거리인 스릴과 서스펜스의 플롯의 재구성에 있는 것이 아니라, 이 두 부부의 남성으로서, 또한 여성으로서의 실존적인 소외라는 어려운 과제를 관객에게 부각시켜 보여주는데 있다.

삶에 아무런 흥미를 못 느끼는 여인, 젊었을 때의 열애사건만이 그녀의 인생에 유일한 의미가 되는 삶, 소일거리란 이틀에 한번씩 시장 가는 일이 고작인 삶, 그저 존재할 뿐인 한 여인의 실존적인 소외와 이에 대조적으로 육체적으로 마음에 들었기 때문에 결혼했다는 남편, 자기의 생활에 무관심하기 때문에 '자유롭다'는 남편, 자기 부인의 인생에서 자기가 어떤 역할을 한 것 같지 못하지만, 자기가 결혼을 해주지 않았더라면, 끌레르는 아무하고나 잤을 것이라는 남편의 극도의 이기적인 내면세계가 주로 '대사'로써 전달된다.

그러나 실존적 소외를 다루는 어떤 예술 형식이건, 이 문제 자체가 상당히 형이상학적인 본질을 가짐으로 해서, 파악하기가 쉽지 않다는 특징이 있다. 더구나 이 공연의 경우, 형사와의 대담으로 내내 진행되는 극 형식은, 관객에게 상당한 지적인 수준과 집중력을 요구한다. 같은 부부간의 소외문제를 다루었던 〈위기의 여자〉에 비하여, 작품이 갖는 의미의 핵심이 추상화·은유화되어 있어 어찌 보면 소설이나 시적인 특성이 더욱 강하게 풍기는 공연으로서 무대 관객을 위해서는 좀 더 구체화 시각화가 필요치 않나 하는 생각이 든다. 또한 작품의 난해성과도 연관이 되어 있겠으나, 연출의 초점이 확실히 드러나지 않는 것도, 관객이 작품의 지적, 감정적 의미를 쉽게 파악할 수 없게 하는 한 요인이 되는 것 같다.

이러한 차원높은 작품은 우리 연극공연의 다양성을 위해서 누군가가 해야 할 일임에는 틀림없으나, 한국 관객 수준에 맞추어 재구성하는 과정에서 상당한 작업이 요구되는 종류의 작품인 듯하다. 조명남·이주실·주호성의 노련한 연기가 어려운 작품을 소화하는데 많은 도움이 되었던 듯하다.

(한국연극. 1987.7.)

1987 연극제 나는 이렇게 보았다

　올 연극제부터 더욱 눈에 띄는 한 현상이 있다. 연출 스타일에서의 그 어떤 변화인데, 출품된 10여 편의 공연 중 〈꿈하늘〉, 〈지킴이〉, 〈타인의 하늘〉, 〈불가불가〉, 〈로미오20〉 등 상당수의 공연이 정도의 차이는 있으나, 기본적으로 관객들의 감정이입을 상당히 억제하는 스타일의 연출을 보여주었다. 이는 지금까지 우리 연극 공연들을 지배해 왔던 멜로적인 감정이입에 대한 하나의 반작용이기도 하겠고, 또한 이 작품들이 공통적으로 추구하는 역사성이 강한 주제와도 연관이 있다고 보겠다.

　문제는 역사성의 강조라는 대전제가 몇몇 공연의 경우, 천편일률적으로 감정의 절제만을 추구한 나머지, 결과적으로 공연에 필연적으로 필요한 최소한의 감정이입도 배제함으로써 주제의식마저 흐려져 버렸다. 이러한 상황은 궁극적으로 우리에게 연극작품이 갖는 역사성과 문학성의 상호관계에 관한 문제를 제시한다.

　아리스토텔레스는 역사적 사실성이 갖는 진리는 제한된 것이지만,

문학적인 허구성은, 역사적 사실성에 본질적인 보편타당한 진리를 보여준다고 함으로써, 역사적 사실성과 문학적 허구성을 상호보완적은 개념으로 설명한다. 즉 역사를 소재로 한 희곡에 있어, 그 역사의식을 구체화시켜주는 도구는 개인들의 허구화된 구체적인 이야기인 것이다. 역사적 실제 인물의 경우, 문학적인 허구성을 얼마나 허용하는가 하는 것은 또 다른 이야기가 되겠지만, 관객들의 지적인 역사의식의 고취를 위해 감정이입을 배격했던 브레히트도 후기에 가서는 미학적인 요소로서 어느 정도의 감정이입의 필요성을 인정한 바도 있지만, 올 연극제 공연들 중 상당수의 작품들에서 이러한 역사성과 개인성, 혹은 역사성과 문학성의 개념은 상호 보완적으로 보다는 상호 배타적으로 작용한 듯 싶다. 이러한 현상은 한쪽 아니면 다른 쪽으로 쏠려버리는 우리 문화의 풍토 탓으로도 풀이될 수 있을지 모르겠으나, 궁극적으로 공연의 성공은 상기한 양면적인 개념에 근거하여 작품에 내재된 감정적 잠재력을 효과있게 구사해내는데 있는 것이 아닌가한다.

(한국연극. 1987.11.)

플롯과 메시지의 상호보완적 구조
― 〈제2의 침대〉·〈달라진 저승〉

연극제 이후 11월 중반까지 연극계가 일시적 소강상태를 맞은 듯 별로 기억에 남는 공연이 없다. 소극장에 막은 올라도 예술적인 여력 부족과 더불어 관객 동원이라는 현실적인 철칙을 무시할 수 없는 여건은 여전한 것이 이달의 공연을 보면서 느껴지는 소감이다.

이 달의 이야기를 자유 극단의 〈제2의 침대〉와 연우무대의 〈달라진 저승〉을 중심으로 펼쳐보자.

필자의 기억으로는 소극장 공연을 별로 하지 않던 자유 극단이 오랜만에 〈제2의 침대〉를 소극장 무대에 올렸다는데 약간의 호기심이 생겼으며, 또한 〈어디서 무엇이 되어 만나리〉, 〈바람부는 날에도 꽃은 피네〉 등 일련의 최근 공연에서 보여준 비사실주의적 공연스타일과는 다른 멜로드라마를 선택했다는데 또한 색다른 점이 있는 공연이었다.

19세기 중반 이후 스크리브(Scribe)와 싸도 (Sardou)에 의해 유행된 서구의 한 연극의 형식으로서의 멜로드라마는(우리가 흔히 말하는 소위 [멜로] 물과는 전문적으로 구별할 필요가 있다.) 빈틈없이 짜여진 플롯을 그 구조적인 특징으로 무대 위에서의 액션과 볼거리를 강조하되 심오한 문제의식이나 다면적인 인물 창조에 별 관심이 없이, 흥미있는 플롯에 의한 재미와 단순한 차원의 권선징악적인 메시지가 강조되는 극 형태다. 잘 짜여진 플롯은 입센이나 쇼오 등 초기 사실주의극에 영향을 미치기도 했다.

이렇게 볼 때 〈제2의 침대〉 공연의 중심 포인트는 반전하는 플롯이 주는 스릴과 서스펜스의 재미다. 연출 주요철은 이러한 포인트를 잘 살려 관객들에게 부담없는 웃음과 재미를 선사하고 있다. 그러나 플롯이 반전을 거듭, 스릴과 서스펜스가 절정에 달하는 후반부에 극의 재미가 있고, 후반부를 위한 준비기간으로서의 전반부가 시간적으로 너무 길고, 별다른 기능적 역할을 수행하지 못함으로 해서 지리한 느낌을 준다. 비록 이 작품의 중심적인 흥미가 플롯의 반전이 주는 재미에서 나온다 할지라도, 그것에 대한 동기가 되는 작품의 복합적인 모티브를 더욱 충분히 구체화함으로써, 장시간을 안배한 전반부의 기능적 효과를 높일 수 있었을 것이다.

즉, 47세 남자와 20세 여자의 재혼, 여기에서 파생될 수 있는 내면적인 갈등, 남자의 의처증과 젊음에 대한 질투, 젊은 부인을 완전히 구속하고자 하는 남자의 소유욕과 이러한 속박을 벗어나고자 하는 여자의 자유를 향한 의지 등 남편과 부인으로 대변되는 양성간의 투쟁, 이에 부수적으로 파생되는 희극적 및 비극적인 심리적 뉘앙스의 대비 등을 더욱 선명히 했더라면, 긴 전반부가 조금은 더욱 흥미가 있었을 것이고, 더불어 전체 작품의 의미도 더욱 깊이 부각될 수 있지 않았나 싶다. 전반부의 지리함을 커버하기 위한 연출의 의도였는지, 배우들은 휴지기간이 거의 없이 빠르게 대사를 전달하고, 동작을 취하는데, 이러한 결과로 장면이 갖는 내면적 동기성이 사라져 버려, 감정이나 심리묘사가 충분히 표출되지 않고 피상적으로 되어버렸다.

남성의 폭력적인 억압에 학대를 당하고 난 후, 어떠한 수단을 써서라도 돈을 얻어 자유를 찾으려고 하는 용의주도하고 깜찍한 20세의 여주인공 역의 손봉숙은, 플롯이 흥미진진해지는 후반부에서는 별 무리가 없었으나, 전반부에서 이러한 성격적 뉘앙스를 충분히 표현해 내지 못하고 있다. 이 작품의 주제와 연결시켜 볼 때, 늙은 남편과 젊은 부인의 양성적 투쟁의 국면은, 두 역을 맡은 두 배우의 팽팽한 연기 대결로 구체화, 첨예화되었어야 한다고 본다. 대사의 양이 지나치게 많다는 느낌과 함께 번역 대사의 발성 어조의 그 어떤 '태'는 없어질 수 없는 것인가 하는 생각도 해본다.

상기의 공연과 형식적인 면에서 좋은 대조를 이루는 공연이 김광림 작/연출 연우무대의 〈달라진 저승〉이다. 서사극의 개념을 기본으로 하고 있는 이 공연은, 〈아빠 얼굴 예쁘네요.〉에서 연극과 영상의 결합을 시도했던 김광림이 우리의 사회적, 정치적 현실에 대한 알레고리를 바탕으로, 비사실주의적 공연형식에 대한 그 나름대로의 실험을 모색하고 있는 공연이다.

극의 배경은, 우리의 현실과는 거리가 먼 저승으로 설정하고, 저승에서의 연극 공연의 소재, 다시 말해 극중극의 소재를 역시 우리 시대와는 일세기나 떨어진 중국의 홍수전의 이야기를 선택함으로써 작가는 관객으로 하여금 무대 위에서 펼쳐지는 세계에 대해 지적인 객관성 및 감정적인 거리감을 유지하려 한다. 극중극인 홍수전의 일생을 리허설하는 과정에 따라 전개되는 삽화적 플롯은, 극중극의 세계와 저승의 배우들은 현실세계가 교차되면서 관객 앞에 전개된다. 또한 이러한 장면들은, 관객들의 사회적 정치적 현실에 대한 알레고리로 그 의미를 확장한다.

작가는, 극중극 세계와 배우들의 현실세계의 반복적인 교차가 줄 수 있는 기계적인 단조로움을 덜기 위하여, 폭력이라는 주제에 대한 여러 가지 다양화를 꾀하고, 사랑 등의 모티브를 강조하거나 '쇼쇼 쇼'같은 노래와 춤의 대중적 모티브 등을 삽입하기도 하면서 그의 진지한 노력을 구체화하지만 한국적인 상황하에서 폭력 혹은 억압 이라는 중심 주제가 갖는 경직성 때문인지 구조적인 단조로움이 커 버되지 못했다. 이 공연에서 채용한 서사극적 테크닉 중 가장 실제 적으로 효과적이었던 것은 각 장면이 지니는 감정의 강도가 고조 될 때 관객들의 감정적 이입을 막기 위해 사용되었던 부저소리다.

이 공연의 문제점이라면, 흔히 사회 비판 및 저항의식을 목적으로 하는 모든 극들이 일반적으로 지닐 수 있는 문제점으로서 궁극적으로 기존 질서를 타파하고 새로운 질서의 확립을 위하여 관객의 지적인 의식화를 추구하는 나머지, 극작가의 목소리가 지나치게 높아질 수 있다는 것이다. 이 공연의 경우도, 공연 초반에 작가역을 맡은 배우의 입을 통해, 김광림은 그의 작품의도를 뚜렷이 설명한다. "혁명에 대한 색다른 시각을 제시하자는데 그 목적이 있다"는 등. 이러한 경향은 계속되어 공연 중반 이후에는 극중 연출가의 입을 통하여 "연극을 왜 하는가?"에 대한 질문을 하게 하고, "더럽고 잔인한 것들을 연극을 통해 보여 줌으로서 건강한 삶을 만들기 위한 것"이라는 요지의 대답을 주는가 하면, 그 외에 배우들을 통해 '예술과 폭력'에 대한 설명 등도 하고 있다.

연극에 대한 개념과 이론이 수없이 많고, 각기 그 나름대로의 정연한 설명체계들을 갖추고 있어, 어떠한 연극적 이데올로기를 따르느냐하는 것은 전적으로 작가 자신의 개인적인 선택의 문제인건 하다. 그러나 필자의 견해로는, 의식화, 지적인 객관성의 유도를 위한 연극이 반드시 교훈적인 메시지를 직설적으로 전달해야만 하는가에 대해서는 상당한 의문을 가지고 있다.

왜냐하면 작품의 본질은 예술적 형식을 거쳐 표현되는 것이고, 여기에는 예술적인 승화가 전제되어야 한다고 보기 때문이다. 좀 더 예술적인 방법론을 위한 노력들은, 진화의 개념보다는 혁명적 개념을 선호하는 우리 문화의 그 어떤 성향과는 뒤틀어지는 개념인 것인가? 어쨌든 이 공연에서의 교훈적 메시지의 뚜렷한 표출은 전체 작품의 예술적 하모니에 손실을 주었던 것 같고, 사회 저항극이나 비판극이 예술로서 더욱 정당한 위치를 확립하기 위해서는 예술적인 승화의 문제를 간과할 수 없을 것이다.

연출면에서도 역시 김광림은 실험적인 노력을 보여주고 있다. 프로씨니움 무대와 오픈 무대의 연결을 시도하고, 협소한 극장 공간을 최대한으로 이용하려고 한다.

이 공연에서 가장 눈에 띄는 인물은 저승의 억압과 폭력을 상징하는 사자의 역할로, 사자의 역할과 극 진행을 진전시키는 스테이지 매니저의 역할이 겸하도록 설정되었다. 그러나 역할의 비중으로 따져볼 때, (무대 위에 나타난 결과에 의하면) 사자 1인의 역할과 5인으로 구성된 극중극 배우들의 종합적 역할의 비중을 견주어보면 사자 쪽으로 훨씬 기울어지는 것도 사실이다. 강한 개인기가 특징인 최형인의 사자 역할은 나머지 5인 배우들의 연기의 비중을 지배함으로써, 민주적인 앙상블 연기효과는 성취하지 못하고 있다.

이러한 사실은 궁극적으로 이 공연의 주제까지 그 의미가 확대될 수 있는데, 실험극의 한 의도가 새로운 비전의 제시라고 볼 때, 저승 사자로 대변되는 기존질서와 극중극 배우들로 대변되는 민중과 혁명의 힘이 모종의 팽팽한 긴장과 균형을 이룸으로써 성취될 수 있는 이념적인 차원의 의미를, 위와 같은 경우에는, 이룰 수 없는 것이 아닌가 한다. 왜냐하면 궁극적으로 작품의 의미는 그 표현형식과 본질적으로 분리될 수 없기 때문이다.

(한국연극. 1987.12.)

언어 사용에서 자제를 보여준 무대

— 〈사랑앓이 소동〉·〈술〉·〈도망증〉

    소극장들이 본격적으로 개관되기 시작한지도 벌써 두해 째로 접어든다. 어림잡아 20여 개 이상이 되는 이 소극장들은 그 동안 나름대로의 어려움을 겪어가면서도 점진적으로 공연장으로서의 위치를 확보하여 이제는 외국의 그것과는 다른 한국적인 어떤 특수성을 지닌 공연공간으로서 한국 연극의 현장을 이끌어가는 중요한 구조적 일부가 되고 있다.

    그러나 소극장 무대에 올려지는 작품들의 질적인 수준은, 이러한 공연공간의 외양적인 숫자적 증가에 못 미쳐왔던 것도 일반적인 사실이라고 하겠다. 이러한 현상에 대해서는 여러 각도에서 관찰과 토론이 있겠으나, 각설하고, 한 가지 뚜렷한 현상만으로 지적해보면, 소극장 공연의 많은 부분이 주로 연극 감상안이 확립되지 않은 청소년 관객들의 취향에 맞추어, 가벼운 소극풍(笑劇風)의 사회 및 세속 풍자물 일변도로 구성되어 왔다. 그리고 이러한 공연들에서는 관객들의 즉각적인 감정적 반응을 유도하기 위하여, 흔히 직설적인 야유,

욕지거리 및 외설적 언어의 무분별한 사용으로, 우리의 무대 언어가 예술적 언어로서의 기본적인 품위마저 잃고 있는 경우도 적지 않아 연극언어의 미래의 향방에 대해 우려를 자아냈던 것도 사실이다.

지난달에 공연된 세 작품, 극단 거론의 〈사랑앓이 소동〉, 극단 산울림 〈숳〉, 민중극단의 〈도망중〉은, 극단 언어사용에서 상당한 자제를 보여주어 우리의 무대 언어의 혼탁에 대한 우려를 상당히 덜어주는 공연이었다. 또한 이 세 공연은 각기 나름대로 새로운 전통 창조를 위한 진지한 노력을 보이고 있는데, 〈사랑앓이 소동〉은 셰익스피어의 고전 작품인 〈한 여름 밤의 꿈〉을 우리의 시대감각에 맞게 번안, 셰익스피어의 한국적 대중화를 꾀하고 있고, 〈숳〉은 판소리 공연 형식을 바탕으로 오늘의 한 서민의 삶의 이야기, 〈도망중〉은 장정일의 단막극 〈실내극〉과 〈어머니〉를 연결시켜 2막극으로 구성하고 있다.

우선 거론의 〈사랑앓이 소동〉의 경우, 번안자의 성실하고 치밀한 작업의 묘(妙)가 인상적이다. 주백은 셰익스피어 원작에서의 요정세계와 현실세계의 이중 구조 중, 요정의 세계는 인물 및 스토리를 그대로 보존하고, 현실세계의 두 쌍의 연인들의 이야기를 한국적 연인들의 이야기로 바꾸어 놓음으로써, 셰익스피어적 정서와 우리의 현시대적 정서와의 적절한 조화를 꾀한다. 또한 원작에서의 '돌담 장면'을 극중에서 극의 종결부로 옮겨 놓음으로써 극 구조를 단순화시키고, 우리 관객들이 수용하기에 더욱 쉽도록 만들고 있다. 돌담 장면에의 티스비와 피라무스의 이야기를 우리에게 익숙한 로미오와 줄리엣의 이야기로 대치시킨 것도 동일한 맥에서 이해될 수 있다.

연출 역시 번안의 성격을 잘 살려서 셰익스피어 원작의 고전적 위엄성을 록크음악, 춤, 노래 및 소극적(笑劇的) 요소를 강조하는 등 단순화·대중화시키면서도, 지나침이 없다.

셰익스피어 연극의 분위기를 살리는데 기여했던 또 하나의 요소는 배우들의 몸 동작으로, 연출은 요정의 세계와 현실 세계에서의 배우들의 연기를 구성함에 있어, 요정의 세계에서는 반 양식화된 (체계화되지는 않았으나) 연기 스타일을, 현실세계에서의 연기에는 사실주의적 연기스타일을 구사한다. 배우들의 노래 훈련이 부족한 점도 이 공연에만의 예외는 아닌 것으로 우리의 무대 공연에서 장기적인 안목의 개선책이 필요한 것 같다. 이 공연의 궁극적인 의미라면, 셰익스피어라는 외국고전의 한국적 대중화를 모색하면서도, 원작의 기본 정서와 품위를 적절히 유지시키고 있다는 것이다.

우리의 고전적 공연형식인 판소리를 바탕으로, 현대적 대중화를 꾀한 작품이 극단 산울림의 〈술〉이다.

판소리 형식을 바탕으로 현대적으로 무대화한 공연은 필자의 기억에만도 〈춘풍의 처〉, 〈서울 구경〉, 〈품바〉 등 수 없이 많다. 그러나 이 공연의 특징이라면, 일반적으로 이런 류의 공연에서 관객과 배우간의 강한 교감을 위해 강조되는 〈판〉의 개념이 적당히 절제되어 있다는 것. 결과적으로 한바탕 놀이판이 주는 희열과 카타르시스는 적다하더라도, 판소리의 구조를 원형에 가깝게 유지한다는데 이 공연의 의미가 있다.

한 술꾼의 파란 만장한 일생을 1인 배우(주호성)가 나레이션으로 엮어가며 간간이 몸짓과 춤을 섞어 가는 이 공연은, 판소리의 비 사실주의적 '변신'(transformation)의 연기 테크닉과 술집장면 등 삽화식으로 삽입되는 사실주의적 장면에서의 연기의 연결을 시도하고 있다는데 또 다른 특징이 있다. 술 이야기에 연결시켜 시세를 풍자하면서도 대사의 적절한 품위를 유지하고 있는 이 공연에서 주호성은 노련한 사실주의적 연기로 일인 극의 공연을 무리없이 이끌어가지 만, 춤이나 창법에서 디오니소스적인 '흥'의 정서가 미약한 것도 사 실이다.

일련의 사실주의적 장면들을 통하여 작품의 의미를 실존의 문제 까지 확장시키는 공연이 민중극단이 공연한 〈도망중〉이다.

1막에서는 생활고 때문에 도둑이 되어야만 하는 아들과 그래서 집과 감옥행의 끝없는 윤회를 되풀이해야 하는 생활을 통해, 작가 장정일은 감옥 밖의 세계가 주는 피상적인 자유의 본질에 대해 실존 적인 물음을 제기한다. 2막에서는 감옥 안의 세계가 주는 구속된 생 활 속에서의 자유를 찾아서 살인을 저지르고 종신형을 달게 받은 아 들이 실제로 당면하는 감옥 속 자유의 본질의 문제를 추구한다. 고 독과 실존적인 싸움에서 아들이 또 다른 죄수 '흰 얼굴'과 맺는 인간 적 · 사회적 관계와 그 관계의 변화, 즉 처음에는 상관—부하, 동성애 를 통한 동등한 애인관계, 다음엔 역으로 어머니와 아들의 관계로 변화해나가는 과정을 통해 작가는 인간의 보편적 종속 심리의 원형 을 실존적인 차원에서 파악하는 통찰력을 보여준다.

무엇보다도 흥미로웠던 점은, 우리의 무대에서 터부시되어왔던 동 성애의 문제를 다루면서도 그것을 전통적인 성별차(性別差)의 단순한 차원에서가 아니라 궁극적인 인간애의 차원까지 의미를 확장하고 있다는데 이 작가의 뚜렷한 비전이 있다. 이 작품의 구조는 매우 사 실적인 장면들로 인간의 존재의 문제까지 의미를 확장하고 있다. 또 한 압축되고 잘 다듬어진 대사는, 절제의 미를 최대로 발휘함으로써 길고 잡다한 반복과 부연만이 의미의 전달 수단이 되어왔던 우리의 무대언어에 새로운 한 방향을 제시한다. 그러나 2막에서 모성의 회 귀로에 대한 지나친 강조라든가 농산물 가격의 급등, 10 · 26사태의 언급 및 군인들의 발자국 소리 등의 삽입 등은 '한국적 실존성'에 대한 이 작가의 독특한 접근방식이라고 볼 수도 있겠으나, 작품이 갖는 존재론적 의미에 별 도움이 되지 못하는 듯하다.

연출의 윤광진은 〈실내극〉 연출의 경험을 바탕으로 더욱 섬세하고 조심스런 스타일을 구사하는데, 장면 장면이 갖는 심리적 감정적 축을 잘 포착하여 무대 위에서 구체화하고 있다. 〈실내극〉의 경우보다 더욱 양식화된 부분가면을 사용함으로써 지나친 감정이입을 막고, 관객으로 하여금 공연의 의미를 생각하게 하는데 도움을 준다. 무대술의 사용을 극도로 제한하면서도 공연 내내 관객과 배우의 교감이 강하게 지속되는 것도 이 작품의 특징이다. 그러나 우리의 무대에 고질적인 문제로 남아있는 장면 전환시 빈번한 암전의 문제가 이 공연도 예외는 아니다. 아들과 어머니 역의 두 배우의 연기가 원숙한 앙상블을 이룬다.

이상의 세 공연은 소극장 공연작품에 대한 연출자들의 진지한 태도가 그대로 작품의 전체적인 공연의 품위로 반영된 구체적인 경우들이라 하겠고, 무대 언어의 순환 및 예술적 세련도의 문제 및 공연의 질적인 품위 문제는 계속 추구해 나가야 할 과제인 것 같다.

(한국연극, 1988.1.)

표현의 자유와 표현의 자율
— 〈매춘〉·〈피핀〉·〈여자만세〉

　　연초부터 일었던 공연 〈매춘〉의 외설 시비 및 표현의 자유에 관한 논란이 1월 20일자 신문 발표에 의하면, 민정당의 연극 희곡 사전 검열 폐지에 대한 결정으로 일말의 해결을 본 듯 하다. 필자의 개인적인 입장으로서는, 문제의 핵심이 무엇이었던가에 대해 공연 전문가들이 전문적인 의견을 논리적으로 뚜렷이 밝힘으로써 해결에 관한 구체적 방향제시를 했어야 한다고 생각한다. 어찌되었건 여당이 희곡 사전검열폐지 결정의 단계까지 이르게 되었으니 ‘표현의 자유’에 관한 주장이 일단 승리를 했다고 말할 수 있겠다.

　　그러나 이러한 승리가 갖는 피상성을 곰곰이 되씹어 볼 때, 상기의 결정에 이르게 된 단계가 ‘정치적인 민주화’라는 대세의 흐름의 덕으로, 또한 이와 함께 ‘예술 표현의 자유’라는 대체적으로 타당성 있는 막연한 개념추구에 의한 결과는 아니었는지 뚜렷한 확신이 서지 않는 것도 필자의 솔직한 심정이다. 사전 검열폐지 결정은 났어도, 우리 연극계가 이러한 문제와 관련하여 당면하고 있는 현실적인 문제는 그리 간단하지가 않다.

몇 가지 대두될 수 있는 문제점들을 제기해보면, 우선 사전검열폐지에서 완전 개방으로 나갈 것인가 아니면, 어느 정도의 제재 책을 둘 것인가, 또 우리 연극계는 외부의 컨트롤을 받지 않을 만큼 내적인 자율성이 확립되어 있는가 등의 문제와 궁극적으로는 연극계를 하나의 자율적인 사회 제도로 볼 때 과연 민주적 제도의 구성은 어떤 것이어야 하는가 하는 등의 문제들이다.

이 글에서는 이러한 모든 문제들을 다 숙고해 볼 수는 없고, 다만 필자의 입장에서 공연 〈매춘〉파문의 핵심이 된다고 생각되는 외설과 관련된 작품 해석의 문제와 희곡 사전 검열 폐지에 따른 대체 책에 관한 생각들을 이야기해 보고자 한다.

우선 작품의 해석 및 평가에 관한 문제, 작품 〈매춘〉이 욕설 및 남녀의 성적 관계의 적나라한 묘사 때문에 외설의 시비가 시작된 듯한데, 이 문제는 근본적으로 이 작품에 대한 비전문적인 해석 및 평가에 기인한다고 본다. 이 문제와 비교될 수 있는 비슷한 쟁점이, 예를 들어 그림에서 여자의 누드는 모두 외설인가 하는 문제이다. 즉 모네의 누드는 음화처럼 외설이라고 할 수 있는가? 어떤 이는 표현 기법의 품위라는 문제를 따져볼 수도 있을 것이다. 그렇다면 최근의 미국 여성화가인 죠지아 오키프 같은 여성 화가들이 여성의 성 특징을 강조하여 회화화하고 있지만, 이들의 작품을 외설이라고 몰아 부칠 수 없다는 사실 등은 어떻게 해석해야 할 것인가? 이러한 모든 문제에 대한 대답은 궁극적으로 작품 해석에 대한 방법론의 문제로 귀결된다.

우선 금세기 초부터 중반까지의 모더니즘적 문학해석의 주류를 이루어왔던 신비평에 있어서, 희곡을 포함한 언어를 표현 수단으로 하는 예술작품의 궁극적인 의미는, 그 작품을 구성하는 언어, 즉 낱말이라는 기본단위에서 찾아질 수 있다고 본다. 그러므로 한 예술작품의 의미는, 그 작품의 원전(text)을 구성하는 언어의 틀 속에 절대적으로 신성하게 존재하는 것이지, 그 작품이 쓰인 동기, 사회, 역사, 문화적 배경과는 무관한 것으로 생각되어 왔다.

그러나 이러한 현실로부터의 소외적인 문학의 방법론은, 2차 대전 이후 후기 모더니즘적 시대정서가 대두되면서 공격을 받게 된다. 포스트모더니즘으로 일컬어지는 이러한 시대정서는 다양하고 복잡한 개념으로서 단일성보다 복합한 개념으로서 단일성보다는 복합성을, 절대성보다는 상대성을 추구하는데, 문학작품의 원전 자체가 갖는 절대적인 의미보다는, 현실과의 상관관계에서 작품의 의미를 모색한다.

이러한 대표적인 이론가들인 쥴리아 크리스테바나 볼로 시노브는 "의미는 상관관계 속에서 규정된다."고 본다. 작품 〈매춘〉의 의미도 이러한 후자적인 입장에서, 즉 현실과의 상관관계에서, 또한 작품을 이루는 각 부분은 다른 부분들과의 상관관계에서 읽혀지고 해석되어야 한다.

다시 말해, 이 작품은 우리의 가부장적 자본주의 사회체제에서 여성의 성적 상품화 및 비인간화를 상징해왔던 매춘이라는 제도의 문제를 지금까지 터부시 하여 왔던 무사안일적 은폐적 태도를 깨고 무대 위에 과감히 끌어내어 우리가 더 이상 회피할 수 없는 하나의 엄연한 현실의 문제로 부각함으로써, 궁극적으로는 사회적 의식의 각성과 사회적 변화를 목표로 한다.

이러한 주제의식은 작품의 개막 장면부터 나타나는데, 코러스들은 매춘의 기원을 읊조리는 과정에서 어떻게 사유재산 개념의 시작과 함께 여성 육체의 성적 상품화가 시작됐는가를 이야기한다. 또한 이러한 주제의식은 개막 장면 이후 작품 전편을 통하여 펼쳐지는 삽화적 이야기들, 즉 세상물정을 모르는 여대생들이 단순히 직업을 구하기 위해 나섰다가 돈의 유혹에 빠져 창녀로 타락되는 과정이라든지, 이 작품의 구조적 중심을 이루고 있는 유태여인 마리나와 기생 옥향, 호스테스 정현덕의 비인간적 희생의 모티브를 통하여 계속 추구되고 있는데, 작가는 이러한 이야기들을 통하여, 매춘이라는 제도를 근본적으로 물질과 관련된 것으로 보는 막시스트적 유물론적 입장과, 여성 경시의 가부장적 가치관 때문이라는 페미니스트적 입장의 양면적인 관점을 취한다.

이 작품의 주제의식을 더욱 뚜렷이 밝혀주는 점은, 이야기를 펼쳐나가는 작가의 풍자적 톤이다. 삽화적 장면들을 통해서 무대 위에 부각되는 창녀의 생활은 센티멘탈한 비애를 강조하는 대신에 풍자적 소극적(笑劇的)터치로 그려진다. 그리고 욕설은 이러한 특정된 상관관계에서 풍자적 효과를 높인다고 여겨진다. 이러한 풍자적인 톤은 가부장적 전체 그룹의 압력에 의해 희생되는 세 여인의 이야기에서 더욱 선명히 부각된다. 아우슈비츠 수용소의 유태인의 학살을 막기 위해 '성녀'가 되라는 집단적 요구에 굴복, 몸을 파는 마리나, 그러나 약속된 성녀의 대접은커녕 갈보라는 치욕을 감수해야하는 그녀, 마찬가지로 '살신성인', '애국충절'의 구호에 밀려 자신의 의사에 관계없이 양키제독에게 희생되는 옥향과 술좌석에서 옷을 안 벗겠다는 여인의 작은 자존심이 가부장적 남성체제에 대한 도전으로 비화되어, 죽음에까지 이르게 되는 호스테스 정현덕의 심각한 장면 뒤에 대조적으로 삽입되는 검은 후드의 코러스들의 낄낄대는 조소의 장면들이 바로 그러하다.

〈매춘〉의 한장면

　이상과 같이 작품의 전체적 의미의 틀 속에서 살펴볼 때, 매춘의
행위를 적나라하게 시각화하여 문제의 소지가 되었던 장면들은 오
히려 작품의 주제의식을 강조하기 위한 노력들로 정당화 될 수 있
다.

　다만 아쉬웠던 점은, 이러한 풍자적 톤이 관객들의 주의를 사로잡
을 만큼 충분히 강조되지 못했다는 점과, 여성의 희생이라는 매춘의
문제를 다루면서, 인간으로서 창녀들의 내면적 갈등이나 고민을 설
득력 있게 무대 위에 충분히 그려내지 못했다는 것이다. 궁극적으로
이 작품의 부분적 의미가 매춘 여성들의 인간화에 대한 비전을 제시
하려고 한다고 볼 때, 인간내면 세계의 설득력 있는 탐구는 작품의
의미를 심화시킬 수 있었을 것이라고 생각된다.

　다음, 이 작품의 무대화 과정을 살펴보자. 윤일웅의 르포집 〈매춘〉
을 토대로 각색된 이 공연은, 비·희곡을 각색한 많은 소극장 공연
들을 기억해볼 때, 무대적 입체화를 위한 연출자의 많은 노력이 보
이는 공연이다. 그러한 노력이 얼마나 조화된 예술적 승화를 성취했
느냐는 별개의 문제로 하고라도. 연출은 매춘이라는 주제와 그것을

다룬 삽화장면들이 자칫 갖기 쉬운 외설스러움과 교훈적인 단순성을 커버하기 위하여, 공연 내내 반복적으로 검은 후드를 쓴 코러스를 등장시키고, 종교음악과 춤 등을 사용함으로써 성스러운 제의적 분위기를 연출한다. 실제로 이러한 노력은, 현실의 매춘 장면들이 갖는 직설적인 단조로움에 대조적인 분위기를 창조한다. 또한 여성의 육체적 폭행 장면을 무용으로 처리한 점도 같은 맥락에서 이해될 수 있다.

반면, 공연의 끝부분에서 코러스는 우리의 한스러운 역사변천 과정에 대해 영창하는데, 공연의 다른 장면들과 유기적인 연관이 잘되지 않는 부분으로 남아있다. 마지막, 여성의 육체적 폭행 장면 역시 그 의미가 확실히 전달되지 않은 채 남아있다. 공연 시작부터 끝까지 빠르게 진전되는 장면들을 통해서 배우들은 사실주의적 및 안무적인 동작의 연기를 보여주었는데, 작품이 갖는 시사적인 정치성 때문이었는지 극중 내내 오버액션 일변도로 감정과 신체의 효과적인 컨트롤을 보여주지 못했다.

이 작품의 궁극적인 의미는, 우리 사회에 고조되어 있는 민주화의 물결에 따라, 지금까지 은폐되어왔던 매춘제도와 매춘여성들의 실상을 파헤침으로서, 이들 여성의 인간화를 위한 비전을 제시한다는데 있다.

오태영의 각색인 이번 〈매춘1〉이 매춘제도를 동서고금의 역사를 통해 종적으로 조명하고 파헤친다면, 다음 작품 〈매춘2〉는 횡적으로 우리 현실에서의 매춘제도의 실상을 그린다고 한다. 이러한 기성체제의 위선성 모순성을 조명하고 까밝히는 일은, 절대성보다는 상대성을, 신성한 권위보다는 권위에 대한 도전과 그로 결과되는 복합성의 민주적 사회·문화 정서를 창조해 나가기 위해서는 누군가가 하지 않으면 안되는 필연적인 사회 발전의 과정으로 생각된다.

　그러나 마지막으로, 이러한 민주화의 흐름과 관련하여 표현의 자유는 어디까지 허용되어야 하는가의 문제가 대두된다. 후자는 완전 개방과 자율을 이야기하겠지만 자율이라는 개념을 어떻게 정의하느냐에 따라 이야기가 달라지겠다. 일반적으로 말해 엄격한 의미에서 '자율'이란 개념은, 우리 연극계 내부의 내적인 성숙이 전제됨이 없이는 진정한 의미에서 이루어지기 힘든 이야기가 아닌가 한다. 또한 민주적 제도가 본질적으로 수반해야 하는 체크와 발란스의 역동관계에 의한 균형상태를 생각해볼 때, 사전검열의 폐지는 환영할만한 일이지만, 그것을 대체하는 어떤 기능적인 그러면서도 적당히 자율적인 기제가 성립되어야 한다고 본다.

　몇 십 년 전에 희곡 검열제를 폐지한 영국의 경우, 지난해 런던 국제 실험극 페스티벌에 참가했던 스페인의 한 극단이 셰익스피어의 〈템페스트〉를 지나치게 쇼킹하게 무대화한다는 이유로 공연이 취소되어 필자는 극장 앞에서 발걸음을 돌리지 않으면 안되었던 경우를 기억한다. 아마도 주최측에 의한 결정이었던 걸로 생각된다. 또한 미국의 오프오프 브로드웨이의 경우, 여성연극공연을 막기 위해 소방법을 적용하여 공연을 취소시키는 일도 있다고한 여성극작가가 필자에게 귀띔을 해주었던 일도 생각난다.

　이상의 경우가 반드시 바람직하던 그렇지 않던 여기서 필자가 강조하고 싶은 점은, 우리 연극이 바람직한 민주적 제도로서 성숙해나가기 위해서는 어떤 형태든 '체크'의 기능을 발휘할 수 있는 묘안이 마련되어야 한다는 것이다.

　우리의 현대적 대중문화가 갖는 특징 중의 하나가 '뇌화부동'의 경향이다. 행동방식이나 사고 및 가치관 등이 개인적인 신념에서 나에게 현실 도피적 환상의 세계를 무대 위에 창조함으로써 오락을 제공하려고 한다. 작품 〈피핀〉은 전형적으로 그러한 작품이다. 즉 환상과 로맨스의 세계를 창조하기 위하여 먼 곳, 먼 시대의 이야기를 끌어와 관객이 흠뻑 그 세계 속으로 몰입하게 한다. 서사극적 테크닉에서 먼 곳 먼 시대의 이야기를 끌어오는 이유와는 정반대된다는데 재미있는 비교가 된다. 줄거리는 먼 옛날 로마의 왕자 피핀을 주인공으로 하고 있으나, 실제로 전개되는 이야기는 피핀왕자의 이상의 추구, 방황, 왕권쟁탈로 이상의 성취, 그러나 반란 등으로 인한 피핀의 내적인 좌절의 경험, 그리고 결국 과부 캐더린과의 조그만 행복에로의 복귀를 다루고 있다.

원작자는 이러한 피핀의 이야기를 통해서 한 남성의 자아 추구 혹은 자아 성숙으로 이르는 과정을 그리는 빌둥스로만(bildungsroman)을 희곡화하고 있는데, 이러한 점에서 볼 때 결국 피핀의 이야기는 현대 모든 사람이 동일시 할 수 있는 대중적인 모든 이(Everyman)의 이야기라고 할 수 있다.

그러나 이 공연의 삽화적 플롯은, 각색과정의 결과라고 추측되기도 하지만, 지나치게 단편화, 단순화되어 원작의 내적 의미를 재구성하기에 미흡한 것으로 나타난다. 몇 예를 들자면, 아버지와 피핀의 갈등, 왕위를 얻고 난 후에 피핀이 경험하는 좌절감, 과부 캐더린과의 사랑 등의 삽화는 장면이 갖는 감정적 잠재력을 더욱 극적인 강도를 갖고 그려냈어야 한다고 본다. 이러한 사실은 연출의 전체적 관점과도 연결이 되는데, 연출은 공연의 시청각적 효과를 지나치게 반복적으로 삽입함으로써, 작품의 극적 긴장을 해이하게 하고, 반복되는 패턴이 주는 단조로움을 극복치 못했다.

그러나 연출은 소극장 공간의 제한성을 극복하기 위해 많은 노력컬은 적당한 각색을 거쳐 공연되는 동안 원작의 분위기와 의도가 제대로 살아나지 않는 것이 보통이다. 그리고 많은 경우에 연출자는 이러한 예술적인 갭을, 소극적(笑劇的)요소나 무용 등의 볼거리를 강조함으로써 만회하려 하지만, 관객들의 반응과는 별도의 문제로, 작품전체의 효과를 피상적으로 몰고 가는 결과를 초래한다. 또한 공연예술에 대한 감상안이 채 성숙되지 않은 관객 층의 상당부분을 구성하고 있는 청소년층의 예술적 의식형성에 미칠 영향도 염려되지 않을 수 없다.

〈캬바레〉, 〈아가씨와 건달들〉의 뮤지컬 공연에서 화려하고 다이나믹한 무대를 보여주었던 극단광장의 뮤지컬 〈피핀〉(로저 허슨 원작 김효경 연출)을 이러한 관점에서 살펴보자.

일반적으로 뮤지컬이란 공연형식은 부르주아적 중산계층 관객들

〈피핀〉, 로저 허슨 원작·김효경 연출

온다기보다는, 나 이외의 다른 사람들이라는 타자적(他者的)인 집단에 의해서 결정된다. 우리의 경우, 내적인 완성 등 개인적인 소양보다는 나와 다른 사람들간의 인간관계를 더 중요시해 온 유교 문화의 바탕 위에, 산업화로 인한 사회구조의 변화는 모든 것을 규격화시킴으로 해서 '다수에 의한 표준적 가치체제'를 더욱 강화시켰고, 여기에서 획일적 순응이라든지 '남이 하면 나도'식의 뇌화부동의 현상이 더욱 뚜렷해지게 되었다. 데이비드 리즈만이라는 사회학자는 이러한 대중문화적 특징을 '타자 지향적'(other-oriented)라는 말로 규정짓고 있지만, 하나의 사회제도로서 우리의 연극계에도 이러한 현상을 찾아보기는 어렵지 않다.

최근에 나타나는 이러한 현상 중의 하나가 증가 일로에 있는 소극장 공간에서의 뮤지컬 공연과, 이러한 추세에 덩달아 나타나고 있는 일반 연극의 뮤지컬화 경향이다. 서구 뮤지컬로 대표되는 상업연극 혹은 연극의 상업화에 대한 부정적인 견해도 있으나, 전문적인 수준만 보장될 수 있다면 연극공연의 다양성에 기여하고 연극세에 활력을 줄 수 있다는 긍정적인 측면도 있다.

뮤지컬의 소극장 공연 역시 우리 연극계의 제한된 여건 속에서 어쩔 수 없는 현상인지도 모르고, 오히려 소형공간에 알맞은 뮤지컬 형식을 고안해 낼 수 있다면 더욱 바람직한 일이 될 것이다. 이러한 점에서 볼 때 한국적 형식의 노래극을 창조하고자 하는 움직임이 일고 있다는 사실은 바람직한 일이라 하겠다.

그러나 우리의 소극장 무대에 올려지고 있는 뮤지컬 공연의 현실은, 대부분이 외국의 뮤지컬을 각색한 것들로서 서구의 대형무대가 발달된 무대술, 훈련된 전문 뮤지컬 가수 및 그들의 기량에 맞게 작곡된 복잡하고 다양한 멜로디와 톤의 음악들로 구성된 서구의 뮤지을 기울인 것도 사실이다. 구조물을 사용하여 높낮이를 창조함으로써 연기 공간의 다양화를 꾀했는가 하면, 부분 조명의 사용으로 연기공간의 변화와 장면 전환을 원활히 한다. 시작 장면에서 다각도 부분 조명을 사용함으로써 다이나믹하고, 인상적인 분위기를 창출했다. 그러나 부분 조명이 주된 조명 방식을 이루는 공연에서 중반 이후에 접어들면서부터는 조명되지 않은 그늘진 공간이 반복되어 무대를 어둡게 함으로써, 부분 조명의 기능인 신선한 강조의 효과는 사라져버렸다. 특히 피핀왕자가 부왕(父王)을 살해하는 장면에서 어두운 조명효과는 장면이 갖는 극적 잠재력을 표출치 못하고 있다.

음악의 경우, 강도가 높은 록 음악이 배경음악을 이루고 있는데, 작품이 갖는 서사적 환상적인 분위기를 창조하기 위해서는, 배우들의 솔로나 듀엣이 배경음악과 극적 대조와 조화의 적절한 관계를 유지했어야 한다고 본다. 더불어 강조하고 싶은 것은 뮤지컬 배우의 경우, 용모나 신체훈련 등의 제반 요소도 중요하지만, 언어 대사를 전달매체로 하는 연극배우와는 달리, 뮤지컬의 주된 전달매체는 음악과 노래임으로 해서 뮤지컬 배우의 생명은 가창력에 있다고 해도 과언이 아니며, 그래서 뮤지컬 가수라는 이야기도 나오는 것이라 하겠다.

연출은 관객—배우간의 교감을 높이기 위해 공연 중 관객을 무대로 끌어낸다든지 시정에 관한 언급을 종종 삽입토록 하고 있는데, 뮤지컬 형식의 문제에 대한 토론은 제쳐놓고라도, 무대 위에서 펼쳐지는 환상적인 세계가 요구하는 관객들의 주의력의 집중을 산만하게 하는 결과를 가져온 것으로 생각된다. 이는 관객들에 의한 극중 참여가 공연 형식이나 내용들과 유기적인 조화를 이룰 때에만 효과적일 수 있다는 사실을 상기시켜 준다.

뮤지컬이 폭발적 인기를 얻음에 따라 우리 연극계에 조금씩 나타나고 있는 흥미로운 현상이 뮤지컬이 아닌 연극공연에도 노래와 춤, 율동 등을 삽입하여 오락적 가치를 높이는 일종의 '뮤지컬화' 현상이다. 지난달에 공연되었던 〈사랑앓이 소동〉도 그러한 예의 하나였고, 요즈음 공연되고 있는 극단챔프의 〈여자 만세〉도 그러한 또 다른 예다. 박재서 작의 〈여자 만세〉(이용우 연출)는 지난해 공연되었던 작품으로, 이 작가의 작품이 늘 그러하듯, 우리 사회와 남녀 인간관계의 세속도를 냉소적으로 풍자한다.

젊은 두 여대생, 지성적인 독신 여교사 및 술집 마담의 네 독신 여성과, 제비족 청년, 홀아비 의사 및 한 유부남을 등장시켜 섹스를 중심사로 얽히고 설키는 남녀관계는 그 소재나 전개과정이 구태의연하기 그지없다. 이 작품의 인물들은 개성이 있는 인물이라기보다는 사랑에 속고 우는 두 젊은 여성, 육적인 욕망을 지성으로 감싸고 있는 위선적 여교사, 남성 혐오증에 걸린 마담, 여자 농락에 도가 튼 제비족 청년, 음흉한 유부남 등등 세태의 한 단면을 대변하는 '전형적' 인물들로서, 이들이 그려내는 세속도는 통렬한 풍자와 소극적(笑劇的) 효과는 지녔을망정, 이러한 피상성을 넘어 작품의 의미를 심화시켜주는 작가 자신의 철학이 보이지 않는다. 이 작품의 독특한 맛은 냉소적인 해학과 풍자를 간략하게 표현해내는 박재서의 대사 능력에서 나온다 해도 과언이 아닌데, 그 통렬함은 일종의 순간적 카타르시스의 효과를 유도하기도 한다.

연출은 인물들간의 에피소드 사이에 노래와 디스코 춤을 대담하게 삽입시켜, 각 인물은 극중 액션의 진행과 별 유기적인 조화없이 유행가를 부름으로써 흡사 디스코장을 연상시킨다. 이러한 연출의 착상은 대부분이 청소년인 관객들에게 크게 어필하여 열광적인 환호를 유도한다. 그러나 이 공연이 주로 오락적 효과에만 치중함으로써 그나마 원작이 지니고 있는 사회적인 풍자적 의미마저 단순화시키고 있다는 인상을 극복하기 힘들다. 앞으로 더욱 확산되리라고 예상되는 이러한 연극의 뮤지컬화 과정에서 반드시 숙고되어야 할 문제는 춤과 노래 및 음악의 삽입이 전체 공연의 예술적인 효과와 조화를 이루는가 하는 문제로서 이는 공연예술의 기본적인 품위와도 연결되는 문제라고 생각된다.

(한국연극, 1988.2.)

늘어나는 소극장과 뮤지컬 공연

　해마다 겨울철이 되면 연극계는 개점휴업 상태라고 해도 과언이 아니다. 외국에서는 주로 봄과 가을에 연극 공연기간이 정해져 있어서, 그 기간 동안 계획해 놓았던 공연을 몰아서 무대에 올리는데 우리는 일년 내내 공연 활동이 계속되므로 명절이나 기후 같은 여러 여건에 따라 공연 활동이 늘기도 하고 줄기도 한다. '88년은 올림픽 문화 축제 같은 큰 행사가 있어서 연극계의 공연활동도 활발할 것이라고 예상되는데 요 몇 해 우리 연극계의 현황을 한번 살펴보는 것도 올 연극공연활동을 이해하는데 도움이 되리라고 생각한다.

　일반적으로 1920년대를 한국 현대 연극이 시작된 시기로 볼 때, 우리가 서구의 사실주의 연극형식을 받아들여 현대 연극의 전통을 쌓아온 지도 60년이 넘는다. 사실주의 연극 형식은 80년대인 오늘날에도 우리 연극계의 지배적인 표현 양식으로 군림하고 있고, 유치진, 노경식, 윤조병 및 이강백 같은 극작가들이 많은 사실주의 작품을 썼다.

사실주의 연극 형식과 비교되는 개념으로 흔히 일컫는 것이 실험주의 연극 형식이다. 사실주의 연극이 '있는 그대로의 우리의 삶을 무대화'하여 보여준다면, 실험적인 형식의 연극은 사실주의 연극 형식이 갖는 '사실성'의 제약을 넘어 자유로운 예술적 표현형식을 추구한다. 지금까지 우리 연극계에서 실험적인 형식의 연극은 비주류로 명맥을 유지해 왔는데, 오태석 같은 작가는 대부분의 그의 작품에서 실험 형식을 모색해 온 작가이다.

　　이 밖에도 1970년대 초부터, 위에서 말한 서구에서 전래되어 온 연극형식이 아니라, 우리의 고유한 연극 형식에 바탕을 둔 현대극의 형식을 창조하려는 흐름이 있어 왔는데, 이들이 주로 가면극이나 판소리 같은 것을 서양의 연극형식에 접목시킨 마당극을 창안해냈다. 80년대 중반에 이르러 우리 연극은 하나의 예술체계로서 사회 속에서 더 안정된 위치를 확보해 가고 있다. 이것은 80년대에 들어서 빠른 경제 성장으로 경제와 생활의 여유를 갖게 된 중산층이 확대됨으로써 그들의 문화욕구가 팽창한 것과 밀접한 관계가 있다. 또 반세기를 거치는 동안 우리 나름대로 연극하는 문화 전통이 확립되어 가고 있음을 뜻한다.

　　그러면 최근의 연극계 현황은 어떠한가? 연극은 모든 예술 분야 가운데서 주위의 환경에 가장 민감한 사회성이 강한 장르이기도 한데, 우리의 경제 성장과 부의 축적은 최근 일이년 사이에 연극계에서 더욱 뚜렷한 영향력을 미치고 있다. 이른바 '연극의 상업화' 현상이 바로 이러한 결과다. 순수 연극이 새로운 표현 형식을 추구하고 인생의 진리에 대한 문제의식을 제기한다면, 상업연극은 일반대중 관객에게 가벼운 오락을 제공하고, 그러므로 노래와 춤과 화려한 의상 및 무대 장치가 특징이고 보통 대형 무대에서 공연된다.

이러한 상업 연극의 한 대표적인 형태가 뮤지컬이다. 2년 전부터 부쩍 많아지기 시작한 뮤지컬 공연은, 작년에는 대중 관객들의 폭발적인 인기를 끌었다. 이를 테면 민중, 대중, 광장의 세 극단이 따로 무대화했던 〈아가씨와 건달들〉은 민중 극단 한 경우만 보더라도 서울 공연에서 구만명의 관객을 동원했다. 순수연극이 만 명의 관객도 동원하기 힘든 상황과 견주면 관객 수효나 제작 규모 따위에서, 우리의 뮤지컬도 뉴욕의 브로드웨이를 장악하는 연극 기업의 형태로 발전되어 가는 과정에 있다고 보겠다. 이 밖에도 88 예술단의 〈한강은 흐른다〉와 기독교에 대한 모독이라는 혹평까지 받은 〈가스펠〉도 모두 뮤지컬이었다.

연극의 상업화와 뮤지컬의 인기는 올해도 올림픽이 가져올 우리 사회의 국제화 및 자유화에 영향을 입어 더 확산될 추세이다. 어떤 사람은 연극 예술의 상업화를 무조건 비판하기도 하지만, 상업연극은 어쩌면 우리 연극 공연 형식이 더 많은 다양성을 갖추기 위해 필요한 부분인지 모른다. 다만 이 경우에 얼마나 질이 높은 뮤지컬을 공연할 수 있느냐가 문제이다. 그러나 요즈음에 공연되는 많은 뮤지컬들은, 배우의 노래나 율동 같은 기량면에서 전문성이 결여되어 있다. 따라서 질이 낮은 공연으로 관객들을 식상 할 가능성이 있다.

연극의 상업화가 가져온 또 다른 현상은 한두 해 사이에 갑자기 늘어나는 소극장이다. 지금 스무 군데가 넘는 소극장에서 한달에 삼십여 편의 공연을 올리는데, 작년만 해도 느깨 소극장, 대학로 소극장, 마로니에 소극장이 새로 개관했다.

서구의 소극장들이 순수 연극의 발전을 모색하는 것이 특징이라면 우리의 소극장들은 (객석 200석 이하) 강한 상업성을 띠고 있다. 우리의 경우는 공연 공간의 확보가 소극장이라는 형태로 나타난 반면, 서구에서는 순수연극을 지향하는 이념이 소극장을 창단하는 동기가 되었기 때문이다. 소극장 공연이 지니는 문제는 많은 경우 배우의 연기, 무대장치 및 조명 같은 여러 연극의 요소에서 전문성이 결여된 채로 무대에 올려진다는 것이다. 이것은 오랜 기간에 걸쳐 전문 인력을 훈련하고 교육해야 극복할 수 있는 문제이다.

최근의 소극장 공연들을 주제에 따라 살펴보면 흥미로운 사실이 눈에 띈다. 여성 문제를 다루는 연극과 신과 인간의 문제를 다루는 종교극이 많아졌다는 점이다.

극단 산울림이 공연했던 〈위기의 여자〉는 한 중년 여자가 경험하게 되는 결혼 생활의 위기를 주제로 하여 여자의 입장에 서서 이야기를 펼쳐 가는데, 우리 연극사에 최초로 청년의 여성 관객을 대대적으로 연극 관람객으로 동원했다는데서도 의미있는 공연이었다. 〈위기의 여자〉가 성공을 거둔 후에 여성 취향의 연극이 많이 공연되고 있는데 강석경의 소설을 각색한 〈숲 속의 방〉, 외국작품인 〈헤다〉, 〈영국인 애인〉, 〈나이트마더〉 등이 이에 속한다.

지난해에는 특히 종교극이 많이 공연된 것도 새로운 현상으로 우리나라에서 기독교 인구가 차지하는 비중으로 볼 때 올해에도 종교를 주제로 한 공연물이 더 늘어날 것으로 보인다.

바탕골 소극장에서 공연한 〈매쓰 어필〉은 카톨릭 신부와 신학생의 관계를 통해 카톨릭의 내부 세계의 실상을 풍자했고, 실험극단이 공연했던 〈사람의 아들〉은 현시대 한국의 상황에서 기독교와 신이라는 문제를 작가 나름대로 다시 정의하고 있으며, 기독교에 대한 모독이라고 혹평을 받은 〈신은 인간의 땅을 떠나라〉는 실존적인 입장에서 신의 문제를 따져본다. 성서의 이야기를 팝 음악에 맞추어 뮤지컬로 공연했던 〈가스펠〉도 기독교를 왜곡한다는 비판을 받은 공연이었다.

종교 연극의 경우에 자주 말썽이 되는 문제가 종교의 신성함을 왜곡했거나 모독했다는 시비이다. 이를테면 〈가스펠〉의 경우, 성서에 나오는 탕자의 이야기나 착한 사마리인의 이야기를 요란한 록크 음악과 다이내믹한 현대무용에 맞추어 소극화(笑劇化)하는가 하면, 대중 관객들의 흥미를 돋구려고 성적인 암시도 심심치 않게 삽입한다. 곧 전달 방법에서 저속함과 왜곡의 시비가 끼어 들 수 있다.

한 공연을 어떻게 해석하고 받아 들이냐는 완전히 관객 개인의 자유이기는 하지만, "종교를 주제로 한 연극이 곧 종교는 아니다."라는 점에 착안할 때, 연극이라는 예술 매체를 통해서 어떤 종교를 조명하는 방법은 다양할 수 있다. 예술의 특성이 본디 새로운 형식과 관점을 추구해 가는데 있음을 상기할 때 예술을 감상하는 폭넓은 안목이 확립되리라 본다.

(크리스찬 타임즈, 1988.2.)

현대고전의 재해석

— 〈세일즈맨의 죽음〉·〈욕망이라는 이름의 전차〉

공연수준이 현저히 향상되고 있는 느낌이 든다. 특히 최근에 공연된 극단 성좌의 〈세일즈맨의 죽음〉과 여인극장의 〈욕망이라는 이름의 전차〉의 경우, 무대장치, 조명·의상·연기·음향 효과 등 여러 연극적 요소가 유기적인 조화를 성공적으로 이룩하고 있다는 점에서 공연의 전문적인 수준 향상을 위한 연출가들의 진지한 노력이 뚜렷이 돋보이는 공연이었다. 우연히도 이 두 작품은 현대 서구의 고전으로 확립되어 있는 작품들이다.

크게 보아 사실주의 계통에 속하고, 엄밀히 구분하자면 변형 사실주의 계통의 두 작품 중 전자인 〈세일즈맨의 죽음〉은 그 주제의식이나 대사 등에서는 사실주의적이지만, 작품의 구조는 본질적으로 주인공인 윌리. 로만의 의식의 흐름을 따라 진행되는, 그래서 과거와 현재의 에피소드들이 별 논리적인 연관성없이 연속적으로 이어지는 표현주의적인 테크닉을 사용한다. 이 원작 공연의 한 특징은, 현재와 과거를 넘나드는 윌리의 마음의 연상작용을 무대장치를 바꾸지 않고도 연출할 수 있는 죠 멜지너의 기능적인 무대세트로써, 상상의 벽(현재 장면에서만 지켜짐)과 다양한 연기공간 (집 내부, 2층 비프의 침실 및 무대 전면 등)을 활용한다.

무엇보다도 공연의 전문성을 높이는데 본질적인 요소는 원작과 그것을 낳게 한 배경적 정서에 대한 통찰력 있는 이해와 분석이다. 〈세일즈맨의 죽음〉의 작품 분석에 중심이 되는 아이디어는 '성공에 대한 미국적 꿈'(American Dream)이다. 황무지 프론티어를 개척하면서 나라를 건설한 미국인들에게 자연히 생겨나게 된 이상은 강인한 개성과 개인적 능력을 바탕으로 하는 자수 성가적 가치관이다. 그러나 국가 건설이 완성되는 19세기말부터 이러한 강인한 개인성의 가치관은 가속되는 산업화와 더불어 점점 그 효력을 잃어가고, 이 작품이 쓰인 20세기 중반에 이르러서는 미국은 산업적 구조를 가진 다수에 의한 대중사회로 변모함으로써, 프론티어 시대적인 강인한 개성보다는 조직 사회에 효율적으로 적응하는 획일주의적 가치관에 지배를 받게 된다.

여기서는 세일즈맨 윌리의 비극은, 개척되지 않은 새로운 판매지역을 다니면서 판로를 확장하고 상품을 파는 과정에서 자신의 개성까지 팔지 않으면 안되는 세일즈맨의 직업적 과정에서 터득한 '매력 있는 성격과 외모'면 성공할 수 있다는 가치관 때문에, 변모하는 산업적 조직 사회에 적응치 못하고 희생되고 마는 경우다.

윌리의 개인적 좌절의 또 다른 한 요인은 아들인 비프와 해피와의 불만족한 관계다. 윌리는 자신이 이룩하지 못한 꿈을 아들인 비프가 대신 성취해줄 것을 바라는 나머지, 그 자신이 갖고 있는 시대착오적 가치관을 아들들에게 전수한 결과로 두 아들은 윌리의 개인적 소망과는 거리가 먼 사회에 적응치 못하는 소외된 주변적 인간들이 되어버린다.

극단 성좌의 〈세일즈맨의 죽음〉공연에서는 윌리의 비극적 세계를 주로 아버지와 아들들의 가부장적 계승관계에 중점을 두고 발전시켜 나간다. '미국적 꿈'의 부분을 절제함으로써 윌리 자신의 개인적 비극의 세계는 축소되어 표현되었지만, 한편으로 윌리와 비프의 부자 관계를 부각함으로써 '미국적 꿈'이라는 대중적 정서와는 거리가 먼 우리 관객들이 수용할 수 있는 공감대를 더욱 넓히고 있다.

연출은 작품의 기본적 정서에 대한 통찰력 있는 이해를 바탕으로 감정의 절제와 유출을 전 공연을 통해 조화있게 조절한다. 무엇보다도 각각의 장면이 갖는 상징적 뉘앙스를 조명방법과 강도 등을 적절히 변화시킴으로써 효율적인 시각화하고 있는 것도 이 공연의 유기적 예술성에 한 몫을 담당한다. 이 공연의 성공에 역시 중요한 일익을 담당하는 부분이 잘 선정된 배우이다. 필자의 주관적 견해로는 극중 인물의 성격과 배우 선정이 이 공연의 경우처럼 제대로 매취된 경우도 쉽지 않은 것으로 알고 있다. 특히 후반부에서 윌리역의 전무송과 비프역의 이일섭은 팽팽한 연기력의 대결로 감동적인 장면을 창조한다.

다만 전반부에서 인생의 위기를 맞기 직전의 삶에 극도로 지친 윌리의 모습이 확실히 부각되지 않은 듯 했고, 사색적인 면과 허황된 성격의 양면성을 가지고 있는 비프의 복합적 성격이 역시 더욱 부각되었을 수 있었다는 느낌이 든다.

공연 〈세일즈맨의 죽음〉은 지금까지 주로 사실주의계열의 연극을 해 온 극단 성좌가 그동안 쌓아둔 노력의 결실인 듯 보기 드문 수준 작 공연이었다. 다만 무대장치 등이 죠멜지너가 고안한 원형을 거의 그대로 사용하고 있다는 점에서 한국적 창의력이 가미되었었더라면 않을까 하는 기대감이 남아 있다.

밀러의 극이 산업자본주의 사회 속에서 무참하게 희생되어 버리는 한 보통 사람의 비극을 그리고 있다면 역시 산업주의 물질 만능의 시대에 적응치 못하고 희생되는 한 여성의 경우를 그리고 있는 것이 테네시 윌리암즈의 〈욕망이라는 이름의 전차〉다.

밀러가 근본적으로 사회비판의식을 가지고서 다만 표현방식을 윌리의 의식의 흐름을 따라 현재와 과거가 뒤바뀌는 표현주의적 구조를 사용하고 있는 반면, 〈욕망이라는 이름의 전차〉에서 윌리암즈의 기본적 관심은 인간의 내면 심리세계의 표현에 있다. 그의 극의 플롯은 매우 사실주의적으로 진행되며, 다만 음악이나 명칭 등의 상징을 효과적으로 사용하고, 대사가 상당히 시적이라는 점이 밀러와 대조를 이룬다.

작품 〈욕망이라는 이름의 전차〉를 해석하는 방식은 연출가에 따라 다르겠지만, 윌리암즈 자신이 이 작품에 붙인 코멘트를 기억해 볼 필요가 있겠다. 윌리암즈는 작품 〈욕망… 〉에 부쳐서 '내가 바로 블랑쉬이다'라고 이야기를 한 적이 있다. 실제로 그는 동성 연애자였는데, 이러한 사실은 그가 사회가 규정하고 있는 고정된 남성의 역할에 자신을 속박할 필요가 없었다는 이야기도 되며, 전통적인 남성과 여성의 역할 개념에서 해방되었음으로 해서, 그 자신은 남성이면서도 사회적으로 약자의 위치에 처해있는 여성들의 입장을 공감하고 동일시 할 수 있었다는 얘기도 된다. 또, 실제로 그는 불행한 여성들을 기꺼이 도와주곤 했었다.

이렇게 볼 때 작품 〈욕망… 〉은 변화하는 사회 속에 적절히 적응치 못하고 여지없이 파멸되는 한 여성 블랑쉬를 그리고 있으나, 그녀의 파멸의 직접적인 요인은 스탠리라는 남성으로 구체화되고 있다는 점에서 이 작품의 중심적 구조는 블랑쉬와 스탠리로 구체화되는 남성과 여성간의 대결로 파악될 수 있다. 실제로 이러한 양성간의 싸움 내지 대결 (battle of the Sexes)은 입센 및 스트린드베리히 그이후에 계속 현대주의의 중요한 주제로 다루어져 왔었다. 윌리암즈는 뛰어난 내면 심리의 동기묘사를 통해서 자기 방식으로 이 문제를 다루고 있는 것일 뿐이다.

윌리암즈의 뛰어난 점은 블랑쉬와 스탠리의 대결을, 두 사람의 성격구성을 입체화함으로써 신빙성 있고 설득력 있게 만든다는 점이다. 즉 남부의 거대한 농장의 귀족 문화에서 자라난 블랑쉬의 엘리트적 문화와 폴란드 이민으로 군 공병대 출신의 스탠리의 서민 문화간의 갈등, 뚜렷한 자신만의 세계를 가진 개성이 강한 블랑쉬와 예절이나 품위와는 거리가 먼 채로 여자는 성적 대상물일 뿐인 스탠리의 갈등적 관계에서 블랑쉬는 오히려 강인하기까지 하다. 그러나 블랑쉬에게는 이와는 또 다른 정반대의 성향이 있는데, 그것은 남성에게서, 결혼을 통해 안주하고자 하는 전통적 여성으로서 블랑쉬의 모습으로, 이러한 성향은 특히 그녀와 믿쩌의 관계에서 구체적으로 나타난다.

중요한 것은 윌리암즈가 비록 스탠리에 의해 파멸되는 블랑쉬를 그리고는 있으나, 작가의 감정적 공감은 파괴되어 가는 블랑쉬의 내면세계에 두고 있다는 점이다. 연출의 강유정은 여성적인 시각에서 이러한 인물들간의 갈등의 본질을 통찰력 있게 파악, 섬세하게 무대에서 구체화하고 있다. 특히 블랑쉬와 스텔라 두 자매가 이루는 장면들에서 보여주는 여성세계와 여성의 문화는 여성연출가가 아니었으면 간과했을지도 모르는 부분들로 자연스럽게 무대화되어진다. 그는 전체적으로 감정이 상당히 절제된 연출 스타일을 구사, 무대 장치, 조명·의상 등의 예술적 하모니를 섬세한 터치로 창조하고 있다. 다만 몇몇 장면(예를 들어 블랑쉬와 스텔라가 이야기하는 장면에 스텔라가 들어오고, 이에 스텔라가 스탠리에게 안기면서 암전이되는 장면)은 마무리가 완벽하지 못한 채 관객들에게 의아심을 주는 채로 남아 있었다.

블랑쉬 역의 김민정은 유연한 연기로 블랑쉬의 복합적 성격을 호소력있게 표현해 내었다. 그녀는 또한 스텔라 역의 김명희 와는 좋은 연기의 앙상블을 이루었으나, 스탠리 역의 마홍식은 자연스러운 연기를 보여주었으나, 블랑쉬의 연기와 팽팽한 맞대결을 보여주었더라면 더욱 긴장감을 고조시킬 수 있지 않았나 싶다.

〈세일즈맨… 〉이나 〈욕망… 〉의 두 공연 모두 현대적 고전으로 여러 극단들에 의해 공연되었거나 앞으로도 재공연 될 것이 기대된다. 동일한 작품의 재공연은 작품에 대한 통찰력과 이해가 깊어진다는 장점이 있을 수 있다. 중요한 사실은 사실주의 계열의 작품 공연에서 원작자와 주제의식을 제대로 이해·분석하는 것이 예술작품의 재창조를 위한 첫걸음이라는 것이다.

이와 더불어 관객 수준의 향상도 장기적인 안목에서 노력을 기울여야 할 문제로 생각된다. 상기의 두 공연의 경우만 보더라도 가장 비극적 상황에서 내뱉는 윌리의 대사 '버나드, 비결이 무언가?' 혹은 식당에서 세 부자의 파국적 장면에서 비프가 하는 대사 '내가 그 친구(올리버)의 만년필을 훔쳤어' 등의 몇 예만 들더라도, 관객들은 심각한 반응은 커녕 대사의 피상적 표현 때문인지 실소를 하고 있었다. 이러한 현상에 대한 여러 가지 고려가 있을 수 있겠다. 가장 쉽게 생각나는 이유는 작품이 지니는 서구적 정서와 우리 관객의 정서가 맞아떨어지지 않는다는 얘기도 있을 수 있고, 또한 번역 대사의 문제도 있을 수 있을 것이다. 무엇보다도 문제는 어떤 공연에 대한 감정적인 준비나 배경 지식이 없이 관극에 임한 결과 소극(face)공연에 익숙한 우리의 관객들은 심각한 대사에도 소극적으로 반응한다는 점이다.

(한국연극. 1988.3.)

다시 활기를 띠는 연극 무대
— 1988년 봄

삼월에 들어서면서 각 극단의 공연이 다시 본격적인 궤도에 들어서고 있다. 이와 함께 특기할 만한 현상중의 하나가 공연 수준의 현저한 향상이다. 극단 성좌의 〈세일즈맨의 죽음〉, 여인극장 〈욕망이라는 이름의 전차〉, 연우무대의 〈새들도 세상을 뜨는구나〉, 극단 산울림의 〈웬일이세요. 당신〉 등의 공연들이 모두 직업 극단이 공연하는 연극으로서 상당한 예술적 수준을 유지하고 있거나 적어도 부끄럽지 않을 정도의 공연 수준을 유지하고 있다.

이러한 현상은 예년의 경우, 수준 이하의 저질 공연들이 버젓이 무대에 올려지던 상황과는 상당히 대조적인 현상으로서, 이에 대한 여러 가지 분석이 있을 수 있겠으나, 필자의 주관적인 견해로는, 올해에 올림픽이라는 국제적인 행사를 치른다는 사실이 상당한 동기 요인으로 작용하는 듯하다. 다시 말해 올림픽 문화축전을 비롯한 갖가지 국제적 행사들을 통해 우리의 문화를 다른 민족들에게 선보이게 된다는 국가적 의식이 다른 문화 예술 분야에서와 마찬가지로 우리의 연극 분야에서도 상당한 성취동기를 유발하고 있다고 하겠다. 이러한 맥락에서 이해될 수 있는 두 공연이 극단 성좌의 〈세일즈맨의 죽음〉과 여인극장의 〈욕망이라는 이름의 전차〉이다.

이 두 작품은 여러 극단들에 의해 자주 무대에 올려지지만, 이번처럼 상당한 예술적 수준을 갖추고 공연된 경우는 드물었다. 이 두 공연을 예술적으로 성공하게 한 중요요인은 무엇보다도 연출가의 통찰력 있는 작품 분석력이며, 무대 장치, 연기, 조명, 음향 등의 무대 테크닉을 종합적으로 치밀하게 구사함으로써 무대화해 낸 진지한 예술적 의지였다고 하겠다.

사실 외국 작품의 경우 그것이 지니는 복합적인 의미를 완전히 소화해 낸다는 것은 그리 쉬운 일이 아니지만, 극단 성좌의 〈세일즈맨… 〉은 원작자 아더 밀러가 의도했던 주제 의식을 거의 정확하게 소화, 전달해 내고 있다는 데 의미가 있다. 급변하는 이십 세기의 미국적 산업 사회에 적응하지 못하고, '매력있는 개성과 용모'만 있으면 성공할 수 있다는 구시대적 가치관 때문에 아무 이룬 일이 없이 허무하게 인생을 끝마치게 되는 평범한 세일즈맨 윌리의 비극을 이제는 우리 관객들에게도 미국적 이야기만은 아닌 우리 사회의 한 보통 사람의 이야기로서도 설득력을 갖는다.

여인극장의 〈욕망이라는… 〉도 원작자가 테네시 윌리암즈로 미국 작품인데 역시 급변하는 산업 속의 사회 속에서 적절히 적응하지 못하고 파멸되어가는 한 여인의 이야기를 그리고 있다.

그리고 이 경우, 여자 주인공 블랑쉬의 비극적 파멸은 블랑쉬 내부에서의 전통적인 여성으로서 남성에게서 안주할 곳을 찾는 나약함과 새 시대의 교육받은 신여성으로서 강인한 자아를 갖는 양면성이 빚어내는 갈등에서 기인한다. 연출가 강유정씨는 여성 특유의 섬세한 통찰력으로 이러한 여성의 내면세계와 여성적 문화를 효과있게 무대화한다.

위의 두 공연 모두 탄탄한 연기력을 바탕으로 한 캐스트를 구성하여 전무송을 윌리역에, 김민정을 블랑쉬역에 배정함으로써 현대의 평범함 사람들의 비극적 내면세계를 무대 위에서 설득력있게 묘사했다.

앞의 두 공연과는 여러 면에서 성격을 달리하는 공연이 연우무대의 〈새들도 세상을 뜨는구나〉이다. 우선 우리의 창작극이라는 점이 다르고, 또 시인 황지우의 시를 연극으로 각색한 실험적 형식의 공연이라는 점이 그렇다. 광주사태, 성 고문, 이산가족 찾기 등 우리 시대의 사회문제들을 풍자 고발하는 이 공연은, 실험적 형식의 극답게 여러 짤막한 장면들로 구성되어 있다. 이러한 장면들의 전환이 빠른 속도로 진행되며, 배우들의 집단적 몸동작, 노래, 스크린 및 음향 효과들이 적절히 삽입되어 장면진행에 변화와 신선감을 준다. 또 풍자, 고발의 언어가 주는 소극적(笑劇的)효과도 관객에게는 상당히 오락적인 요소로 작용한다.

한편, 많은 장면을 치밀하게 구성하고, 또 많은 연극적 요소들을 동원하고 있으나, 이 공연의 부제인 '버라이어티 쇼'가 말해 주듯, 수많은 장면과 소주제들을 유기적으로 통일시켜주는 중심적 주제 개념이 확실하지 않은 것이 이런 류의 공연이 흔히 갖는 취약성이기도 하다. 즉, 단순한 사회 풍자나 비판, 공격의 한계를 넘어 궁극적인 존재론적 문제까지 의미를 확장시킬 수 있다면, 단순한 파아스(farce, 笑劇)가 갖는 피상성을 극복할 수 있었을 것 같다.

이 공연과 또 다른 특색을 가지고 있는 공연이 산울림의 〈웬일이세요. 당신〉이다. 지난해 여성들만의 문제를 다룬 시몬느 보봐르의 소설 〈위기의 여자〉를 각색, 무대화하여 성공으로 이끈 연출의 임영웅, 작가 정복근, 연기자 박정자의 트리오가 이번에는 창작 일인극 형식으로 우리 여성들의 문제를 무대화하고 있다.

폐경기를 맞는 오십대의 한 여성이 겪는 심리적 변화, 여기에 남편의 바람기로 인한 부부간의 위기적 상황까지 겹쳐 이혼을 생각하는 그녀, 이십대의 대학생 딸은 새로운 가치관으로 이러한 어머니를 이해하기는커녕 오히려 구시대의 퇴물이라고 몰아붙이는 상황 속에서 이 여자주인공이 겪는 내면적 갈등, 좌절, 모멸 등의 감정들이 여성 작가의 섬세한 터치로 설득력있게 무대 위에서 묘사된다. 연출의 임영웅은 여주인공이 겪는 내면적 감정의 굴곡을 감정이 절제된 극히 객관적은 톤으로 접근하면서도, 각 장면의 뉘앙스의 변화를 조명과 음악같은 보조수단을 효과적으로 구사하여 차분한 연출 스타일을 구사한다. 이 공연의 예술적 수준을 성취하는데 중심역할을 담당하고 있는 사람은 여주인공역의 박정자인데 그녀는 한 시간 이십분의 일인극 공연이 주는 중압감을 차분하고 노련한 연기로 능숙하게 소화해나간다.

이 공연의 아쉬운 점이라면, 한국적 여성 삶의 한 국면을 밀도있게 묘사는 하고 있으나, 묘사 이상의 어떤 문제의식을 유발하거나 혹은 작가 나름대로의 미래지향적 세계관을 제시하지 못하고 있다는 것이다. 덧붙여서 여성을 위한 연극은 현상에 대한 도취감을 고취시키기보다는 여성들의 내면적 자아 성숙을 그 궁극적인 비전으로 하고 있음을 밝혀두고 싶다.

(크리스찬타임즈, 1988.4.)

모호성과 구체성의 유기적 기능
— 〈오장군의 발톱〉·〈독배〉

　요즈음 많은 연극 공연들이 비사실주의적 혹은 서사주의적인 공연형식을 채용하는 경향을 보면서 필자에게 끊임없이 떠오르는 문제 중의 하나가 '모호성'(ambiguity)에 관한 것이다. 필자가 정의하는 '모호성'이란 사실적인 구체적 세부묘사의 생략으로써 이는 플롯전개에서 논리적인 전후관계의 생략이라든가, 대사 및 인물묘사, 무대장치, 배우의 몸 동작에서의 사실적인 세부묘사 생략 등을 포함한다.

　문제는 작품 속에 나타나는 이러한 '모호성'이 작품의 궁극적인 주제의식을 상승시켜주도록 유기적인 기능을 다하고 있는가 하는 것이다. 쉬운 예를 들자면, 해롤드 핀터의 작품에 흔히 나타나는 '모호성'의 경우다. 주인공 인물들에 대한 묘사에 관한 한 관객들은 그들의 과거에 대해서도 미래에 대해서도 아는 바가 없다. 단지 현재의 연극장면 속에만 존재하여 의미를 갖는다. 작품의 배경 역시 구체적으로 밝혀져 있지 않을 뿐더러, 이들 인물들이 구사하는 대사는 간단·명료하여 사실주의 연극에서의 대사처럼 사실주의적 논리성이 없다. 이러한 요소는 전체적으로 작품의 분위기와 의미를 '모호'하게 하지만, 이러한 모호성은 삶의 본질자체가 불투명하고 불확실하다는 핀터의 세계관과 그러한 작품의 주제의식을 구체적으로 부각·강조해주는 유기적인 연관성을 가진다.

이러한 핀터의 '모호성'의 문제와 대비시켜 이야기 될 수 있는 작품이 〈오장군의 발톱〉과 〈독배〉의 두 공연이다.

〈오장군의 발톱〉은 극단미추가 〈지킴이〉에 이어 두 번째로 공연한 작품으로 박조열 작, 손진책 연출이다. 15년간 공연윤리위원회라는 제도적 장치에 묶여 빛을 보지 못했다는 이유 때문에 관객들의 호기심을 상당히 자극했던 작품이다. 이 작품의 줄거리는 순진무구한 시골총각 오장군이 동명이인에게 발부된 징집영장을 잘 못 받고, 전쟁 중 군대에 징집되고, 그 순진무구함 때문에 상관의 눈에 발탁, 군 작전에 본인도 모르는 사이에 미끼로 이용되고, 결국 적군의 포로가 되어 총살당하는 이야기이다. 근본적으로 이야기의 줄거리는 직선적 상승구조로 사실주의적 구조를 바탕으로 하고 있으며, 장면들의 배열 역시 논리적 전후관계를 기본으로 하는 사실주의적 구조로 구성되어있다.

연출은 〈지킴이〉에서도 그러했듯 조명, 음악, 몸동작 등 항상 공연의 총체적 효과를 염두에 두면서, 근본적으로는 서사극적 연출방식을 구사한다. 그래서 시간의 흐름에 따라 원인−결과적 상황논리로 진전되는 장면들은, 장면과 장면간에 음악과 '진행자'의 노래를 삽입, 삽화식 장면으로써 무대 위에 구체화된다. 또한 이러한 기법은, 양식화된 나무의 상징, 소와 주인공 오장군과의 대화 장면에서와 같은 우의화, 오장군과 분이와의 첫날밤 장면의 단순화 등의 기법 등과 더불어 관객들에게 무대 위에서 펼쳐지는 사건들에 대한 지적

객관성을 유지하고자 한다.

이 공연의 경우 근본적으로 사실주의적인 구조의 작품을 서사극적 형식으로 무대화하는 과정에서 생겨나는 가장 큰 의문점은 대사와 관계된 것이다. 원작과 공연대사를 견주어 보지 않아 어느 쪽에 기인하는 것인지 확실히 알 수는 없으나, 이 공연의 대사는 그 어떤 '모호성'을 특징으로 하고 있다는 것이다. 다른 말로 표현하면, 작품 전체를 통해 볼 때 대사가 간결명료 하기는 하나 피상적이고 사실적 구체성이 부족하다는 얘기다. 이러한 점은, 한편으로는 감정적인 이

극단 미추 공연 〈오장군의 발톱〉, 1988년 6월 9일, 문예회관

입을 막는 효과와 함께, 작품 속에서 벌어지는 사건의 의미에 그 어떤 보편성을 더해줄 수도 있는 반면에, 작품의 의미적 핵심이 되는 오장군과 갈등관계를 이루는 군대라는 집단 체제에 관한 구체적 묘

사를 제한시킴으로 해서 결과적으로는 작품의 주제의식까지도 피상화되는 경향이 있다. 결국 이 공연의 경우, 대사 구조가 갖는 '모호성'은 의도적인 것이라 할지언정, 궁극적으로 작품의 주제의식 부각에 적극적인 기여는 하지 못하고 있는 것으로 판단된다.

또한 〈오장군의 발톱〉이라는 제목에서 '장군'이라는 단어와 '발톱'이라는 단어가 자아내는 대비는, 이 작품을 쓰는 작가의 근본 시각이 '아이러니'를 바탕으로 하고 있음을 암시해준다. 연출은 이러한 원작적 시각의 특성을 무대화 과정에서 충실히 살리고 있는 듯하다. 특히 대사가 지니는 풍자적 요소를 강조하여 삽화적 장면 진행이 가질 수 있는 단조로움을 카바, 관객들에게 오락성을 제공하며, 지나친 감정이입을 막는 효과를 가진다. 그러나 이러한 풍자적 대사는, 필자가 목격한 바, 관객들에게 소극적(笑劇的)효과 이상의 그 어떤 심각성을 전달하지는 못했던 것 같다. 이는 오장군의 성격묘사의 피상성과 더불어, 인간성 상실의 주제를 사회적인 차원을 넘어 존재론적 차원까지 그 의미를 확대시키지는 못한 것 같다.

연출은 또한 '미적 경제성'에 바탕을 둔 간결한 스타일을 구사하고 있으나, 몇 가지 의문점을 남기고 있다.

우선 시간 안배의 문제에서, 오장군의 운명을 변모시키는데 결정적 발단이 되는 징집영장에 도장을 찍는 장면까지, 첫 시작 장면에서 거의 장면 변화없이 약 30분간의 공연시간이 걸리도록 되어 있다. 이는 각본의 사실주의적 전개과정 방식 때문이기도 하겠으나, 전체 공연의 서사극적 연출방식과 유기적인 조화를 이루지 못하는 것 같고, 삽화적 장면진행이 주는 생동감 대신 정체감을 주는 것도 사실이다. 또는 장면 연결시에 사용되는 음악의 질과 역할은 손진책의 연출에서 항상 인상적인 것이지만, 소격효과를 위한 것인 듯 한 '진행자'의 역할은 그 기능적인 면에서 별로 확신이 가지 않는다. 그러나 미추단원들의 집단적 동작들은 오랜 훈련의 결과인 듯 간결한 예술적 질서감을 창조한다. 결국 이 공연의 경우, 대사를 비롯한 몇 극적 요소들의 '모호성'은 감정이입의 배제라는 효과는 가져왔으나, 주제의식의 심화와 부각이라는 면에서 크게 기능적인 역할을 하지 못한 듯하다.

이러한 모호성의 문제와 연결지어 살펴볼 수 있는 또 다른 공연이 정복근 작, 김아라 연출로 현대극장이 공연한 〈독배〉이다.

〈오장군… 〉에 비해 상당히 실험적인 형식을 취하고 있는 이 작품은, 다른 무엇보다도 언어, 즉 대사의 기능이 플롯 진전에 중심요소가 되고 있다.

플롯 구조와 인물 묘사에서 중심이 되는 개념은 '병치'와 '대비'로써, 공적인 사회공간에서는 '기업가'를 중심으로, '근로자 대표'가 극적 대비를 이룬다. 사적인 가정공간에서는 '기업가'와 그 '부인'과의 관계가 제 1구조를 이룬다. '부인'을 중심으로 그녀의 어머니와 과거의 애인과의 관계가 제 1의 구조에 대해 제 2의 병치적인 구조를 형성한다. 기업주 대 근로자, 부인(딸) 대 그 어머니, 부인의 옛 애인 대 남편인 기업주는 인생관, 가치관 등에서 극적 대비를 이룬다.

이러한 대비관계를 통해 작가는 소유욕, 애증, 고독 등 부부심리, 노사 갈등, 혁명에 대한 이상론, 현실론 등 여러 다른 차원에서의 견해들을 중립적인 입장에서 제시함으로써, 작품의 의미를 이루는 소주제들을 폭넓게 제시하고 있다. 그러나 작품의 중심주제인 듯한 공적, 사적 등 여러 차원에서의 '억압'의 주제는 뚜렷한 초점을 가지고 부각되고 있지 않다.

이러한 주제 의식의 '모호성'이 실험적 형식이라는 말로 충분히 납득될 수 있는 것인가에 대해서는 많은 견해가 있을 것이다. 그러나 필자의 견해로는, 형식의 문제는 궁극적으로 작품의 주제의식을 더욱 상승시키기 위한 것이라 생각되며, 〈오장군… 〉의 경우나 이 공연의 경우에서 느껴지는 피상성은 근본적으로 주제의식을 무대적 언어로 구체화시키는 과정에서 생겨난 듯하다.

연출의 김아라는 언어게임이 주된 구조를 이루는 작품의 특징을 살리려는 듯, 배우들의 동작이라든가 감정표현 및 무대장치, 조명, 의상 등에서 상당히 절제적인 연출 스타일을 보여준다. 대사 전달이 스피디하고, 인물들의 대사간에 전통적으로 강조 삽입되는 '휴지' 등의 개념을 파괴함으로써 초반부에서 신선한 활력감을 창조하지만, 변화없는 기계적인 형식의 반복은 후반부에 가서는 그러한 신선감을 지속시키지 못한다. 대사의 기능이 중심이 되는 작품을 입체대사 낭독식의 공연형식으로 연출하는 경우, 흔히 생겨나는 단조로움이나 지루함은, 감정이입의 요소를 강조하여 관객의 흥미를 자극함으로써 균형감을 얻는 것을 몇몇 외국공연에서 본 기억이 난다.

이 작품에서의 '모호성'은 주제의식이나 인물 묘사에서 충분한 무대적 구체성을 부각하지 못함으로써 기인된 것으로 생각된다. 또한 이 공연은 우리의 정치 현실에 대한 하나의 알레고리를 제공, 정치적 시사성을 띄지만 작품의 의미를 그 이상의 존재론적 철학적 차원까지 끌고 갈 수는 없었는가 하는 아쉬움이 남는다.

요즈음의 많은 공연들을 보면서 필자가 느끼는 솔직한 심정은, 감정절제의 지적인 경향 및 사회적 비판의식이 연극관객들에게 부과되고 있음은, 그 동안의 지나친 감정몰입의 연극전통에 대한 하나의 대체책으로써 고무적인 일이라고 생각된다. 그럼에도 불구하고 작금에 우리 연극공연에서 보이는 천편일률적 이러한 스타일에 이미 어

떤 식상함을 느끼고 있는 것도 사실이다. 시원한 예술적 감동을 주
는 공연을 보고 싶은 마음이 간절하다.

(한국연극, 1988.7.)

시대와 정서와 솔로(solo) 공연

— 〈원시인이 되기 위한 벙어리 몸짓 4〉

1. 시대정서와 일인공연

미국의 어느 문화 인류학자는 현대를 '도취적 개성'의 시대로 정의하고도 있지만, 요즈음 우리 공연예술에서도 이러한 시대 정서를 반영하듯 서서히 솔로 퍼포먼스(일인 단독 공연)가 늘어나고 있는 추세다. 현대적 마임은, 어떤 면에서 보면, 우리의 삶에 절대적인 의미를 부여해 주던 신 중심의 세계관이 붕괴된 후, 자신의 자아밖에는 의지할 곳이 없어져 버린 현대인의 고독한 존재의 모습을 그대로 반영하는 공연의 한 형태이며, 그렇기 때문에 현대인의 실존적 존재 상황이 지니는 희비애락을 단적으로 승화시켜 표현할 수 있는 형태이기도 하다.

얼마 전 공연된 심철종의 마임공연 〈원시인이 되기 위한… 〉은 이러한 정서를 잘 포착한다.

마임 공연이 초기 시작단계이니 우리 공연 현실에서, 필자는, 심철종이 과연 단독의 무언 공연을 어떻게 이끌어 갈 것인지 자못 궁금했다. 심철종은 앞서 말한 현대적 정서를 그 나름대로 잘 소화하여, 섬세하면서도 아기자기한 공연세계를 펼쳐보였다. 무엇보다도 그의 공연에서 뛰어난 특징은 〈원시인이 되기 위한… 〉이 상징하는 주제 의식을 극적인 장면 구성을 통해 뚜렷이 구체화하고 있다는 점이다. 주제가 지니는 복합적인 의미는, 현대와 원시와의 갈등, 돌아갈 수 없는 원시에 대한 향수, 찌든 현실적 삶의 세계와 대비되는 생로병사라는 원형적인 삶의 문제, 또한 존재론적 차원에서 비쳐지는 삐에로 같은 인간의 모습과 삶의 굴레에 갇혀 벗어날 수 없는 인간 실존의 모습 등으로 작품 속에서 구체화된다.

네 부분으로 구성되어 있는 이 공연은 첫째 부분에서는, 삐에로 같은 현대 인간의 일상적인 삶을 그리고 있는데, 사랑을 추구하는 삐에로는 여러 번 사랑의 대상인 여인에게 구혼을 하지만, 실연을 당하고 쓸쓸히 돌아선다. 그리고는 동네에서 배회하는 개와 심심풀이 놀이기도 하고, 동네 아이들을 불러다놓고 요술을 부리기도 하면서 시간을 보낸다. 얼마 후 삐에로는 다시 구혼을 하지만, 역시 거절당한다는 스토리로 결국 사랑의 원천으로부터 영원히 분리되어 버린 현대인의 모습을 나타낸다고 하겠다. 둘째 부분은 첫째부분에 대비를 이루는 원시인의 장면으로, 원시인은 그의 생명을 지탱시켜 주는 불을 발견하고, 가까이 가려 하나 역시 주위만 맴돌다 지쳐 쓰러진다. 어쩌면 생명의 원천과는 애초부터 영원히 결합될 수 없는지도 모른다는 작가 의식이 표현된 듯하다. 마지막 구성부분에서는 영상적 이미지를 통해 현실의 찌든 삶의 모습과 생로병사라는 피할 수 없는 인생의 기본적 공식들을 투사하는가 하면, 삐에로는 결국 그러한 삶의 굴레를 깨버리고자 하는 시도로서 영상을 째고 나온다. 이 장면은 해체적 재탄생에 대한 매우 파격적이고 심오한 실존적 메시지를 창조한다.

그러나 삶의 굴레는, 그것을 파괴하고자 하는 삐에로의 시도에도 아랑곳없이, 계속 굴러가고, 삐에로는 다시 그러한 굴레 속에서 일상적 삶을 계속할 수밖에 없다. 마지막 장면에서 우리에 갇힌 토끼를 무대위에 전시함으로써, 결국 이 공연의 작가이자 행위자인 심철종은 공연의 주제 의식을 더욱 뚜렷이 재확인시키고 있다. 즉 우리는 삶이라는 실존적 멍에를 벗어날 수 없다는 사실을. 세 번째 구성부분은, 찬조출연으로 이루어졌는데, 작품의 전체적 구성으로 볼 때 별 의미를 발견할 수 없었다는 것이 솔직한 심정이다.

신체 동작은 마임공연에서 가장 중요한 요소라고 할 수 있는데, 심철종은 주로 섬세한 얼굴 표정을 통하여 동양적인 애수의 정서를 표현한다. 또한 조심스런 신체 동작을 통하여 상당히 정적인 무대를 구성한다. 일반적으로, 뚜렷이 양식화된 신체 동작 훈련이 기본이 되는 서구의 마임 공연들과 비교해 볼 때, 동양적인 섬세한 정서는 계속 살려나가되, 얼굴 한 부분보다는 신체의 전 부분을 더욱 '표현적'으로 구사하는 훈련이 필요한 것 같다. 작가이자 공연자인 심철종의 뚜렷한 철학이 좋은 극적 구성을 이룬 공연이었다.

(크리스찬타임즈, 1988.8.)

개인성과 역사성의 문제
— 〈거꾸로 사는 세상〉·〈매매춘〉

어느 서양의 문화 인류학자는, 50년대 이후의 사회정서를 "도취적 개인주의"라고 정의하고, 그 반영을 춤이라든가 공연 등 사회 문화적 행동양식에서 나타나는 1인화의 경향으로 설명했고, 또 다른 문화 평론가는 이러한 '단독 공연'적인 문화현상을 사회적 인간관계의 단절·비인간화의 반영으로 설명하기도 한다. 서구적 문화 평론을 곧 바로 우리의 사회·문화현상을 설명하는데 적용할 수 있는가의 전문적 토론은 차치하고라도, 우리의 연극 현장에서 서서히 늘고 있는 단독 공연 형식도 이와 무관하지 않은 것 같다.

최근의 몇 예만 들더라도, 산울림 극단에서 공연한 〈술〉을 비롯, 심철종의 〈원시인이 되기 위한 벙어리 몸짓〉, 이길재 모노드라마 〈열두 개의 얼굴을 가진 여자〉, 권병길 1인극 〈거꾸로 사는 세상〉등이 이에 해당한다. 이러한 단독 공연의 형태는 공연 형식의 다양화라든가 우리의 연극적 경제적 현실을 고려할 때 앞으로도 계속 늘어날 전망인 것 같다.

상기한 단독 공연들에서 공통적으로 나타나는 특징은 뚜렷한 '사회성'을 지닌다는 것이다. 모든 연극 공연들이 근본적으로 우리가 살고 있는 사회, 문화에 대한 하나의 은유라는 입장을 고려할 때, 또한 우리의 연극전통이 매우 강한 사회성·역사성을 띄어왔다는 사실을 감안할 때 오히려 자연스러운 현상인지도 모른다.

그러므로 이러한 단독 공연들이 작품 구성상 갖게 되는 문제는, 사회·역사적 주제의식이 뚜렷한 모든 공연이 공통적으로 갖는 관점의 문제다. 구성상의 문제로 귀결된다. 즉 역사적·사회적 주제의식을 어떻게 작품 속에서 구체화하느냐의 문제로, 이것은 궁극적으로 주제의식을 역사적인 차원에서 접근함과 동시에, 개인적인 차원에서도 구체화해야 되는 양면적 필연성을 수반한다. 왜냐하면 역사와 비교할 때 예술이 본질적으로 지니는 '구체성'과 '허구성'은 곧 개인적 삶의 묘사를 통해서 확인될 수 있기 때문이다. 더불어 개인적 차원과 역사적·시대적 차원의 조화로운 하모니를 통한 주제의식의 구체화는 특히 말을 표현매체로 하는 동서의 모든 현대 예술작품들에서 일반적으로 추구되는 하나의 이상적 구도로 간주되고 있음도 밝혀두고 싶다.

권병길의 〈거꾸로 사는 세상〉은 이러한 관점에서 이야기 해보자. 우선, 분단 이후 4·19, 5·16, 광주사태, 노사분규 등 오늘날에 이르기까지 한국 현대사를 배경으로 하고 있는 이 공연은 신랄한 사회·정치풍자를 그 중심 주제로 삼고 있다. 동시에, 그러한 '거꾸로 걸어온 역사' 속에서 찌든 개인의 삶을—작가 자신은 '사팔뜨기의 삶'이라고 표현하는데—자신의 자전적인 인생고백을 무대 위에서 구체화한다는 점이 흥미롭다. 이 공연은 배우인 권병길 자신이 창작·연출한 작품으로서, 작가 '자신'의 무대적 체현이라 볼 수 있다.

몽타주적 이미지를 남기는 짧은 수많은 장면들은 현재에서 과거로, 다시 현재로 연결되는가 하면, 이로 인한 수많은 역할들은 변사, 회사원, 여인, 가수 등등의 폭넓은 연기의 빠른 변환을 요구한다. 공연자로서 권병길은 이 공연이 요구하는 연기력의 도전을 독자적 즉흥연기를 기본으로 한 폭넓은 연기력을 구사함으로써 노련하게 대처해나간다. 또한 1인 공연이 가질 수 있는 단조로움을 빠른 장면의 진행을 통해서, 장면간에 유행가의 파격적인 삽입을 통해서, 무대장치가 갖는 흑백의 대비와 보조역할을 맡은 삐에로적 소녀와 고수역할을 맡은 여인의 대비 등을 통해서 효과있게 커버한다.

그러나 공연을 전체적으로 볼 때, 작가 자신의 개인적 삶의 체험은 그 묘사가 피상적으로 머물러 버린 감이 없지 않다. 즉 개인적 삶에 대한 심층적인 내면의 탐구가 더욱 구체화되었어야 한다고 생각된다. 결국 이 공연은, 필자에게, 유사한 다른 공연들이 제기 시켰던 동일한 문제를 상기시켜 준다. 즉 우리의 연극 속에서 사회와 역사는 항상 개인 위에 군림하는가 하는 문제로서, 주제를 구체화하는 과정에서 작가의 선택이 어디에 있는가 하는 문제와도 관련된다.

이러한 개인성과 역사성의 문제와 관련시켜, 이야기될 수 있는 또 다른 공연이 극단 여명이 공연한 〈매매춘〉이다. 연초부터 〈매춘1〉의 공연으로 파문이 일더니 〈매춘2〉가 공연되고, 그 뒤를 이어 세 번째로 무대화된 공연이 〈매매춘〉이다.

정우숙과 주강현이 〈매춘2〉의 각본을 대대적으로 개작한 〈매매춘〉은, 우선 앞선 두 공연들이 매춘이라는 사회문제를 고발하는데 사용된 남성중심의 시각을 극복하고, 양성(兩性)적 시각을 채택함으로써 작품의 주제의식에 상당한 발란스를 준다. 즉 매춘(賣春)이 남성적 시각에서 몸을 파는 여자들만을 단죄하는 말이라고 볼 때, 매매춘(賣買春)은 그러한 행위를 성립시키는 구매자인 남성도 단죄되어야 한다는 양성적(兩性的)시각에서 만들어진 말이다. 성(性)의 상품화를 단죄하고, 그로 인한 여성의 비인간화에 대한 여성의 비인간화에 대한 의식화를 목적으로 하는 이 공연은, 여성의 성적 억압에 대한 여성학적 시각을 채택함으로써 논리적 전개가 상당히 정연하다.

극의 구조는 성(性)의 상품화를 보여주는 현장 장면들(퇴폐 이발소, 니나노 술집 등)을 삽화적으로 연결시키고 있는데, 극의 상황을 여성사회 연구소의 연구 프로젝트로 설정함으로써, 장면 진행에 여성학적 동기성을 부여한다. 이 공연이 다른 두 공연과 현저히 대조를 이루면서 교묘히 홍미를 자극하는 부분이 있다면, 여성의 성적(性的) 상품화를 고발하면서 동시에 남성의 성적 상품화 문제까지도 터치하고 있다는 점이다.

한 예로 유한마담과 남창의 장면을 통해 남녀 모두의 비인간화를 고발하고 있는데, 작가의 시각은 이러한 여성의 비인간화의 근본적 뿌리는 남성들에 의한 여성의 억압에 기인한다는 통찰력을 보여준다. 무엇보다도 이 공연의 장점이라면, 매춘이라는 사회문제를 적나라하게 고발하면서도, 궁극적으로 인간성에 대한 신뢰를 포기하지 않고 있는 점이다. 연구소의 연구원들은 아내를 사랑하고, 매매춘에 동참하기를 거부하는 도덕적으로 건강한 인간들로 부각함으로써, 매춘 장면들이 시사하는 인간성에 대한 부정적 관점을 적당히 조절한다. 부분적인 문제로서 '성적인 묘기'장면이 작품의 주제의식을 높이는데 필연적이었는지 확신이 가지 않으며, 마지막 장면에서 푸줏간에 걸린 고기의 영상을 배경으로 앉아 있는 세 여인의 장면이 그 의도는 이해가 가지만, 공연의 전체 구성과 유기적인 조화를 이루는 것 같지 않다. 최윤영과 조성희가 연기의 좋은 앙상블을 이루고 있으나, 때로 멜로적인 오버액션의 경향도 보인다.

이 공연의 경우 역시 매춘이라는 주제 자체가 사회적인 이슈 때문이었는지는 몰라도 주제의식은 사회적인 차원에서만 구체화되고 있을 뿐, 개인적인 삶의 차원에서의 심층적인 탐색과 전개는 보이지 않는다. 즉 공연은 수많은 매춘장면들을 편린적인 수법으로 구성, 사회적인 스케치를 완성하고는 있으나, 심각한 예술적 승화는 성취하지 못하고 있는 듯하다. 결국 사회성이 강한 우리 연극의 전통에서 문학성과 역사성, 혹은 예술성과 역사성을 어떻게 잘 조화시킬 수 있는가 하는 것이 우리가 당면하고 있는 한 기본적 문제인 것 같다.

(한국연극. 1988.8)

스피드한 진행이 돋보인 남미연극
―〈쉬까 다 씰봐〉

많은 관심과 기대 속에 「올림픽 문화예술」 축전의 일부인 서울국제 연극제가 개막됐다. 이 연극제에는 지금까지 우리 관객과 연극인들이 좀처럼 접할 기회가 없었던 체코 및 폴란드 등 동구권의 연극과 더불어 브라질·그리스·프랑스·일본 등의 다양한 외국작품이 공연됨으로써, 우리들에게 '현시대의 국제적 무대언어의 여러 형식들'을 접할 수 있는 기회를 제공한다는 점에서 중요한 의의를 찾을 수 있을 것 같다.

올림픽 문화축전이라는 배경적 성격을 고려할 때, 이번 연극제에 공연되는 외국작품들의 일반적인 경향은, 각기 자국(自國)의 문화적·역사적 주체성을 대변하는 쇼케이스로서의 특수성과 동시에 국제적 관객들에게 어필하기 위해서 국제 연극무대에서 통용되는 보편성을 지닌 무대적 표현언어를 사용하고 있을 것임을 미루어 추측할 수 있다.

연극제의 첫 공연작품인 브라질의 마쿠나이마 극단의 〈쉬까 다썰봐〉의 공연도 이러한 맥락에서 적절히 이해될 수 있을 것 같다. 썰봐의 이야기는, 브라질의 역사에 실존했던 한 흑인 여자 노예의 독특한 한 생애를 바탕으로 하고 있으나, 이 작품은 동시에 몇 년 전 브로드웨이에서 히트했던 칠레의 퍼스트. 레이디의 이야기를 다루었던 〈에비타〉를 연상시키는 요소가 많다는 점에서, 나름대로의 어떤 국제적인 어필의 요소를 갖고 있지 않나 하는 생각도 든다.

우선 두 작품 모두가 이그조틱한 라틴적 남미문화를 배경으로 하고, 모두 여성인물을 주인공으로 하고 있되, 현존하는 질서에 순응하는 인물이 아닌 도전적 여성인물을 그리고 있다는 점에서, 강한 서구적 현대 여성정서를 대변하고 있다고 하겠다.

썰봐의 경우는, 흑인노예로서, 또한 여자노예로서 자신의 계급과 피부색깔의 한계를 극복하고, 끝없이 계층상승을 꾀하여 백인 귀족의 레이디와 맞먹는 지위를 얻는다. 그러나, 그것이 그녀의 자력에 의한 성취가 아니라, 백인 다이아몬드 상인의 애인으로서 백인 남성에 의한 흑인 여성의 성적 착취를 바탕으로 하고 있다는데, 그녀의 외양적 사회적 성공이 내포하는 비극적 아이러니가 있다. 그렇기 때문에 백인 상인이 사라짐과 함께 그녀의 성공의 신비도 덧없이 사라져간다.

이외에도 이 작품의 원작에는, 포르투칼 백인문화와 흑인문화간의 갈등, 카톨릭 종교의 허상과 실상에 대한 예리한 풍자 및 구세계로부터의 하나의 탈출구로서, 새로운 지상낙원으로서의 브라질을 미화시키는 민족주의적 색채 등 브라질 문화가 갖는 복합성을 배경으로 여러 가지 문제가 제시되어 있어 작품의 의미를 다양화·심화시킨다.

그러나 대사 번역이 여의치 않아, 작품의 복합적 의미가 관객에게 전달되지 못했다. 현 시대의 연극의 조류가 대사위주의 전달 방식에서 탈피하고자 하는 경향이 있는 것도 사실이지만, 이 작품의 경우, 대사는 작품의 주제의식을 구체화시키는 중요한 요소임을 부인할 수 없으며, 이 공연의 경우, 장면마다 한국말 대사요약이라도 제공되었어야 한다고 본다. 무대화된 공연은, 대사전달의 어려움 및 휴식기간이 별로 없는 우리의 공연 현실을 고려해서인지, 원작에서 많은 장면들이 삭제된 것으로, 쇼케이스로서의 성격이 더욱 강조된 것이었다.

연출자 안투네스. 필요는 씰봐의 도전적 생애와 그 밑에 흐르는 비애감을 아이로니하게도 남미적 라틴 정서를 바탕으로 유쾌하고 요란스럽도록 활기에 찬 풍자적 무대를 구성한다. 또한 그는 수 없는 예술적 여과과정의 결실인 듯, 낭비없는 간결한 경제적 연출의 묘를 발휘하고 있는데, '대칭'과 '선명한 대조'를 기본원칙으로 배우의 무대배치, 장면배열, 분장, 의상디자인을 구체화하고, 무대 공간을 효율적으로 사용한다.

상기한 좋은 점들은, 국제적인 좋은 공연들에서 발견되는 무대언어의 어떤 보편성이라고도 볼 수 있다면, 필자에게 인상적이었던 점은, 연출이 보여준 '예술적 창의력의 자신감있는 표현정신'이었다. 특히 우리 연극무대와 비교되는 몇 가지 점만 지적해본다면, 우리의 많은 연출가들이 사실주의 연극구조에 익숙한 탓인지는 몰라도, 장면연결을 논리적으로만 연결시키고자 하고, 그래서 많은 경우 암전이 장면연결의 역할을 한다. 인물의 입·퇴장 역시 논리적인 사실주의적 사고에 의해 구성되는 것이 대부분의 경우다. 〈씰봐〉의 공연은, 이러한 우리식의 연출전통과 극명하게 대조되는 연출적 사고를 보여주었다. 우리는 어떻게 다음 장면이 그전의 장면이 끝나기도 전에 거의 충격적으로 스피디하게 침범해 오는지를 보았고, 인물의 입·

퇴장이 기대와는 다른 방향에서 일어날 수 있으면서도 연극적으로 더욱 극적인 효과를 내고 있음을 보았다. 더불어 장면의 스피디한 비논리적 전개방식은 요즘 세계연극무대에서 흔히 통용되는 무대운용 방식임을 상기해 본다.

이 공연의 또다른 특징은 흑인 배우들의 독특한 연기법이다. 발성이나 신체 동작 등에서 신체에 극도의 긴장을 끊임없이 요구하는 연기체제는 일반적으로 신체의 긴장 완화와 자연스러움을 목표로 하는 서구 사실주의 연기체제와는 대조되는 것이며, 이러한 긴장적 신체 연기체제를 필자는 남아프리카의 흑인극단의 공연에서도 목격했던 것을 기억한다.

마지막으로, 누드씬의 삭제는 작금의 한국적 정서를 고려한 결과로 추측되나, 팜플렛의 원작 공연사진을 보아 판단하건데, 흑인 노예들의 누드씬의 삭제는 남미의 흑인 문화의 분위기라든가, 브라질을 제2의 파라다이스로 제시하는 이 작품의 주제의식을 우리 관객들에게 전달하는데 마이너스 효과를 낸 느낌이 든다. 오히려 이런 기회를 통해 누드씬의 예술적 승화를 우리 관개들에게 보일 수도 있었을 것이다.

(한국연극, 1988.9.)

마음이 가난한 사회
— 〈술래잡기〉

연극 〈술래잡기〉는 올림픽 문화예술축전의 하나인 '서울 국제연극제'에 올려진 한국작품 중 유일하게 80년대의 한국의 보통 사람들이 사는 이야기를 풍자적으로 그리고 있는 작품이다. '87년에 연극 〈어느 족보가 그 빛을 더하랴〉에서 강한 사회의식을 바탕으로 인간의 내면 심리에 대한 날카로운 통찰력을 보여주었던 작가 조원석은 이번 〈술래잡기〉에서도 강한 사회의식을 바탕으로 80년대의 찬란한 경제성장 뒤에 가려져 있는 소외된 사람들의 이야기를 펼쳐 보인다.

이 연극의 무대는 서울 변두리에 있는 달동네의 어느 하숙집, 5명의 독신자와 주인 할머니가 사는 집이다. 이 집에 사는 사람들은 우연히도 모두 삶의 현장에서 제자리를 잃거나 밀려난 사람들이다. 지천기는 여섯 번이나 낙선한 끝에, 보궐 선거로 국회의원이 되었으나, 국회 해산으로 3개월만에 의원직에서 물러난 사람, 대중가수로 동네의 스탠드바에서 노래를 부르며 근근이 계를 유지하다가 재능이 없어 일자리를 잃고 스트리퍼로 전락한 방실이, 조국의 근대화를 부르

짓으며 건축 일을 하다가 아파트 부실 공사의 책임을 지고 복역한 뒤 월부 장사로 살아가는 창갑. 나이가 들어 쓸모없는 무능사원으로 인식되어 쫓겨나는 대기업의 만년 계장 경식. 대학생의 신분을 버리고 노동현장에 뛰어들어 노동 운동을 이끌다가 피신해 있는 근석. 육이오 때 남편을 빨갱이한테 잃고 난 뒤 고향을 버리고 떠나 온 하숙집 주인 할머니. 이들이 모두 그런 사람들이다. 그러나 소외된 이 사람들이 모여 사는 하숙집에는 항상 훈훈한 정이 넘친다. 그러나 그것도 잠깐. 오로지 돈만이 자기들의 신세를 고쳐 줄 수 있기에 이들은 어느 날 날아든 "좌경 용공분자 신고 일천만원 보상금"의 삐라에 마음이 설레기 시작한다. 동시에 이 집에 넘쳐흐르던 훈훈한 인간미는 사라져 가고, 불신의 분위기가 감돌게 된다. 방실이가 이 집을 떠나 스트리퍼로 전락하는 것을 시작으로 사람들은 뿔뿔이 흩어져 간다. 근석은 상금을 노린 어떤 사람의 신고로 용공분자로 의심을 받아 경찰서로 연행되어 가고, 마침내 주인 할머니와 전직 의원만이 남게 된다. 그리고 이집은 머지않아 재개발로 사라져 버릴 운명에 놓여 있는 암담한 상태에서 이야기는 끝난다.

"경제가 나아질수록 왜 우리의 마음은 역비례 하여 가난해지는가?"라는 작가의 말처럼 이 작품은 고도의 물질적 성장에 따르는 비인간화의 상황, 기업윤리의 부재, 정치적 불신, 젊은 세대들의 찰나주의적인 인생관 및 맹목적인 반공의 모순성들과 같은 문제들을 관객들이 다시 생각해보게 해 준다.

등장인물 여섯명 모두에게 똑같은 비중을 두어 이들 각자의 이야기가 전체적으로 앙상블의 효과를 내고 있다는 점이 이채롭다. 그러나 앞서 밝힌 작품에 내재된 여러 가지 소주제들은, 암시만 되었을 뿐 구체적인 이야기로 전개가 이루어지지 않아, 이 작품이 가질 수 있었던 주제의식을 심화시키는 데에 도움이 되지 못했다.

인물 묘사 역시 사실적이라기보다는, 각 인물의 한 특징만을 강조한 캐릭커쳐식의 구성이었다. 여기에 대하여 연출자는 "사실적인 무대보다는 회화적인 무대를 만들어보고자"했기 때문이라고 말한다. 그러나 무대에 올려진 〈술래잡기〉는 풍자성은 강조되었으나 동시에, 작품의 주제의식이 단순화, 피상화된 감이 없지 않다.

이 작품에서 기억에 남는 것이 시세를 대변하는 인물들간의 냉소적이고 풍자적인 대사의 공방전이다. "비단보에 싼 개똥"이라는 말이 허울좋은 물질적 고속 성장을 풍자하는 좋은 예다. 전직 의원역의 정재진이 높은 음조의 발성으로, 캐리커쳐적인 연기를 대표한다면, 근석 역의 장재영은 차분한 사실주의적 연기여서 둘은 좋은 대조를 이룬다.

희화적 연출에 따르는 일반적인 위험성은, 작품의 의미를 지나치게 단순화시킬 수 있는 반면에 인물의 한 면만을 강조함으로써 멜로드라마로 흐르기 쉬운 경향이 있다는 것이다. 〈술래잡기〉에서도 이러한 경향을 배제하지 못한 건 사실이라고 하겠다.

(크리스찬 타임즈, 1988.10.)

'개방화'와 함께 가속화되는 정치, 사회풍자극

— 〈택시 택시〉·〈열일곱 열여덟 열아홉〉

올림픽 이후 '개방화'의 사회분위기가 고조됨에 따라 연극공연 면에서도 이러한 변화가 반영되고 있다. 우선 몇 년 전만 하더라도 금기로 여겨져 왔던 여러 가지 문제들이 이제는 자유롭게 무대화되고 있다. 이러한 문제들 중의 하나가 올림픽 얼마 전부터 상승세를 보이기 시작한 정치·풍자극이다. 일컬어 '정치극'이라고 통용되는 이러한 극들은, 요즈음 5공 비리 조사 청문회라든가 광주특위청문회 등의 사회·정치적 분위기에 더욱 힘을 받아서 광주사태, 인혁당 사건 및 5공 시절의 구체적인 정치 사건들을 본격적으로 다룬다. 이러한 극들은 주로 풍자형식을 띄고 있는 것도 한 특징이다. 몇 예를 들어보면 연희광대패의 〈대통령 아저씨 그게 아니어요〉, 부활의 〈코리아게이트〉, 연우무대의 〈4월 9일〉, 극단 오월 하늘의 〈보통 고릴라〉등등이 그러한 예에 속한다.

개방화와 함께 가속화되고 있는 또 다른 현상이 연극무대에서의 성개방 풍조다. 영화산업에 비해 연극무대에서는 최근까지 고수되었던 적나라한 성문제의 언급이나 묘사에 대한 제한이 사실상 폐지됨으로서 올해 초 〈매춘〉으로 시작된 외설시비 등은 더 이상 거론할 필요가 없게 되어 버렸다. 이 경우에 문제는 연극 무대에서의 성 개방이 궁극적으로 인간성의 참된 모습을 구현하기 위한 예술적인 심각성을 가지고 있는가 혹은 상업주의적 동기성에 휘말리고 마는가에 따라 그 정당성이 판명될 것이다. 이외에도 개방화의 분위기와 함께, 지금까지 일반의 관심범위에서 벗어나 있던 노동자 계층의 문제, 여성 문제, 청소년 문제, 장애자 문제 등이 연극의 주제로서 각광을 받고 있는 것도 또 다른 현상이라 하겠다.

김상수 작, 연출의 〈택시·택시〉는 크게 보아 사회·정치 풍자극의 범주에 속하는 작품으로, 택시로 상징되는 도시 서민들의 삶의 전쟁터와 실지 전쟁(월남전)의 두 세계를 전쟁이라는 소주제로 연결시키고 있다.

작품 구성면에서 작가는 극적 대비를 구사하면서 균형감 창조에 많은 배려를 하는 듯 하다. 택시 기사를 중심으로 한 양공주, 무작정 상경 시골처녀, 아르바이트 여대생 및 소녀 가장의 장면들을 통해서 자본주의 사회의 구조적 병폐를 그려보이는 반면, 월남전의 장면들을 통해서, 시각을 넓혀 국제적인 차원에서 미국과 한국의 정치적인 결탁 및 무고한 사람들을 희생시키는 전쟁의 잔학성·무고성을 대비시킨다.

택시 기사를 비롯 도시의 기층 여성들은 이 작품에서 자본주의 사회구조에 의한 희생양으로서 모두 도시화된 유형적 인물로 그려지고 있을 뿐, 개성의 부각이 보이지 않는다. 그러나 도시의 기층 여성 인물창조에서, 택시를 타는 양공주, 빠걸, CF모델 등등 성적으로 상품화된 여성군과 공장에서 혹사당하는 가난에 찌들었지만 청순한 소녀가장의 대비는 인물 구성의 단조로움을 어느 정도 막아준다고 하겠다. 이들의 대사 역시 비인간화의 도시 생활의 반영인 듯 거칠고 투박한 택시 여자 승객들의 대사와 순박한 소녀가장의 입을 통해 나오는 서정적인 묘사가 포함되어있는 대사는, 극적 대비감을 창조함으로써 인물들의 유형성에 약간의 개성적 색채를 첨부하는 역할을 한다.

작금의 우리의 사회·정치 풍자극의 일반적인 특징은, 극작술의 기본시각이 흔히 사회·정치적인 차원만을 강조하는 거시적인 관점만을 일반적으로 제시함으로써, 결과적으로 주제에 대한 밀도나 철학적 차원을 결여하고, 피상적인 풍자만화로 흐르는 경향이 농후한 것도 사실이다. 이러한 현상은 마치도 1930년대에 서구의 사회비판극들이 비판과 풍자에만 그침으로써 작품을 예술적인 차원을 승화시키지 못했던 상황과 비교될 수도 있을 것 같다. 사회·정치 풍자적 연극 작품이 사회·정치문서가 아닌 문학적·예술적인 실체로의 승화가 있기 위해서는, 단순히 사회악을 나열 풍자하는 대신에 인간은 사회·정치적인 객관적 삶의 차원과 함께 내면적, 심리적, 감정적인 주관적 삶의 차원도 함께 지니고 있음을 보여주어야 한다고 본다.

연출의 기본 개념도, 작품 구성의 기본 코드인 극적 대비를 시각화하려 했던 것 같다. 그래서 전쟁 장면은 어두운 조명으로, 택시장면은 밝은 조명식으로 꾸며 나가고 있는데 이러한 연출개념은 택시와 승객과 전쟁 및 소녀가장 등의 장면으로 기계적으로 배열되어 차분하기는 하나, 공연진행에 별 생동감을 주지 못하고 있다. 필자에게 특히 비효율적으로 느껴졌던 점은, 장면간에 무수히 삽입되는 최고 20~30초의 긴 암전이었다. 연출의 의도가 암전을 기능적으로 사용하기 위한 것인지는 알 수 없으나, 무대 기술이나 공간 등에 여러 제약이 수반된 소극장 무대에서 이러한 연출은 작품의 무대성을 높이지는 못했던 것으로 사려된다.

연기 공간을 인물에 따라 구분을 지어서 소녀 가장은 택시의 앞부분에서만, 택시 승객은 택시안에서만 등의 임의적인 공간 구분은 그 동기성이 잘 이해가 가지 않으며, 대사가 중심인 공연에 정체감만을 더욱 고조시킨 듯 하다. 소녀 가장역의 박경숙의 호소력있는 발성을 바탕으로 한 청순한 연기가 인상적이다.

최근 우리의 사회 구조는 공유 문화를 소유하는 '부분 문화'그룹들로 세분화 되어가는 선진국형의 사회화 추세에 따라 가는 듯 최근 들어 연극에서도 이러한 부분 문화들을 전문적으로 다루려는 현상이 더욱 뚜렷해지고 있다. 이러한 공연 작품 중의 하나가 극단 우리 극장이 공연한 고금석 연출의 청소년 연극 〈열일곱, 열여덟, 열아홉〉이다. 이 공연은 히르쉬베르크(Hirschberg)라는 독일 작가의 원작을 우리 상황에 맞도록 나이라든지 이름 및 장면 등에서 약간의 번안 수정을 거쳐서 무대화된 작품이다.

기층 청소년들의 떼그룹 문화를 사실적으로 구체적으로 제시해 보이고 있는 이 작품은, 지금까지 공연되었던 몇 편의 청소년 연극 작품에 비해, 이들 문화의 실체와 그 문제점들을 상당히 복합적으로 펼쳐보이고 있다는데 이 작품의 특징이 있다고 하겠다. 사춘기 시절의 남녀심리, 즉 한 의대생을 중심으로 펼쳐지는 세 여자아이들의 질투, 열등감, 사랑의 문제라든가, 사춘기 소년들의 성 충동 및 심리, 장래문제 및 놀이터를 차지하고자 하는 청소년들간의 소유권 싸움 등 수많은 삽화적 장면으로 구성되는 작품은, 서구 청소년 문화의 여러 단면을 부각시키고 있다.

연출은 많은 동작과 빠른 스피드를 기본으로 청소년들 취향에 맞는 생동감 있는 공연을 무대화하고 있으나, 아쉬운 점은 원작에서 복합적으로 제시되고 있는 서구 청소년문화가, 본질적으로 지니는 문제점들이 너무 소홀히 처리되어버린 반면 책임 의식이 수반되지 않은 성개방의 풍조가 지나치게 강조되어 무대화된 것 같다는 것이다. 상대를 가리지 않는 쾌락추구의 풍조, 한 상대를 둘러싼 애정 쟁탈전, 둘이 좋으면 그만이라는 식의 연애도피 행각 등 일반적인 차원에서 볼 때, 서구적 청소년 문화의 현실에 더욱 가까운 것으로 사려된다.

문제는 쾌락 추구의 성 개방 풍조를 다루는 서구의 청소년 극을 한국화하여 무대화했을 때, 그것이 곧 우리의 청소년문화의 실체인가 하는 문제다. 물론 예술작품이 지니는 문화적 특성과 그것을 초월하는 보편 타당성의 문제를 고려할 때, 이 작품에 투영된 청소년들의 모습에서 우리 청소년들이 공통적으로 가지고 있는 문제가 전혀 없다는 이야기는 아니다. 그러나 일반 연극과 달리 청소년 연극은 어떤 형태로 표현되건 간에 교육적 혹은 문제 해결적인 목적 지향성이 더욱 뚜렷한 점을 감안해 볼 때, 이러한 서구적 성 개방화의 현실을 편파적으로 그리는 연극이 우리 청소년들에게 오히려 책임 의식 부재의 성 개방화를 부추기는 것은 아닌가 하는 우려도 든다.

이러한 점은 작품의 종결부에서 소홀한 장면 처리에 의해서도 다시 강조가 되는데, 과부 딸인 소영과 의대생 철호는 장래에 대한 아무런 계획없이 사랑의 도피행각을 하고, 청소년 인하는 소영의 어머니인 과부여인과 장난기 정사를 하는 장면으로 돌연 스토리가 끝이 나고 그 뒤를 이어 캐스트가 모두 무대에 등장하여 디스코 춤을 추는 장면이 공연의 실제적인 끝을 이룬다.

원작을 1시간 반의 공연으로 축소하는 작업의 결과였는지 알 수 없으나, 연출이 종결부의 처리문제에 대해 상당히 고심했을 것 같은 생각이 들지만, 수수방관식의 끝맺음보다는 어떤 방식으로든 연출의 주관적 비전을 보였어야 한다고 생각한다. 아마도 이 작품이 그리고 있는 무책임한 성 개방의 분위기를 적절히 견제시켜서 궁극적으로 청소년들에게 삶에 대한 긍정적인 비전을 확인시킬 수 있는 방법이 있었다면, 철호와 소영의 사랑을 더욱 순수한 것으로 강조하거나, 아니면 원작이 제시하는 여러 다른 문제점들을 균형있게 강조, 무대화하는 것이 아니었나 생각한다.

'민주화'와 '개방화'가 일반적으로 긍정적인 의미로 통용되고 있는 이 시점에서 구시대적인 혹은 교과서적인 발상인지는 알 수 없어도, 특히 청소년 연극에서 무분별한 개방화의 강조는 숙고되어야 한다고 보며, 또한 외국의 청소년 문화의 현실을 그린 작품을 무대화할 때 상당한 사회적 문화적 감수성의 발현이 요구된다고 본다.

(한국연극. 1988.12)

가장 민주적이어야 할 연극문화
— 1980년대 말 시점에서

　예술은 변화하는 가치관이 궁극적으로 승부를 겨루는 하나의 장
(場)이다. 즉 한 사회와 문화 속의 급속한 변화를 반영하는 하나의 예
리한 단면과도 같은 존재다. 이러한 사실은 인류 역사 이래 변화를
지향하는 사회운동가나 문화운동가들 만큼이나 예술가들과 그 작품
들이 겪었던 탄압을 상기해 보면 더욱 확실해 진다. 결국, 예술은 어
떠한 다양한 형식을 취하든 간에 본질적으로 심각성을 지니는 것으
로 파악된다.

　연극도 예외일 수는 없다. 오히려 연극은 실제 배우가 무대 위에
서 구체적인 행동을 통해 보여줌으로써 다른 예술형식보다, 그 표현
방식이 더욱 구체적이고 관객이 직접 배우들의 행위에 접한다는 점
에서 가장 공적(公的)인 예술형식이며 동시에 가장 강한 심리적 잠재
력을 가지고 있다. 이러한 이유 때문에 연극은 사회적 및 정치적 변
화를 도모하고자 하는 사람들에 의해 하나의 과정으로 사용되기도
한다.

그러나 이러한 예술의 본질적 심각성도 사회와 문화의 구조적 변화에 따라 도전을 받고 있다. 70년대 후반부터 가속화된 산업화, 도시화의 과정은 80년대 중반에 들어서면서 우리의 사회구조를 대중사회, 대중문화로 전환시켰다. 대중사회와 대중문화는 한 마디로 정의할 수 없는 광의의 개념이지만, 일반적인 특징을 이야기할 때 현대 대중사회와 대중문화에서 규범이 되는 가치관은 주(主)로 타자(他者) 지향적이라는 것(other-directed)이다.

즉, '남들이 하는 방식', '남들이 어떻게 생각하는가' 하는 다수에 의한 가치관이 행동과 사고의 옳은 규범이 됨으로 해서 개인의 독창성과 창의력은 이러한 다수의 규범에 획일적인 순응을 하지 않으면 안 된다. 대중예술이 다수의 보통사람들을 대상으로 평이한 표현 형식을 취한다는 등의 민주적인, 긍정적인 면도 포함하고 있으나, 다수 지향적 가치관, 이로 인한 창조성의 결여의 문제도 동시에 포함하고 있는 것도 또한 사실이다. 솔제니친이 서방세계의 대중문화에 접해서 대중문화가 갖는 치명적인 약점을 평범성이라고 지적한 점도 상기해 볼만하다. 대중문화의 이러한 '남들' 지향성은 우리의 경우에는 전통적으로 내려온 유교적 '체면 중시'의 성향과 함께 더욱 강화되었고, 여기에 자본주의사회의 상업적 동기성까지 강화되어 묘한 양상으로 나타나고 있다.

우리의 연극예술의 경우 최근 수년간 과거에 비해 상당한 대중관객이 확보되면서 더욱 뚜렷해진 현상이 상기한 이유 등에서 근거되었다고 파악되는 일종의 '유행풍조'이다. 단적인 몇 예를 들면 자유화 선언이 있은 작년 6월이래, 소위 '정치극'이라는 이름의 연극들이 공연되기 시작하더니, 최근에 와서 5공 비리 청문회가 사회의 중요 관심사가 되면서 5공 비리의 정치사건이나 특정 인물들의 풍자가 공연무대를 휩쓸다시피 하고 있다. 이러한 공연들이 연극예술의 기본 수준을 유지하고 있는가 하는 문제와는 상관없이 말이다.

또 다른 예를 들어보면 '외설의 유행'이다. 올해 연초부터 시작된 공연윤리위원회의 적법성 여부 논쟁 이후 이념문제만을 제외하고는 사전 검열이 전면 폐지되다시피 되었는데 이러한 결과로 '개방화'의 너울을 쓰고 작품의 주제의식과는 본질적으로 관계없는 외설적 장면이나 부도덕한 성 개방풍조의 작품과 장면들이 마구잡이 식으로 무대화되고 있다.

또 다른 예를 들자면, '뮤지컬의 유행'이다. 뮤지컬 공연의 증가가 무조건 나쁠 이유는 없다. 문제는 뮤지컬도 당연히 대중적 공연예술의 한 장르일 때에는 그 전문성과 작품 수준이 유지되어야 함에도 불구하고 서구의 대형 뮤지컬을 우리의 소극장 무대에 억지로 짜맞추어 괴상한 결과를 만들어 내는 넌센스는 말할 것도 없고, 어느 날 갑자기 임의로 등단한 뮤지컬의 연출가나 극작가는 이 장르가 갖는 전문성을 본질적으로 의심케 한다.

서구적 대중 사회와 대중문화의 형성이 장기간에 걸친 진화적 사회문화 발전과정의 결과로 탄탄한 테크노크라시(전문 기술인들의 사회)에 바탕을 두고 있는 것임에 비추어, 우리의 민주화·대중화사회로의 이전과정이 단기간에 이루어진 것임을 부인할 수 없고, 또한 이에 따르는 여러 불합리한 요소들도 어쩌면 오히려 자연스러운 결과인지도 모른다. 그러나 문제는 이러한 모든 현상들을 '역사적 시간'의 탓으로만 돌릴 수 없다는데, 또한 더 큰 이유는 아마도 우리의 현실문화가 갖는 상기한 특징들에서 찾아볼 수 있을 것 같다.

상기한 특징들은 우리 연극문화의 또 다른 부분에서는 불합리, 비효율성 등의 양상을 띠고 나타난다.

단적인 한 예를 들자면, 올해 초 작품 〈매춘〉 시비를 불러일으켰던 공연윤리위원회의 인적구성이다. 그 당시 필자가 기억하기에는 이 위원회의 위원으로는 연극인은 한 사람뿐이었고, 나머지는 주로 관료출신이었던 것으로 기억된다. 이러한 배경을 가진 인사들이 예술작품을 제대로 해득할 수 없었던 것은 당연한 이치다. 연극 행정상의 전문성의 결여다. 또 다른 비슷한 예는, 지난 올림픽 동안 열렸던 국제연극제 포름의 경우다. 연극계 역사상 국제적 행사의 경험이 별로 없는 가운데서도 최선의 노력을 다하여 행사를 무사히 마친 관계자들의 피땀 어린 노고와 열정에는 필자도 머리가 수그러지는 바이지만, 그러한 개인적인 감정과는 별도로 회의 구성과 진행상 여러 가지 헛점을 목격했던 것도 사실이다. 예를 들어, 초청된 외국인사들은 이미 서구의 경우 학문이나 연극적 현장에서 이미 물러난 50년대 인사라든가, 또 이들이 발표한 논문들의 수준이 일반 상식선에서 벗어나지 못하는 행사 위주의 피상적 수준이었다는 점이라든가, 한국을 대표하는 사회자나 논문 발표자의 구성도 해당된 분야의 기준을 두기보다는 권위와 체면이라는 관점에서 이루어진 감이 든다는 점 등등이다.

참석했던 미국의 마사꾸와니에 I.T.I회장은 아주 예의를 존중하면서 다음과 같이 말했던 것이 기억난다. "리챠드 쉐크너가 한 연극학술회의에 참석해서 토론이 쳐지고 활기가 없자, "고정관념을 깨자"라고 말했고, 그 순간부터 토론은 새로운 방향으로 활기를 띄고 진행되었다." 행사 위주의 형식에 만족하는 한국인과 형식보다는 알찬 내용을 추구하는 서구인들의 견해차이가 알게 모르게 회의 중에 존재했음도 밝혀두고 싶다.

또 하나, 연극계도 한 나라의 부분문화라는 입장에서 볼 때, 하나의 작은 공동체다. 우리의 연극계는 무용계나 음악계에 비해 구성인

원의 숫자가 한정되어 있다. 그럼에도 불구하고 수많은 실질상의 '클럽'들로 구성되어 있다.

힘의 다양한 분산을 위해서는 많은 이러한 클럽들이 존재해야 할 것이다. 그러나 문제는 이러한 우리의 클럽들이 지니는 역학적 특성은 한국적 유교문화의 풍토 속에서 독점적, 권위적 영향력행사의 원천으로 작용하기 쉽다는 것이다. 클럽의 회원과 비회원들간의 관계는 열려있는 자유로운 교류의 관계라기보다는 배타적, 폐쇄적 성격을 띤다. 그리고 이러한 폐쇄적 관계는 연극계의 전체적 발전을 향해서라기보다는 발전 저해적인 요소로 작용하기 쉽다. 왜냐하면, 다양성과 이질성을 흡수해서 더 나은 차원의 체질개선을 목표로 하기보다는 동질성을 바탕으로, 힘이나 권위의 좌표를 존속시키고자 하기 때문이다.

진지한 예술정신은 고정관념을 깨는 데서 정체의 늪을 극복하는 독창성이라고도 하겠다. 연극예술이 대중문화의 시대를 맞아 대중화될 수밖에 없는 필연성에 직면해 있다 할 때, 연극이 품위를 유지하면서 살아남을 수 있는 길은 '심각한' 대중예술이 되는 것일 것이다.

현실적 차원에서 볼 때, 연극계 종사자들은 지나친 타자지향성, 체면의식, 상업주의적 동기 대신에, 예술적 개성과 주체성을 기억할 수는 없는 것일까. 자본주의가 인간은 자기 것으로 만들기 위해 '움켜쥐는' 본성을 가지고 있다는 기본개념에서 출발하고 있지만, 예술에서의 개성은 이와 같은 이기적, 실리적 자아라기보다는 '승화된 자아' 혹은 '수퍼 이고적인 자아'와 더욱 상통되는 개념인 듯하다.

공동체가 함께 참여하는 축제로서의 민주적인 기원을 가지고 있는 연극예술이 궁극적으로 개인적 자아의 이해관계에 좌우되는 수단으로 전락되어서는 안될 것 같다. 어느 연극인이 말했듯 무슨 교과서적인 이야기인가라고 웃어넘길 수도 있겠으나, 가장 원칙적인 이야기가 가장 옳은 이야기라는 점도 교과서적으로 첨부하고 싶다. 새해에는 가장 민주적이어야 할 연극문화가 비민주적 권위주의적인 풍토를 조금씩이라도 극복해갈 수 있을까 생각해 본다.

(한국연극. 1989.1.)

인간적 소외를 암시하는 코미디
— 〈타인의 눈〉

최근 몇 년 동안 소극장의 숫자가 눈에 띄게 불어나고 있다. 급작스러운 경제성장과 이에 따라 파생되는 대중의 문화적 욕구를 충족시키기 위한 한 현상이라고 하겠다. 이와 더불어 많은 소극단들이 생겨났고 이제 소극장 공연은 우리 연극공연 방식의 전형적인 주류를 이루고 있다고 해도 과언이 아니다.

문제는 연중 내내 이루어지고 있는 이러한 소극장 공연들이 작품의 수준을 어떻게 유지하고 있는가에 있다. 작은 객석과 무대공간이 주는 '사적(私的)'인 공연의 특성은 이용하기에 따라 더욱 질 높은 공연을 유도할 수도 있는 반면, 그 반대로 저질의 공연들이 아무런 비판의식에 의한 여과 없이 마구잡이로 판을 칠 수도 있다. 그런데 작금의 우리의 현실은 아마도 후자에 더 가깝다고 해도 과언이 아닌 것 같다. 그럼 소극장 공연이었던 시티그룹 신협의 〈타인의 눈〉을 살펴보자.

피터·쉐퍼 원작의 이 단막극은 원래 〈나만의 귀〉와 옴니버스 형식으로 공연되어 상당히 흥행에 재미를 본 작품이기는 하지만, 〈에쿠우스〉나 〈아마데우스〉 등처럼 문제작은 되지 못한다. 쉐퍼가 그의 작품을 통해 끊임없이 추구하는 주제는 현대인의 소외문제로, 그는 이를 융의 신화적·심리적 차원에서 추구한다. 쉐퍼의 또 다른 특징은 소외의 주제를 극화하는 방식으로써 인간간의 라이벌 의식, 질투, '리비도'적 상호간계 등의 소주제들을 통하여 작품의 의미적 구조를 다양화, 복합화한다.

작품 〈타인의 눈〉의 줄거리는 나이 많은 회계사가 젊은 부인을 의심하여 사립탐정을 고용하여 미행을 시킨다는 흔한 이야기지만, 쉐퍼는 이 평범한 줄거리에 젊은 아내와 나이 많은 남편간의 가치관의 차이, 그로 인한 소외의식, 남의 뒤를 말없이 미행만 해야하는 직업을 가진 사립탐정 나름대로의 소외의식, 젊은 아내에 대한 남편의 소유욕 및 질투 등 심리적인 소주제를 강조함으로써, 이런 류의 단막극이 지닐 수 있는 의미의 단순성을 극복하고 있다. 실제로 이 극은 코미디 형식을 취하고는 있으나, 상기한 여러 소주제들로 인하여 작품의 의미는 그리 단순치만은 않다.

그러므로 이 작품의 연출의 포인트는 코미디이면서도 궁극적으로는 극중 세 인물들의 인간적 소외를 강하게 암시·전달하는 것이었다고 본다. 그러나, 실제로 무대화된 공연은 의부증 남편의 탐정 고용 등 스토리적 흥미에 많은 비중을 두고 있으며, 부부간의 소외는 고사하고, 고독의 문제도 설득력 있게 표현되지 않고 있다.

필자의 생각으로는 중산층의 계급적 체면의식을 소중히 하는 중년의 남편과 남녀동등의식이 강한 젊은 아내 사이의 개인적 문화의 차이와 그로 인한 갈등이 더욱 부각되었어야 된다고 본다. 또한 이 두 부부와 똑같은 비중을 차지하고 있는 탐정의 성격묘사도 그의 괴상한 습성(단 것을 좋아하고, 아무데서나 요구르트를 먹는 등)과 그의 인간으로서의 고독 및 소외의식이 더욱 선명한 대비를 이룰 수 있었다고 생각된다. 결국 많은 번역극 공연의 경우에서처럼, 작품에 함축되어 있는 내재적인 의미가 우리의 문화적인 차이로 인해 충분히 무대화되지 못했다고 하겠다.

인물들의 출·퇴장 및 동작선의 설정에 있어 연출은 작은 공간을 효과적으로 이용하려는 노력을 보이고 있다. 그러나 배우들의 동작은 전체적으로 큰 무리는 없으나, 사실주의적 극의 흐름에 비추어볼 때 가끔 동기성이 부여되지 않은 몸 동작을 보여 주었다. 이러한 현상은 아직도 우리들 연기인들이 '연기를 위한 연기'의 막연한 개념을 가지고 무대 위에 서지 않는가 하는 의아심을 자아낸다.

연기면에서 이대로 김종구 및 김경애는 작품의 요구대로라면 팽팽한 연기의 균형을 보여주었어야 할 것이지만, 실제로 김종구와 김경애는 안정된 연기를 보여주지 못했다. 또한 삼인 모두의 대사전달이 '번역 대사적 억양'을 유지하고 있었는데, 좀 너 사실적인 어조의 대사를 할 수는 없었는가 하는 생각이 든다.

(한국연극. 1989.10.)

다시 태어나는 햄릿들

이 땅의 어두운 현실을 반영한 한국판 햄릿이 만들어져 관심을 끌고 있다. 서구에서는 이미 오래 전부터 햄릿의 극적 구조와 주제를 이용한 작품들이 창작되어 왔다. 이러한 실험들이 지니는 의미와 서울에 나타난 햄릿의 모습을 본다.(〈세계와 나〉 편집자 주)

"살 것이냐 죽을 것이냐. 그것이 문제로다." 이 유명한 구절은 셰익스피어 작 〈햄릿〉에서 햄릿 왕자가 숙부에 의해 자신의 부왕(父王)이 살해되었음을 알고 난 뒤, 이 엄청난 불의의 실재 앞에서 자신의 존재 가치마저 회의하며 중얼거리는 고뇌에 찬 독백이다.

1. 시대를 초월한 실험작업

무질서와 혼돈만이 가득 차있는 삶의 현실, 그리고 그러한 부조리한 세계에서 존재의 의미마저 잃은 채로 고뇌하는 젊은이의 모습. 이러한 세계관과 인간상은 2차 대전 이후 사르트르와 카뮈에 의해 실존론으로 발전이 되지만, 작품 〈햄릿〉이 제기하는 인간 존재의 문제는 오늘을 사는 현대인들이 바로 공감할 수 있는 실존의 문제다.

이와 같이 작품이 지니는 현대적 의미 때문에 〈햄릿〉은 시대를 초월하여 꾸준히 공연되어 왔을 뿐만 아니라. 작품 〈햄릿〉이 내포하는 여러 소주제(motif)들과 '극중 극' 등의 연극적 구조는 후대의 극작가들에게 작품 창작의 연극적 재료들을 제공해 왔다. 기존의 연극전통에서 소재나 연극적 구조들을 취하여 그것을 바탕으로 새로운 작품을 창작하는 작업들은 구미의 경우 60년대 후반부터 더욱 활발하게 일기 시작한 연극적 표현양식의 다양화를 위한 실험적 작업들과도 맥을 같이 한다고 할 수 있다.

작품 〈햄릿〉은 공연 면에서나 극작 면에서 많은 실험적 작업이 행해진 작품이다. 실험적 공연의 경우 흑인배우들이 출연하여 햄릿이 흑인왕자가 되는 경우도 있고, 혹은 작품 전체를 현대판으로 고쳐서 공연의상도 현대 의상으로 바꾸어 공연하는 경우도 있었다. 우리 극작가들도 〈햄릿〉의 소주제들이나 줄거리를 취하여 창작을 하기도 했는데, 그 한 예로 60년대에 안민수는 햄릿의 줄거리를 번안한 한국관 '하멸태자'를 창작하여 무대에 올렸다.

이러한 맥락에서 이해될 수 있는 또 다른 예가 기국서의 〈햄릿〉 시리즈이다. 기국서는 70년대 말부터 '극단 76'을 통하여 초기 사실주의적 연극이 주류를 이루고 있던 우리의 연극 현장에서 나름대로 다양한 연극적 표현양식에 대해 실험을 계속해 왔던 몇 안 되는 연출가 중의 하나다. 기국서의 햄릿 시리즈는 최근에 공연되고 있는 〈햄릿 4〉를 포함하여 그 이전의 〈햄릿 1〉, 〈햄릿 2〉, 〈햄릿 3〉 등 4부작으로 구성된다. 이 햄릿 시리즈가 흥미를 끄는 이유는 몇 가지가 있다. 우선 이미 존재하는 연극전통, 그것도 다른 나라의 연극전통으로 존재해 온 작품에서 주제와 형식을 따와서 그것을 과감히 작가 나름의 한국적 세계관으로 재구성하고 있는 점이라 하겠다.

81년에 공연된 〈햄릿 1〉이 광주사태 후 학살을 통한 정권수립과정에 초점을 맞추고 있다면, 84년에 공연된 〈햄릿 2〉는 부도덕한 집권층이 겪는 정신적 퇴폐를 묘사했다. 이어 85년의 〈햄릿 3〉를 공연했는데, 강한 정치적 풍자 때문에 작품의 길이를 반으로 단축하여 공연하지 않으면 안 되었다.

기국서는 이번 〈햄릿 4〉에서도 원작 햄릿의 여러 소주제들 중에서 비합법적 왕위 찬탈의 소주제와 그것이 파급시키는 '폭력'을 중심주제로 확대시키고 있지만, 동시에 그러한 세계가 인물들의 인생관에 미치는 실존적 회의의 주제도 강조하고 있는 것이 이 작품의 특징이다. 그래서 어느새 햄릿이 존재하는 주변세계는 억울하게 죽은 유령들과 물고문이 난무하는 정치적 폭력의 세계, 여인들이 이유 없이 끌려가 희생당하는 성폭력의 세계, 마약범들이 판치는 사회적 폭력의 세계로 나타나고, 이것이 곧 우리 자신의 정치적·사회적 삶의 현장임은 의심할 여지가 없다.

결국 〈햄릿 4〉에서 주인공 햄릿은 한국적 사회·정치적 부조리의 세계 속에서 고민하는 한국의 젊은이로 나타난다.

2. 청바지를 입은 한국의 〈햄릿〉

무엇보다도 이 작품의 특징이라면 비록 한국판 햄릿의 이야기를 그리고 있지만, 작가는 작품 속의 사회적·정치적 풍자나 비판을 충분히 예술적으로 여과시켜 암시화함으로써 한국적 현실에 익숙지 않은 관객들도 충분히 인간의 삶의 보편적 실존성에 대한 의미를 읽어낼 수 있도록 했다는 것이다. 이러한 점은 최근 한두 해 동안 우리의 연극무대를 풍미했던 사회·정치극들이 주로 노골적이고 직접적인 풍자와 비판의 방법을 통해 관객들에게 자극적으로 메시지를 전달했던 방식과 좋은 대조를 이룬다고 하겠다.

이러한 사회·정치극들이 대체로 연극적 표현형식을 소홀히 한 채 메시지 전달에만 급급했던 관계로 결국 식상한 관객들에게 외면을 당할 수밖에 없었다고 이야기할 수 있다면, 이번 〈햄릿 4〉의 공연은 작가의 정치·사회적 시각을 반영하면서도 이미 연극전통으로서 확립되어 있는 〈햄릿〉이라는 연극적 구조를 사용하여 적절히 예술화시키고 있다는 데 의미가 있다 하겠다.

80년대의 후기 혹은 포스트 모던적 정서를 '패러디'(풍자 혹은 조롱)의 정서라고 할 때, 기국서의 〈햄릿 4〉는 원작 〈햄릿〉에서 주제를 빌려와 그것을 한국적으로 재구성했다는 점에서 원작에 대한 일종의 풍자 내지는 조롱의 행위를 한 셈이고, 또 다른 차원에서 볼 때, 우리의 부끄러운 정치적·사회적 현실을 작품 속에서 객관화시켜 그려내고 있다는 점에서 우리 자신에 대한 풍자와 조롱의 행위도 된다. 필자 나름대로 이 작품에 강한 흥미를 느꼈던 이유는 앞에서 언급한 원작 〈햄릿〉에 해한 외국에서의 여러 가지 실험들이 궁극적으로는 모두 이 '패러디'의 정서로 연결될 수 있듯이 이번 한국의 〈햄릿 4〉 공연도 이러한 맥락에서 비교·연구될 수 있기 때문이다.

이러한 점에서 〈햄릿 4〉와 구체적으로 비교될 수 있는 작가가 60년대 말 역시 원작 〈햄릿〉에서 인물과 구조를 차용하여 부조리적 세계관에서 재구성한 당대의 유명한 영국 작가인 톰 스토파드(Tom Stoppard)의 작품 〈로젠크런츠와 길든스턴은 죽었다〉이다. 이 작품은 몇 해 전 기국서의 '극단 76'에서 공연된 바 있다.

로젠크런츠와 길든스턴은 원작 〈햄릿〉 속에서는 햄릿의 친구들인데, 스토파드는 그의 작품에서 원작에서는 보조적 인물들인 이 두 사람을 주인공으로 등장시켜 현대의 부조리적 세계관으로 재구성한다. 원작의 보조적 인물들을 주인공으로 등장시킨 점이라든가, 원작에서는 작품의 종결부에서 새로운 확고한 질서가 자리를 잡는데 비해 절대적 진리의 부재와 무의미의 연속일 뿐이라는 세계관을 그려 보인다는 점에서, 스토파드 역시 원작 〈햄릿〉에 대한 패러디의 행위를 하고 있는 것이라 할 수 있다.

그러면 실험적 형식의 극으로서 〈햄릿 4〉를 좀더 구체적으로 살펴보자.

우선 이 작품의 구조는 우리에게 낯익은 사실주의적 구조가 아니다. 장면과 장면들이 원인과 결과의 상식적 논리에 바탕을 두고 진행되는 대신, 앞과 뒤의 장면은 임의적으로 연결되어진다. 플롯구조는 소주제들로 나누어져서 유령과의 만남, 사랑과의 만남, 폭력과의 만남, 연극과의 만남, 어머니와의 만남, 철학과의 만남과 에필로그의 일곱 부분으로 구성된다. 이러한 소주제들은 폭력이라는 중심 주제로 연결된다.

3. 무대에 올려진 폭력

이 작품의 실험성은 무대화된 공연에서 더욱 뚜렷이 나타난다. 연출에서 기국서는 가능한 한 많고 다양한 연극적 자원을 활용하려고 노력했음이 역력히 드러난다.

첫 장면에서 햄릿은 윗도리는 벗고 청바지 차림으로 마임동작을 하며 무대에 등장한다. 이어서 무대 위의 햄릿과 객석에 앉아 있는 배우 사이에 대사가 오가는가 하면 유령의 장면에서는 가면을 쓰고 사람만한 인형을 하나씩 업은 유령들이 나타나서 관객들에게 시각적으로 상당한 충격을 준다. 게다가 이 유령들은 죽음을 당한 자기들의 끔찍한 경험들을 제멋대로 지껄이는데 신시사이저를 이용한 괴상한 음향효과가 시청각적으로 관객들에게 주는 효과는 마치 잔혹극의 그것과도 같다. 그런가 하면 햄릿과 오필리아가 만나는 장면에서, 인간 햄릿과 오필리아가 인형 햄릿과 오필리아와 대칭관계를 이루며 대사를 나누고, 햄릿의 어머니 거투르드 역을 맡은 여인이 갑자기 유한마담이 되는 변신 연기의 기법이 사용되기도 한다.

실제 공연은 두 부분으로 나누어져 전반부에서는 억울하게 죽은 유령의 이야기와 사랑과 예술에 관한 햄릿의 독백 등으로 관객을 긴장시킨다면, 후반부는 주로 이러한 긴장을 해소시키는 '희극적 이완'의 역할을 한다. 특히 무덤 장면은 소극(笑劇)적으로 처리되어 섹스, 유행가, 술 이야기 등을 통해 희극적 이완 효과가 고조에 달한다. 이외에도 별 논리적 연관이 없이 디스코장의 장면과 마임 장면 및 운동권 학생들의 장면도 연결되어 있다. 총 공연시간 2시간으로 우리의 평균적 연극공연 시간보다 더 긴 공연에서 종결부로 갈수록 다양한 장면들이 작품 전체의 유기적인 효과와는 별 상관이 없이 정리되지 않은 채 남아 있다.

〈햄릿 4〉의 의미는 정치적·사회적 주제를 다루되, 연극적 표현형식을 통해 무리 없이 여과시킴으로써 궁극적으로는 작품의 의미

해석의 차원을 다각화시켰다는 점이다. 이와 더불어 햄릿 시리즈의 앞 세 작품처럼 정치·사회적 주제를 다루면서도 존재론적 시각을 강조하여 작품의 의미를 심화시킨 것도 중요한 특징이라 하겠다. 어쩌면 〈햄릿 4〉는 지금까지 구호만 외쳐왔던 정치·사회극들이 연극의 본질적인 예술성을 재고해야 할 하나의 전환점에 왔음을 시사하는지도 모르겠다.

(세계와 나. 1990.4.)

새로운 표현형식을 찾는 '미추놀이'
— 〈영웅 만들기〉

　최근 3~4년 간 뮤지컬 공연이 부쩍 늘어나고 있다. 이는 80년대 후반에 이르러 경제 수준의 향상, 대중사회의 확립과 함께 팽창하는 대중적 문화욕구를 반영하는 하나의 현상으로 풀이될 수 있다.

　우리가 일반직으로 일컫는 뮤지컬은 금세기 미국에서 완성을 본 서구적 상업연극의 대표적인 한 형식으로써, 연극적 플롯과 노래를 포함한 음악적 제요소 및 무용이 중요한 구조적 특징을 이룬다. 주로 대형무대와 고도의 현대적 무대술을 사용하여 많은 볼거리와 변화무쌍한 무대를 구사함으로써, 뮤지컬은 대중 관객들에게 부담 없는 연극적 오락을 제공한다. 이러한 대중성·상업성 때문에 흥행에 성공한 뮤지컬 작품은 브로드웨이와 런던의 웨스트엔드, 캐나다의 토론토 및 기타 주요 도시들에서 다국적 동시공연이 이루어지는 것도 또 다른 특징이라 하겠다.

　우리나라에서 공연되고 있는 뮤지컬을 구체적으로 살펴보면, 몇 가지로 구분된다. 우선 여러 극단에 의해 장기 재공연된 바 있는 〈아가씨와 건달들〉 및 〈애니〉, 〈레미제라블〉 등 서구의 뮤지컬을 번역 공연하는 경우가 있고, 〈이춘풍전〉의 경우처럼 한국적 스토리를 뮤지컬로 꾸민 창작뮤지컬이 있는가 하면, 마당놀이 〈심청전〉처럼 한국적 이야기를 뮤지컬로 구성, 극장 무대가 아닌 열린 공간에서 공연하는 경우도 있다. 이 외에도 연극과 음악을 혼합하는 한국적 형식의 '음악극'을 정착시키려는 노력도 이루어지고 있다.

극단 미추가 공연한 〈영웅 만들기〉(3.27~4.2, 문예회관 대극장)는 필자의 기억으로는 지금까지 무대화된 많은 다른 뮤지컬보다 전문적인 공연 차원에서 상당히 제 모양새를 갖추고 있는 공연이다.

그러한 면모를 구체적으로 살펴보면, 우선 요즘 공연되는 대부분의 뮤지컬이, 뮤지컬 공연에 생명과도 같은 요소인 음악을 녹음 음악으로 처리하여 공연의 묘미를 반감시키고 있는 반면, 〈영웅 만들기〉는 오케스트라를 기용, 생음악을 연주케 함으로써 뮤지컬만이 줄 수 있는 음악적 생동감을 제대로 창조하고 있다. 무엇보다도 이 공연에서 뛰어난 특징은 극단 미추의 여타공연에서도 입증된 바 절제를 기조로 한 연출감각이다. 이러한 연출의 절제성은 TV스크린을 통일된 기조로 구사하는 무대장치나 많은 암전을 삽입하지 않고도 유연하게 전환되는 장면들 이외에 잘 통합되어 예술적 질서감을 창조하는 그룹댄스나 그룹동작의 장면에서 더욱 인상깊게 구체화된다.

〈영웅……〉에 대한 많은 관람객들의 반응은 "재미있다"였고, 필자가 얻어낸 바 그 이유는 "록음악과 춤으로 시간가는 줄 몰랐다", "무대장치가 신기했다", "스토리가 나와는 직접 관계되지 않은 것이어서 부담 없이 즐길 수 있었다." 등등이었다. 이러한 각각의 대답들은 이 공연이 상업극적 차원에서는 흥행에 성공했음을 입증한다해도 과언이 아닐 것이다.

1. 설득력 부족한 영웅의 몰락

좀더 구체적으로 〈영웅 만들기〉의 플롯과 음악적 측면을 살펴보자.

예식장 재벌의 총수가, 자신이 소유한 예식장에서 결혼한 부부가 일곱 쌍이나 죽어나가 사업이 실패하게 되자, 여덟 번째 결혼부부를 각본에 의해 조작, 성공시킴으로써 사업을 부흥시키고자 한다. 이러한 각본에 한 창녀와 건달이 보상금을 바라고 말려든다. 그러나 결혼식이 끝나고 조작된 각본대로 밀려드는 보도진에 의해 갑자기 영웅으로 탄생된 이 두 남녀는 가짜 영웅의 이미지의 구속에서 벗어나기 위해 결국 죽음을 택하게 된다.

플롯은 재벌 총수가 예식장 사업부흥을 위한 각본을 조작하는 시점에서 시작된다. 그러나 이 시점에서부터 이 극의 실제 액션이 시

극단 미추 공연 〈영웅 만들기〉, 1990년 3월 27일, 문예회관

작되는 두 남녀의 등장까지, 즉 전개부에 약 30분의 공연시간이 배분되어 있다. 이는 전체공연시간의 1/3에 해당되는 시간으로써, 주로 재벌 총수의 대사와 그 직원들의 그룹댄스 장면들이 교체·반복된다. 이러한 그룹 장면들이 과다하게 삽입되어 춤과 노래의 반복만을 되풀이함으로써 작품의 중심 액션의 진전에는 별다른 기능을 하지 못한 채로 공연 시간만 소비한 감이 있다.

이와는 대조적으로 남녀 주인공들이 영웅으로 탄생된 후 마음을 갑자기 바꾸어 자살 결심을 하는 종결부는 그들의 자각에 대한 타당한 동기성이 부여되지 않은 채 진행되어 설득력을 잃고 있다. 설득력의 문제는 궁극적으로 인물창조의 문제와도 직결된다. 작가는 "이 작품의 모든 인물은 전형적인 인물로써, 재벌 총수는 지배욕을 가진 인간의 전형이고, 막내딸은 창백한 지식인의 그것이고, 두 주인공 남녀는 살기 위해 아귀다툼을 벌이고 있는 우리 모두의 전형"이라고 설명한다.

전형적 인물이라 하더라도 그 나름대로의 설득력을 가져야 하고, 또한 극적 구조 안에서 극 전체의 주제를 강화시키는 방향으로 유기성 있게 인물 상호관계가 설정되어야 한다는 점을 전제로 할 때, '영웅 만들기'의 인물들의 묘사는 그 강도에서 균형을 이루지 못하고 있다. 재벌 총수의 세속적 야욕을 묘사하는데 상당한 시간을 들여 강조를 하고 있는 반면, 이와 극적으로 대조를 이루는 '사랑과 진실'에 바탕을 둔 막내딸의 인생관은 부분부분 스케치되어서 두 인물간의 극적인 대조를 흥미있게 부각시키지 못하고 있을 뿐 아니라, 막내딸의 몇 마디 설득에 의해 두 주인공이 마음을 갑자기 바꾸는 장면도 설득력을 잃고 있다.

사실 막내딸의 서정적 인생관이 더욱 강조 부각되었더라면, 두 주인공의 자살을 뒷받침하는 하나의 이념으로써, 또한 이 작품이 그리는 추한 세계관 속에서 유일하게 희망의 한 요소로 제시될 수 있었다고 본다. 이와 관련하여 대중적, 상업적 공연형식으로써 뮤지컬이 어떤 종류이건 어떻게 표현되건 간에 '궁극적인 희망'의 제시 문제는 뮤지컬형식 나름대로의 도덕성의 제시 문제와도 관련되는 것으로 깊이 생각해볼 만한 문제다.

2. 형식과 내용의 결합에 대한 물음 제기

록음악과 댄스가 주조를 이루고 있는 이 공연에서 필자에게 의아스러웠던 점은, 공연이 끝나고 쉽게 기억에 남는 주제곡이나 주제가가 없었다는 것이다.

주제음악은 작품을 유기적으로 연결시켜 주며, 주옥같은 주제가들은 공연의 감정적인 호소력을 극대화시킨다. 개인 인물들의 노래는 대사 대신 그 인물의 성격을 부각시키고 각 장면의 감정적 흐름을 더욱 강조한다. 이런 점에서 볼 때, 막내딸이 부르는 '사랑을 주제로 한 노래'와 두 주인공의 '자유로의 노래'는 상당히 설득력 있는 주제가로써 더욱 강조되고 충분히 부연되었더라면 극적 효과를 더했으리라 생각된다. 솔로 노래의 경우 배우들의 가창능력에 맞추어 대개 중간 음계의 노래를 부르도록 구성되었는데 이 공연에서 주어진 인적자원에 대한 적절한 대처라고 하겠다. 그러나 높은 음계의 노래가 줄 수 있는 감정적 호소력이나 다양성은 결여되어 있는 것 또한 사실이다.

상기한 점들 이외에 공연 〈영웅 만들기〉가 제기하는 더욱 근본적인 문제는 작품이 말하고자 하는 주제와 표현형식에 관한 물음이다.

작가 김지일에 의하면, 이 이야기는 우화적으로 표현되긴 했으나, 그 주제는 "지배자에 의해 매스컴이 어떻게 대중 조작에 이용되는가"를 보여주고자 했고, 결말에 가서 자살하고 마는 두 남녀는 "지배자의 거대한 성벽을 무너뜨리고 대중 조작의 허위를 깨뜨리는 역할"을 한다는, 상당히 심각한 사회 비판적 주제를 담고 있다. 이에 대해 연출의 손진책은 "지금, 여기의 사람다운 삶의 문제를 추구하고 있는 '영웅 만들기'의 내용은 뮤지컬이라는 형식이 효과적인 수단으로 사용될 수 있다는 판단을 했다."고 설명한다. 다시 말하면, 서구의 뮤지컬의 내용과는 달리, 사회 비판적인 극을 뮤지컬 형식으로 표현한다는 이야기다.

이러한 전제를 좀더 구체적으로 생각해 보자. 우선 뮤지컬은 관객들에 대한 감정적 호소를 극대화하는 형식이다. 사회비판을 감정적인 호소에 의존하는 연극형식을 통해 할 수 없다는 절대론은 없다. 서구에서도 이러한 시도는 60년대 말에 이미 〈헤어〉 같은 뮤지컬을 통해 있었다. 이와는 대조적으로, 브레히트 같은 경우는 관객의 감정이입을 막고 소격효과를 통해 관객들의 사회비판의식을 고취시키려했다. 재미있는 사실은, 노래나 춤 등이 뮤지컬과 브레히트의 서사극에서 모두 사용되지만, 그들이 결과적으로 성취하는 효과는 전혀 다르다는 것이다. 전자는 극적인 감정적 어필을, 후자는 소격효과를 낸다.

이러한 점과 관련하여 볼 때 뮤지컬 〈영웅 만들기〉의 궁극적인 문제는 연출자가 서구 감각의 뮤지컬 형식을 선택한 이상, 그러한 형식이 제대로 구사되었을 때 성취되는 감정적 호소력을 극대화시켰어야 한다는 것이다. 그러나 실제로 무대화된 공연은 앞서 지적한 몇 가지 점들 때문에 감정적 호소라는 전달방식을 충분히 활용하지 못했다. 이것이 절제를 기조로 하는 연출스타일에 익숙한 나머지 의도적인 차원에서 결과되어진 감정적 절제인지, 아니면 뮤지컬형식의 완전한 구사를 위한 전문기술의 미흡으로 인한 것인지는 꼭 집어 말할 수 없다.

그러나, 이와 같이 내용과 표현형식간에 존재하는 갭을 연출가 자신도 의식하고 있었음인지, 뮤지컬이라기보다는 '미추놀이'라는 용어를 정착시키고 싶다는 이야기를 하고 있다. 동시에 이 말은 극단 미추가 지금까지 추구해온 '마당'정신의 연극행위에서, 서구적 뮤지컬 공연에로의 방향전환에 대하여 적절한 설명을 하고자 하는 노력이기도 하다.

중요한 것은, 어떤 공연에서든 완성도의 부족이나 혹은 전문기술의 미흡성 등의 비본질적인 이유들은 새로운 형식의 추구라든가 하는 말로써 설명될 수 없다는 것이다. 어떤 이론에 관계없이 무대 위에서 좋은 공연인가, 그렇지 않은가 하는 점만이 궁극적으로는 공연평가의 진실된 기준이 될 것이기 때문이다.

(객석. 1990. 5.)

무대화된 소외의 복합적 현상
— 〈에쿠우스〉·〈최선생〉

1. 〈에쿠우스〉

"현대적 삶의 본질은 도대체 무엇인가?"라는 문제에 대해 현대의 많은 작가들은 각기 제나름대로 삶의 진실을 파악, 각자의 독특한 방식으로 작품 속에 구현해왔다. 그리고 이들이 파악하는 현대적 삶의 본질은 "소외"라는 커다란 보편적 개념으로 정리될 수 있다. 실험극단이 공연중인 피터쉐퍼 작 〈에쿠우스〉와 연우무대가 공연중인 〈최선생〉은 이러한 '소외'의 복합적인 현상을 각기 다른 각도에서 파악, 무대언어로 구체화하고 있다는 점에서 흥미롭다.

작품 〈에쿠우스〉는 우선 원형비평, 심리비평, 사회비평 및 문화비평 등 다양한 비평적 해석의 대상이 되어왔다는 점에서 이 작품이 지니는 의미의 심도를 파악할 수 있다. 스토리 전개의 차원에서 볼 때, 작품 〈에쿠우스〉는 말의 눈을 찌른 비행 청소년이 정신과 의사의 치료를 받아 정상적 삶을 되찾는다는 내용의 청소년 임상치료 극

거되어야만 하고, 이는 곧 소년의 원초적 에로스의 에너지를 제거한다는 의미도 된다. 그리고 이것이 곧 문명사회가 말하는 '정상'으로의 복귀다. 결국 이 작품의 저변의미의 구조는 소년 앨런의 성적, 심리적 소외라는 현상과 그것을 결과한 현대문명의 억압적 구조와의 갈등 및 대치라는 말로 요약될 수 있다. 또 다른 한편으로는 문명사회에 길들여진 '정상적 성인 남성'으로의 복귀라는 점에서 통과제의적 의미도 찾아 볼 수 있다.

이러한 '소외'의 주제는 이 작품 속의 다른 인물들의 관계에 의해서도 재삼 확인 강화되고 있다. 특히 앨런을 치료하는 정신과 의사 다이사트는 소외된 현대인의 대표적인 예로 부각된다. 불임의 남성인 이 의사는 부인과 한집에서 전혀 남남처럼 살아가는 소외된 인간·소외된 부부다. 아이러닉한 것은 이러한 메마른 비인간화된 인간이 현대의 '정상인'으로 군림한다는 사실로써, '정상'과 '비정상'의 기묘한 비교를 알고 있는 다이사트는 앨런 소년을 '정상'으로 복귀시키는 일은 인간의 원초적인 열정을 빼앗는 일이라고 극의 마지막 장면에서 결론을 내린다. 앨런의 부모 역시 "어머니는 아버지가 원하는 것을 주지 못했다"는 앨런의 대사로도 알 수 있듯 소외된 부부로, 어머니는 종교에 심취해서 살고, 아버지는 겉으로는 권위적인 체 하지만 몰래 포르노영화나 보러 다니면서 살아간다. 이와 같이 원작 〈에쿠우스〉의 대주제는 현대인의 소외로 이를 앨런이라는 청소년에게 초점을 맞추어 여러 각도에서 구체적으로 심도 있게 파헤친다.

연출의 김아라는 작품의 해석에 있어 비행청소년의 정상복귀로의 과정에 포인트를 두어 위에서 언급한 소외의 복합적 차원을 단순화시킨 듯 하다. 특히 소년이 말에게서 느끼는 에로스의 감정을 극적으로 표현하는 대사는 삭제 내지는 약화시킨 것으로 기억되는데, 이는 연출의 중심의도와 또한 한국적 중산층의 모랄의 문제를 고려한 결과인 것으로 풀이된다.

연출은 또한 무대디자인에서도 원작에 지시된 지문을 과감히 변경, 창의적인 무대를 구성했다. 원작에서는 마굿간을 무대 중앙에 회전식으로 배치하고, 의사와 앨런이 연기하는 의자를 그 옆에 배치함으로써, 무대 중앙에서 액션의 스피디한 진행을 원활히 했다면, 이 공연에서는 마굿간의 개념을 무대전체로 확장, 무대 양쪽에 각각 4개의 기둥을 설치하고 의사의 의자를 무대 중앙에 앨런의 의자를 무대 전면에 설치함으로써 극의 액션 진행을 무대 전면으로 확장시켰다. 이러한 무대구성은 원작에서 액션 진행이 무대 중심에 모아졌을 때보다 빠르고 다이내믹한 면은 덜 강조된다하더라도, 말의 숫자를 원작에서 제시된 두 배 이상으로 늘여서 마굿간의 '분위기'를 무대 전체에서 강조하면서도 장면 전환에 기능성을 살렸다. 또한 스포트라이트를 다각도로 구사, 다이내믹한 분위기를 보완·강조한다.

1막의 끝에서 소년이 말을 타며 느끼는 성적 환희의 장면이나, 마굿간에서 소년과 여자아이의 섹스 장면은 신체동작을 안무형식으로 잘 가다듬어 예술적으로 여과된 장면들로 구성되어 있다. 그러나 전자의 경우 소년이 느끼는 원초적이 격정의 강도를 표현하는데는 미흡했던 느낌도 든다. 결국, 원작에서는 인간의 본능적이고 원초적인 격정과 현대문명사회에서 억압되고 소외된 에로스의 극적인 대비를 강조함으로써 공연의 주된 감정적인 에너지가 거칠고 격정적이고 남성적이라면, 이번 공연에서 연출은 섬세하고 유연한 감정적 에너지로 바꾸어 그 나름대로 개성있는 무대를 구사했다.

2. 〈최선생〉

상기한 작품이 현대인의 소외를 심리적인 차원에서 다루고 있다면 소외의 문제를 사회적인 차원에서 접근한 작품이 김석만 작·연출로 연우무대가 공연한 〈최선생〉이다.

이 작품은 전교조 문제로 해직된 최종순 교사의 교단일지를 토대로, "초등교육의 문제를 최종순 교사의 교육 실천내용을 중심으로 살펴보려는 의도에서"(작가의 말) 쓰여진 극으로, 궁극적으로는 관객들의 의식화와 현실변화를 지향한다는 점에서 선전극 및 정치극의 범주에 속한다 하겠다. 다시 말하면, 초등교육 현장에서의 소외를, 비인간화, 비열한 경쟁 등으로 황폐해진 획일주의적 사회에 동조하기를 거부하고 참교육을 실천하는 한 여교사의 소외된 모습을 통하여 구체화한다.

이러한 연극적 언어로의 구체화를 위해 작가는 "최 교사의 교육실천 내용을 보여주는 사건"과 이를 "의식화 교육으로 몰아 해직되기에 이르는 사건들"의 이중구조로 이야기를 구성한다. 실제 공연에서 전자의 사건들은 주로 최 교사가 학생들과 수업하는 삽화적인 장면들로 구성되어 있고, 후자의 사건들은 학교사회 즉, 동료 교사 및 교장과의 대화 장면들로 짜여져 있다.

흔히 선전 및 정치극이 그렇듯이, 이 공연의 특징이라면 장면 및 대사 구성이 상당히 단순한 방식을 취하고 있다는 점이다. 그 몇 예를 들어보자. 우선 최교사의 참교육 실천내용을 보여주는 한 에피소드를 보면 두일이라는 학생이 최선생을 모델로 미술시간에 초상화를 그리고는 '마녀'의 초상이라고 말한다. 이에 최선생은 전

해, "…해야 합니다"의 교도적인 대사를 반복하는 단조로운 최선생의 "사회적 자아"를 보여주는 장면뿐만 아니라, 그러한 참교육의 신념이 "개인적, 사적 자아"의 차원에서는 어떻게 나타나는지를 부각했더라면, 더욱 그녀의 모습이 현실감을 띄웠을 것 같다.

최교사의 해직에 이르는 주변 사회의 탄압에 관한 야기기도 동료 교사와의 짧은 대사 장면, 교장과의 몇 마디 과격한 대사를 주고받는 충돌 장면의 스케치로 이어지는 대신, 최교사의 사회적, 개인적 자아의 소외 및 남성 사회에서의 여성 차별적 소외 등 다각도에서 면밀히 추적했었더라면 하는 아쉬움이 남는다.

또 하나, 이 작품의 궁극적인 목표가 참교육의 의미를 관객들에게 깨닫게 하는 선전 및 의식화의 기능이 절대적인 것이라 할 때, 이 작품에서 반복적으로 나타나는 메시지의 내용도 검토해 볼 필요가 있다. 작품을 통해서 관객에게 전달되는 참교육의 메시지는 예를 들어 '해라 해라가 아니라 스스로 하도록', 혹은 '더불어 사는 세상' 등의 교훈적 몇 마디의 대사들로 요약된다. 이러한 단순화시킨 메시지는 관객들에게 쉽게 수용되는 장점도 있지만, 참교육이 갖는 의미의 피상화를 결과할 위험도 있다.

필자의 견해로는, 이 작품의 대전제는 참교육은 비인간화, 인간 소외의 획일주의 사회 속에서 잃어버린 우리의 본연의 인간성과 개성의 회복을 위한 '인간화 교육'이라는 한층 높은 차원으로 작품의 의미를 승화시켰더라면 이 공연이 보여준 단순성, 피상성을 면할 수 있지 않았나 싶다. 또한 선전·정치극이 '기록성'을 중요시함으로써 현실 참여의 바탕을 정당화하는 반면, 지나친 '기록성'이나 '사실적 증거'에 대한 집착은 작품의 예술적 승화를 제한시킨다. 결국 기록성과 예술성의 교묘한 조화를 위해서 작가는 예술적 선택의 문제에

봉착하게 되고, 슬기로운 예술적 의지의 결단이 요구된다.

거의 텅 빈 소극장 공간에서 제반 무대적 요소를 별로 사용치 않고 배우의 연기와 관객들의 감정적 교류만으로 진행된 공연은 그룹 율동과 연기에서 질서 있는 앙상블 효과를 창조했다. 사실적 연기를 바탕으로 대사가 주요 전달수단이 된 이 공연에서 간간이 삽입되는 합창이 작품에 템포를 창조하는 중요수단이었는데, 이러한 류의 공연에서 배우들의 더욱 적극적이고 역동적인 신체동작의 연기는 공연에 더욱 스피디한 생동감을 주었을 것이다.

끝 장면에서 '아낌없이 주는 나무'의 소주제는 작품의 주제를 강화시키는 좋은 선택이었으나, 코러스 대신 배우들의 즉흥연기로 구성하여 더욱 입체적인 생동감을 창출할 수도 있었을 것 같다.

(한국연극. 1990. 11.)

소문난 잔치로 끝난 대형 연극들
— 뮤지컬 〈캐츠〉·〈안토니와 클레오파트라〉·〈백두산 신곡〉

국제화와 상업화의 추세 속에서 최근 우리 연극계에 수억여 원에 달하는 거액의 제작비를 투자한 대형 연극공연들이 시도되고 있다. 소문만 무성했던 이 대형 무대들이 내실을 보여주지 못한 이유는 무엇일까. (〈세계와 나〉 편집자 주)

세계적 명 연출가 피터 브룩은 후기 산업자본주의 사회의 전 세계적 시점에서 연극이 앞으로 나아가야 할 미래적 비전을 다음과 같이 제시한다. 즉 미래의 연극은 각기 다른 연극전통의 만남을 통하여 새로운 지구촌적 연극문화를 창조해야 한다는 것이다(이러한 과정은 각기 다른 문화와 언어권에서 온 배우들의 공동작업도 포함한다). 실제로 피터 브룩 자신은 〈마하브라타〉 같은 공연에서 동서 연극의 전통을 '문화상호주의적'으로 구사한다.

"국내 연극계의 상황도 힘든 지경에 도대체 무슨 이야기인가?"라고 반문하는 사람도 있을 것이다.

1. 지구촌 시대 우리 연극의 좌표

그러나 다음과 같은 사실을 상기해 보자. 즉 우리는 이미 '지구촌'이라는 말에 익숙해 버린 지 오래다. 발전 일로에 있는 테크놀러지와 정보·통신망의 결과다. 이제 국내적 상황은 세계적 흐름에 즉각적으로 영향을 받는다. 그래서 예를 들어 약삭빠른 일본은 그들 사회의 목표를 '국제화'라는 캐치프레이즈로 내건 지 오래다는 사실이다.

실제로 이러한 새로운 '지구촌 문화'의 창달은 연극의 경우 세계적인 연극축제 현장에서 이미 그 조짐을 뚜렷이 보이고 있다. 필자가 참가했던 올 에딘버러 연극축제만 하더라도(매년 열리는 세계에서 가장 큰 연극축제), 인도 극단이 셰익스피어의 〈리어왕〉의 이야기를 그들의 전통 공연양식인 카타칼리 형식으로 공연한 실험이나, 일본 극단이 전통 가부키양식과 서구적 실험연극의 테크닉을 복합구사하여 공연한 〈의사 야부하라〉 등은 적절한 예가 된다.

세계적 연극축제가 미래 연극의 방향을 이끌고 제시하는 하나의 연극적 프런티어라고 할 때, 우리의 연극은 지구촌이라는 거시적인 관점에서 볼 경우 과연 어디까지 와 있는가?

'국제화'라는 개념을 서로 다른 연극문화와 전통의 교류 및 차용이라고 정의할 때 우리의 현대 연극사는 국제화의 역사로 해석될 수도 있다. 90년대 중반에 이르면, '문화상호주의'라는 개념으로 대치된다. 왜냐하면 1920년대 이후 우리 연극의 기존 전통으로 군림해

왔던 사실주의 연극은 서구의 사실주의 연극의 차용에서 시작되었기 때문이다. 또한 우리 연극계에서 사실주의 연극을 고집하는 중견 인사들이 "우리는 서구의 사실주의도 제대로 마스터하지 못했다. 그러므로 실험연극이나 다른 형식의 연극을 주장하기 이전에 원래의 사실주의를 더 공부하고 우리의 것으로 만들어야 한다"는 요지의 주장은 심각히 고찰해 볼 필요가 있다.

왜냐하면, 하나의 문화전통(연극문화를 포함)이 그 원래의 발생지에서 다른 사회 및 문화적 맥락으로 차용·전이될 때 그 문화전통이 가진 본래의 모습은 필연적으로 해체되고 새로운 맥락에 맞도록 재구성된다. 그러므로 사실주의를 시초로 그에 대한 반작용으로 파생된 여러 비사실주의적 표현형식의 발전과정으로 이어지는 서구적 연극발전 모델에 근거하여 사실주의만을 고집하는 단순논리 대신에, 연극의 모든 표현형식을 자유자재로 선택·구사하되 문제는 연극적 전문성을 높이는데 있다는 말이 더욱 타당한 이야기인 것 같다.

즉 우리의 현대 연극작품의 수준 문제는 외국의 연극 형식을 차용하는 과정에서 우리의 연극계가 지니는 실력수준의 한계(연극인들의 의식 수준, 창작술, 작품 해석 및 무대화의 기술수준 등)에 따라 빚어진 필연적 결과였다. 그러므로 현 시점에서 작품의 수준문제는 전문성의 문제이지 무엇을 먼저하고 등의 시간적 과정의 문제가 아니라고 본다.

2. 가속화되는 국제화 현상

80년대 중반 이후의 시기는 우리 연극사의 괄목할 만한 중요한 시기로서 많은 정치 및 문화적 사건들이 전개된다.

경제성장의 결과로 80년 중반 우리 사회는 본격적 자본주의사회로 대두하게 되는데, 곧 대중사회와 대중문화의 확고한 정착이 바로 그것이다. 대중의 급증하는 문화욕구에 발맞추어 연극의 상업화현상이 나타나고 우리나라의 경우 수많은 소극장의 난립상으로 전개된다. 또한 연극의 상업화현상과 더불어 국제화의 경향도 최근 1~2년 사이에 더욱 가속화되고 있다.

이미 우리는 80년대에 들어 제3세계 연극제(1981), 아시아 경기 예술축전(1986) 및 올림픽문화예술축전(1988)의 국제적 연극축제를 통해 아시아, 유럽 및 동구권의 각기 다른 연극전통과 문화에 접했고, 이러한 일종의 '문화적 쇼크'는 이후 우리 연극의 내용 및 표현형식의 다양화에 자극제로 작용한 것도 사실이다. 88년 이후 연극의 국제화현상은 더욱 가속화되어 외국 극단의 초청공연이 부쩍 늘었을 뿐 아니라, 외국의 연극 전문인사의 초청 및 한국 극단과의 공동작업도 증가 일로에 있다.

올해 우리 관객은 분단 이후 접할 수 없었던 소련 극단의 공연, 말리 극단의 〈벚꽃 동산〉과 유고 자파드 극단의 〈햄릿〉을 보았다. 우리 극단의 해외공연도 증가 일로에 있는데, 극단 산울림은 작년 아비뇽 연극축제 참가에 이어 올해는 더블린 연극축제에 참가했고, 국립극단은 에딘버러 연극축제에 처음으로 초청되었다.

최근 연극계에 일고 있는 흥미로운 현상중의 하나는 거액의(수억원) 제작비를 투자한 대형 무대공연의 시도로서 여기에는 외국의 전문 연극인사가 초청되어 공동작업에 임하는 경우가 많다. 이는 우리 연극계의 취약한 전문성을 보강하여 전문적 상업연극을 만들겠다는 의도로 해석된다.

얼마 전 공연된 대형 뮤지컬 〈캐츠〉를 보자. 제작비 5억 5천만 원, 제작기간 1년 4개월, 제작비는 몇 백만 달러를 호가하는 브로드웨이 본토의 뮤지컬 제작비와 맞먹고, 제작기간 또한 관객의 상당한 기대를 자아내는가 하면, 〈캐츠〉는 서구에서 상업적 성공을 거둔 작품이다. 그러나 무대화된 결과는 기대에 못 미치는 공연이었다. 왜 그랬을까에 대해 많은 분석이 가능하겠지만, 필자의 견해는 다음과 같다. 뮤지컬 형식은 서구의 후기 자본주의사회가 거대한 자본과 무대 하이테크놀러지를 바탕으로 발달시킨 최고의 대중연극 형태이다. 뮤지컬 〈캐츠〉의 경우, 작곡자 앤드루 웨버의 다른 뮤지컬인 〈에비타〉나 〈레미제라블〉과는 달리 흥미로운 이야기 줄거리가 없다. 〈캐츠〉는 우주공간에 자리잡은 지구, 그 속에 사는 이러저러한 인간들의(고양이로 은유화 된) 삶의 이야기가 거시적 차원에서 삽화적으로 구성되어 있다.

3. 야심적인 선택 〈캐츠〉의 실패

그러므로 〈캐츠〉는 화려한 의상, 은하수가 흐르는 광활한 우주를 시각화한 무대장치, 팝 음악, 레이저광의 조명효과 등을 고도의 무대술로 시각화한 볼거리가 중심이 되는 '상황중심'의 작품이다.

그러나 〈캐츠〉의 한국 공연현장은 이러한 하이테크 무대술의 부족으로 우주적인 거시적 개념이 결여된 채 인간을 상징하는 몇몇 고양이들의 이야기로 단순화되어 버렸다. 이에 뮤지컬의 생명과도 같은 오케스트라의 생음악 대신 녹음 음악을 사용한 점, 훈련된 뮤지컬 배우의 부재로 인한 가창력의 낮은 수준 등으로 뮤지컬 공연의 기본 요소도 충실히 갖추지 못했다. 다만 화려한 의상과 안무 등이 그나마의 볼거리를 제공했을 뿐.

결국 〈캐츠〉 공연은 작품 선택부터 우리의 실력에 맞지 않는 야심적인 선택이 있었다고 하겠다 서구적 공연상황에서 상업적 성공을 거둔 작품이 연극적 문화풍토가 다른 우리의 상황에서도 반드시 같은 결과를 보장할 수는 없다. 이런 점에서 이 공연은 전문적 기획과 무대술의 필요성을 절감케 한 공연이었다.

영국의 무대장치 전문가를 초청하여 공연의 전문성과 상업성을 동시에 높이고자 했던 또 다른 대형 공연이, 실험극장이 윤호진 연출로 공연한 〈안토니와 클레오파트라〉이다.

제작비 2억 5천만 원은 웬만한 영국과 미국 본토의 연극공연 제작비를 훨씬 웃도는 액수로 이중 많은 부분이 외국 인사의 개런티로 지불되었다고 한다. 결과된 무대장치는 작품의 분위기를 잘 살린 시각적으로 아름다운 무대장치였으나, 무대를 평면으로만 구사하여 셰익스피어 극이 요구하는 연기 장소의 다양한 변화와 역동적인 기능성은 살리지 못한 무대였다. 외국인 전문가가 디자인했다는 의상은 그런 대로 화려한 눈요기를 제공했다. 클레오파트라 역의 이혜영은 무리 없이 역을 소화하여 연기했으나, 안토니 역의 이호재와 시저 역의 정보석은 연기의 앙상블을 이루지 못했다.

문제는 영국인 전문가와 우리 연기진의 공동작업 과정에서 견해의 차이, 문화의 차이 및 언어의 차이로 많은 어려움을 겪었다는 점이다. 서로 다른 연극문화가 충돌—갈등—타협의 과정을 겪은 것이다. 이러한 과정은 무조건 부정적인 시각으로 치부하기보다는 앞으로 우리 연극계가 국제화되는 과정에서 거치고, 극복해야 할 문화적 충격의 과도기적 과정으로 받아들여야 한다고 본다. 또 다른 문제는 그 정도의 무대 세트와 의상 디자인에 그와 같이 많은 개런티를 지불해야 하는가 하는 점이며, 국제적 거래의 과정에서 경험이 부족한 우리의 연극인들이 치밀한 작전으로 임했는지 의아한 느낌도 든다.

앞으로 더욱 증가할 것으로 기대되는 외국 연극인사나 단체의 초청 거래에서 치밀한 사전 협상계획이 필요하며, 이는 단순한 상업적 거래차원을 넘어서 그들의 가치관, 풍습 및 행동방식에 관한 문화적 이해가 선행되어야 함을 강조하고 싶다.

4. 피상적 기획의 산물 〈백두산 신곡〉

제작비 4억여 원을 들이고, 외국인 무대전문가를 기용한 야심적인 또 다른 공연이 88서울예술단이 공연한 〈백두산 신곡〉이다.

극본 김용옥, 연출 손진책, 안무 국수호와 음악 박범훈의 팀으로 결과된 이 공연이 남기는 인상은 그저 "대형무대와 수많은 캐스트와 노래와 춤"일 뿐 공연의 성격조차 뮤지컬인지, 현대판 창극인지, 시극인지 모호하기 그지없다.

공연이 제기하는 근본적 문제점은 결국 극작과 기획의 문제로 귀결된다. 2부로 나누어진 공연에서 극작의 김용옥은 전반부에서는 '氣의 탄생', '언어의 탄생' 등 일련의 관념적 아이디어를 극적 구조 없이 나열하더니, 후반부에 가서는 갑자기 구조를 바꾸어 아라불과 다님의 이야기 등 삽화적 이야기를 삽입함으로써 전체 공연구조에의 유기적 통일성을 망각하고 있다. 또한 3시간 공연을 대사가 별로 없이 음악과 노래로만 구성, 한국 전통음악 오케스트라로 연주한 박범훈의 공과는 높이 살만하다 하더라도, 3시간 가까이 계속되는 수

많은 노래들은 그리 높지도 낮지도 않은 중간음계의 중간 톤을 사용하여 노래를 부르는, 인물만 바뀔 뿐 같은 곡조의 노래를 반복함으로써 지루한 느낌을 면치 못했다. 요약하면 결국 4억 원이라는 제작비, 수많은 캐스트, 오케스트라 등 아낌없는 물량공세는 결국 무엇을 위한 것이었는가 라는 궁극적인 질문이 남는다.

지난 번 〈한강은 흐른다〉 공연에서와 마찬가지로 이번 공연도 '개성 없는 대공연'으로 끝난 느낌이고, 이러한 이유 중의 하나는 지나친 대중적 인기를 의식한 나머지 잘 알려진 이름에만 집착, 공연을 피상적으로 기획한 결과가 아닌가 싶다. 극본 등의 기획과정에서 전문 연극인력을 기용했더라면 소문만 난 잔치의 모습을 조금은 면할 수 있지 않았나 싶다.

이와 같이 현금의 우리 연극계는 소극장 공연이건 대극장 공연이건 모두 상업화와 국제화의 경향이 고조되고 있다. 물론 이에 반대하여 마당극과 민족극이 하나의 민족문화 수호의 안티테제를 형성하고는 있다. 그러나 중요한 것은 지구촌적, 거시적 관점 속에서 우리의 연극계를 평가하는 일이며, 우리 연극문화의 전문성을 시급히 확보하는 것이라 하겠다.

(세계와 나. 1990.12.)

글로벌 시대의 한국연극 공연과 문화 Ⅰ

2002년 12월 10일 1판 1쇄 인쇄
2002년 12월 20일 1판 1쇄 발행

지은이 • 심 정 순
펴낸이 • 한 봉 숙
편집인 • 김 현 정
펴낸곳 • 푸른사상사

등록 제2—2876호
서울시 중구 을지로3가 296-10 장양B/D 202호
대표전화 02) 2268-8706(7) 팩시밀리 02) 2268-8708
메일 prun21c@yahoo.co.kr / prun21c@hanmail.net
홈페이지 //www.prun21c.com
편집 • 김현정 / 박영원 / 박현임
기획 영업 • 김두천 / 김태훈 / 곽세라

값 13,000원

*인지는 저자와의 합의에 의해 생략함